Knight Reload

마검전생

FANTASY FRONTIER SPIRIT
김재한 판타지 장편 소설

마검전생 2

김재한 퓨전 판타지 소설

초판 1쇄 찍은 날 § 2010년 8월 16일
초판 1쇄 펴낸 날 § 2010년 8월 23일

지은이 § 김재한
펴낸이 § 서경석

편집팀장 § 서지현
편집책임 § 박우진
편집 § 주소영

펴낸곳 § 도서출판 청어람
등록번호 § 제1081-1-89호
등록일자 § 1999. 5. 31
어람번호 § 제1-1173호

주소 § 경기도 부천시 원미구 심곡2동 163-2 서경B/D 3F (우) 420-822
전화 § 032-656-4452 팩스 § 032-656-4453
http://www.chungeoram.com
E-mail § chungeoram@chungeoram.com

ISBN 978-89-251-2259-5 04810
ISBN 978-89-251-2257-1 (세트)

2

도서출판 청어람

마검현신(魔劍現身)

김재한 판타지 장편 소설

FANTASY FRONTIER SPIRIT

Knight Reload

마검전생

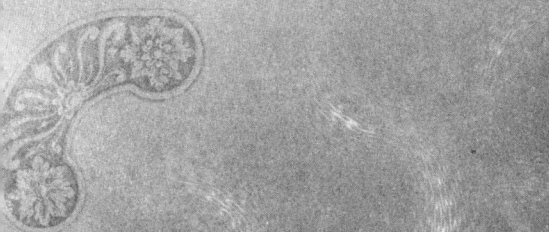
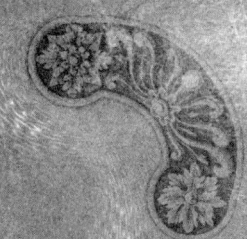

Contents

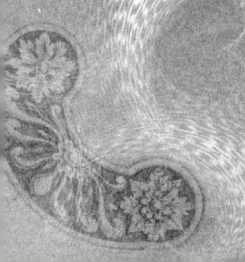
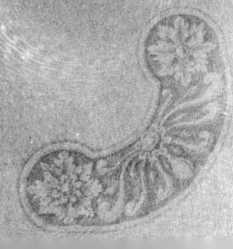

CHAPTER 06
재기불능?

1

그곳은 얼어붙은 성이었다.

아주 오래된 느낌이 드는 거대한 성은 차가운 칼날 같은 바람에 의해 하얗게 얼어붙어 있었다. 하지만 그것은 성의 외면이 그러할 뿐, 안으로 들어오면 놀라운 광경을 보게 된다. 성벽바로 안쪽에는 그야말로 봄날 같은 따스한 공기가 존재하고있었으며, 내성으로 통하는 길 양쪽으로 잘 꾸며진 정원이 있었기 때문이다.

흑기사 베이런은 그 길을 지나 내성 안쪽으로 들어갔다. 문이 저절로 열리고, 안에 어둠이 꽉꽉 들어찬 육중한 갑옷이 베이런의 모습을 확인하고 비켜선다. 베이런은 몇 번이나 똑같은 존재들에게 모습을 확인시킨 뒤에야 목적지에 도달할 수 있었다.

"어서 오게, 베이런."

베이런을 맞이한 것은 화려하게 꾸며진 방이었다. 왕성의 어딘가라고 말해도 믿을 정도로 고급스러운 것들로 가득 채워진 그 방 안에서 한 남자가 방패만큼이나 커다란 책을 앞에 둔 채 차를 마시고 있었다. 긴 금발에 가을 하늘처럼 푸른 눈동자, 그리고 인간 같지 않은 요사스러운 아름다움을 가진 청년이다. 그의 이름은 아이오네스라고 했다.

"중간 보고하러 왔습니다. 여전히 오기 힘들군요, 여긴. 천공의 궤적으로 세 번이나 도약을 하는 것도 별로 자주 하고 싶은 짓은 아닙니다만."

"미안하군. 하지만 이 성을 가동시키려면 아직도 할 일이 많아서 말일세. 당분간은 좀 수고해 줘야 할 것 같네."

"실시간 통신 마법이 장거리 사용이 가능해지면 참 좋겠습니다만, 마법이라는 것은 편리한 듯하면서도 불편한 것 같습니다."

"지금의 기술로는 중계기를 설치해도 고작 1킬로미터 정도가 한계지. 그렇다고 장거리 정보 전달 마법으로는 별로 많은 정보를 보낼 수 없고. 뭐, 그런 불편함이 있기에 마법이 계속 발전할 수 있는 거라네."

베이런의 투덜거림에 아이오네스가 미소 지으며 대답했다. 그리고 물었다.

"그래, 간 일은 어떻게 되었나?"

"성질 급한 오크 놈들의 목적은 일단 이루어졌습니다. 나렌을 비롯해 개척도시 세 곳을 모두 점령했고, 곧 국가 선포를 할 거라고 합니다. 각지의 오크들에게 사자를 보내어 집결을 촉구하고 있고, 아마 이제 곧 리할드 왕국군과 전쟁에 돌입할 것 같군요."

"하여튼 오크들 성질 급한 건 알아줘야 해. 하이오크 셋은 전부 각성했나?"

"아직도 하라두쿰 혼자입니다. 셋 중 맏이로서 나머지 둘이 깨어나기 전에 뭔가 그럴싸한 전공을 세우고 싶어서 안달이 난 것 같습니다. 나머지 둘이 육체까지 각성하려면 아직도 한 일주일은 더 있어야 할 겁니다."

"하다못해 몸이라도 완전해진 다음에 설칠 것이지. 천 년 전과 지금은 마법의 수준이 완전히 다르다는 걸 이해 못하는군."

아이오네스가 혀를 찼다.

프로토 오크를 섬기는 하이오크 하라두쿰은 자그마치 천 년 전의 존재다. 그 당시 거대한 전쟁이 있었고, 오크들의 신적인 존재였던 프로토 오크가 봉인당하면서 그들 역시 어둠 속에서 기나긴 잠을 잤다.

몇 년 전 아이오네스는 그들의 봉인을 풀어주면서 강력한 군단을 만들 수 있게 도와주었다. 처음에 의식만이 깨어났던 하이오크 셋은 얼마 전에야 육체가 깨어나기 시작했고, 성질 급한 하라두쿰이 거동이 가능해지자마자 거사를 일으킨 것이다.

하지만 그의 힘은 완전치 못했고, 현재의 마법은 천 년 전과 비교할 때 전반적인 수준이 월등히 높아져 있었다. 아이오네스가 하라두쿰에게 현대의 마법 중 일부를 전수해 전력을 보강해 주긴 했지만 지금의 그는 현존하는 9서클 마법사들과 비교할 때 나은 구석이 없다. 몸 상태가 완전해지고 프로토 오크까지 깨어난 후라면 모를까.

"뭐, 좋아. 일단 계획의 1단계는 제대로 시작된 셈이니 앞으로는 그들이 잘해주길 기대해야겠군. 자네도 계속 수고해 주게."

"그러지요. 아, 그리고 이전에 부탁하신 성흔을 실험했습니다."

"성흔을? 인간 소드 마스터한테 말인가?"

"네. 지난번에 말씀드린 라곤 클란드에게 실험해 봤죠."

"어떻게 됐나?"

아이오네스가 눈을 빛냈다. 인간 소드 마스터에게 자신이 만들어낸 성흔을 심었을 때 어떤 결과가 나오는가, 그것은 지금 그가 가장 알고 싶어하는 일이었다.

베이런이 씩 웃으며 대답했다.

"아직까진 모릅니다. 일단 살아남은 것까지는 확실한데, 결과는 좀 더 시간이 지난 후에 제가 직접 확인하러 다녀오겠습니다."

"하긴 시간이 좀 지나봐야 확실하겠지. 그렇게 하게. 알아내는 대로 바로 보고해 주고."

"알겠습니다. 그럼 당분간은 오크들을 도와주도록 하죠."

"오크 히어로는 적당히 만들게."

아이오네스가 의미심장한 말을 던졌다. 그 말에 베이런이 차갑게 미소 지었다.

"그놈들이 제대로 해야 자제를 하지요. 하지만 어차피 가능한 만큼 만들어줄 생각 아니었습니까?"

"그렇긴 하지만 자네가 만드는 속도가 내 생각보다 훨씬 빨라서 말일세. 우리에 대해 너무 많이 보여줘도 좋지 않으니 적당히 속도를 조절하게나."

"그러도록 하겠습니다. 그 잡것들 만드는 것도 귀찮고 힘이 들어가는 일이니 적당히 하면 저도 좋죠."

"잡것들인가. 하지만 향후에는 다 도움이 될 걸세."

"그렇겠지요."

베이런은 어깨를 으쓱하고는 그의 방에서 나갔다. 그리고 성을 나서서 다시 천공의 궤적을 이용해서 먼 곳을 향해 날아가기 시작했다.

2

바렐 숲에서 갑자기 나타난 엄청난 숫자의 오크 군단은 왕국이 수십 년에 걸쳐 건설한 세 개의 개척도시를 점령했다. 그리고 근처의 오크 부족들을 불러들여서 흡수하고, 크루세스에 집결 중인 리할드 왕국군에게 고했다.

"우리는 성스러운 숲을 중심으로 한 국가를 선포하노라. 위대하신 프로토 오크를 섬기는 오크들의 나라, 오팔리안 제국이다."

그렇게 새로운 이종족들의 국가가 나타났다. 오크들의 나라라니, 지금까지는 듣도 보도 못한 충격적인 집단이었다.

당연히 리할드 왕국에서 오팔리안 제국을 인정할 리가 없었다. 리할드 왕국군은 크루세스에 계속 병력을 집결시키면서 중간 지대에서 산발적으로 오팔리안 제국군과 전투를 벌이기 시작했다. 그것과 동시에 나라 전체, 아니, 대륙 전체에서 오팔리안 제국을 향해 모여드는 오크들을 저지하기 위해 각지에서 전투가 벌어지기 시작했다.

3

리할드 왕국력 355년 5월.

클란드 백작령은 불과 1년 반 전까지만 해도 왕실 직할령이었다. 왕국의 일곱 번째 소드 마스터로 등극한 라곤 클란드를 클란드 백작으로 봉작하면서 동시에 상당한 넓이의 토지를 떼어준 것이다.

그러나 라곤의 특권은 당대에 한정되는 것으로, 라곤의 사후에 자식은 남작으로 격하되며 영토 역시 1/3로 줄어들게 되어 있었다. 하지만 이전에는 평민에 불과했던 클란드 가문이 확실하게 남작 가문으로 승격되는 것이니 대단한 특혜가 아닐 수 없었다.

최근 클란드 백작령에서 화제가 되고 있는 것은 오크들의 국가 오팔리안 제국에 대한 것과 자신들의 영주인 클란드 백작에 대한 것이었다.

"우리 영주님은 언제까지 두문불출하실지 모르겠구먼."

고단한 하루 일과를 끝내고 술집에 모인 이들 사이에서 그런 이야기를 하는 이가 있었다. 그 앞에 있던 이들이 혀를 찼다.

"자네 같으면 밖으로 나올 생각이 나겠나?"

"평생 두문불출하셔도 이상하지 않을걸."

그 말에 처음 말을 꺼낸 이가 끄응, 하며 머리를 긁적였다.

"하긴 그렇군."

"우리 영주님은 소드 마스터가 됐다는 것 하나로 귀족이 되신 분이니, 그런 분이 그 힘을 잃었다는 건 죽은 거나 마찬가지 꼴을 당한 거라고."

"다른 귀족 같으면 자살했을지도 몰라."

"기사들이 워낙 명예를 중시하는 이들이니 그랬을 수도 있지."

"지금도 자기 같으면 자살했을 거라고 우리 영주님 비웃는 것들이 얼마나 많은데."

"에잉. 그전까지는 찍소리도 못했던 것들이."

"우리 영주님, 정말 불쌍해. 잡것들한테 그런 소리를 들어야 한다니, 젊은 나이에 마음고생이 얼마나 심하시겠어?"

그들이 화제로 삼고 있는 것은 클란드 백작, 즉 라곤이었다.

라곤이 소드 마스터의 힘을 잃어버렸다는 소문은 왕국의 기사들을 충격으로 몰아넣었다. 차라리 전장에서 죽었으면 죽었지 그냥 오러의 힘만 잃는 경우는 역사상 없었기 때문이다.

그들에게 한 번 소드 마스터는 영원한 소드 마스터였다. 설령 팔다리가 잘려 나가도 소드 마스터는 오러의 힘으로 초인적인 능력을 보일 수 있었다. 그들은 죽는 순간까지 존중받을 수밖에 없는 존재였다.

그런데 그런 상식을 무참히 깨부수는 사건이 일어난 것이다.

한동안 온 왕국이 라곤을 화제로 삼았다. 소드 마스터들이 모두 모여서 대마법사 할로드 데이커에게 방비책을 마련해 달라고 요구했다는 소문도 돌았다.

몇십 년에 한 번 나타날까 말까 하는 오크 히어로를 수십이나 보유하고, 소드 마스터의 힘을 박탈할 수 있는 오팔리안 제국에 대한 공포심이 사람들 사이에 전염병처럼 번져 갔다.

하지만 그것도 잠시, 시간이 흐르고 전장의 상황이 고착되기 시작하자 사람들이 라곤에 대해 말하는 뉘앙스가 바뀌었다. 어떤 사람은 그를 동정했고, 어떤 사람은 평민 출신 주제에 설치더니 꼴좋다며 조소했다.

귀족들의 태도는 그렇게 나뉘는 반면, 평민들은 대체로 동정적이었다. 자신들의 영웅이기도 했던 젊은 소드 마스터의 몰락을 그들은 매우 애석해했다.

　그렇게 뒤에서 수군대는 이들만 가득한 가운데, 라곤은 자신의 영지에 처박힌 채 두 달째 모습을 드러내지 않고 있었다.

　"흠, 여긴가."

　마차에서 내려서 클란드 백작의 저택을 올려다보며 중얼거린 것은 검보랏빛 머리칼에 푸른 눈동자를 가진 청년이었다. 그가 하인의 안내를 받아서 저택으로 들어가자 집사가 말했다.

　"질리언 경, 주인님께서 서재에서 뵈었으면 하십니다."

　청년은 바로 바르빌드 후작가의 소드 마스터 질리언이었다. 오크들과의 격전에서 큰 부상을 입었던 그가 몇 개월 동안 몸을 회복한 뒤 집에 틀어박혀 있는 라곤을 찾아왔던 것이다.

　"아, 그러지."

　손님맞이를 응접실에서 하지 않는 것은 예법에 어긋나는 일이었지만 그와 라곤 사이에 딱딱한 예절을 차리는 것도 웃기는 일이다. 질리언은 실의에 빠져 있을 라곤의 모습을 상상하며 무슨 말부터 꺼내야 할까 생각해 보았다.

　"여깁니다."

　곧 집사가 그를 서재로 안내하고 문을 두드렸다. 안쪽에서 대답이 들려왔다.

"들어와."

"그럼 곧 차를 가져다 드리겠습니다."

집사는 문을 열어주며 말하고는 가버렸다. 질리언은 괜히 긴장되는 것을 느끼며 헛기침을 한 번 하고는 안으로 들어섰다.

서재 안은 난장판이었다.

엄청난 숫자의 책이 바닥에 쌓여 있었다. 어떤 것은 펼쳐져 있고, 어떤 것은 엎어져 있고, 어떤 것은 그냥 마구잡이로 쌓여 있는 것을 보니 특정한 목적을 갖고 분류해 둔 것은 아닌 것 같았다. 그냥 엉망진창으로 늘어놨을 뿐이다.

"여어, 질리언. 오랜만이군."

책을 밟지 않도록 조심하면서 안으로 들어가니 높은 곳에 있는 책을 꺼낼 때 쓰는 사다리 위에 걸터앉은 라곤이 있었다. 반갑게 자신을 맞이하는 그를 본 질리언은 잠시 어리둥절해졌다. 오면서 상상했던 것과는 달리 라곤에게는 전혀 실의에 빠진 기색이 없었기 때문이다.

"아, 네. 오랜만입니다, 라곤 경."

"크게 부상을 당했다고 들었는데 이젠 다 나았어?"

라곤이 사다리에서 내려오며 물었다. 그리고 어질러진 책들을 한곳으로 마구 밀어버린 다음 소파에 앉기를 청했다. 질리언이 종이더미가 널려 있는 소파에 앉으며 대답했다.

"다 나은 지는 일주일 정도 됐어요. 그동안 휴식도 좀 취하고, 감도 되찾아서 이제 다시 크루세스로 가려는 참입니다."

"다 낫자마자 전장 투입인가? 하긴 적들은 오크 히어로를 무더기로 보유하고 있으니 소드 마스터를 놀려둘 수는 없겠지."

"다들 죽을 맛인 모양이에요. 가문에서도 걱정이 태산이고."

"그럴 만하지. 지금까지 나타난 오크 히어로가 스무 마리가 넘는다며? 그 정도면 나라 하나를 말아먹기에 충분한 전력이니까."

그때 집사가 노크를 하고 들어와서 차와 과자를 놓아주었다. 라곤은 찻잔을 들고 한 모금 마신 다음 말했다.

"심하게 부상당했다는 말을 들어서 한번 찾아가 보고는 싶었는데 내 상황이 상황이다 보니 그럴 수가 없었어. 미안하다."

"아뇨. 이해합니다. 전 오히려……."

질리언은 고개를 저으며 대답하다가 말끝을 흐렸다. 자신 앞에서 태연하게 웃고 있는 라곤의 얼굴을 보니 뭐라고 말해야 할지 모르겠던 것이다.

그런 그를 보며 라곤이 물었다.

"오히려?"

"아니, 그러니까……."

"절망에 빠져서 머리부터 발끝까지 음침한 분위기를 풀풀 풍기고 있을 줄 알았는데 너무 멀쩡해서 놀랐어?"

"……."

"정답인가 보군. 뭐, 다들 그런 식으로 생각하고 있겠지."

라곤은 그럴 줄 알았다는 듯 고개를 끄덕였다. 질리언이 기가 막혀서 물었다.

"라곤 경, 진짜 아무렇지도 않은 겁니까?"

"아무렇지도 않지야 않지. 사실 꽤 크게 상심해서 식음을 전폐했던 시절도 있었어. 지금도 많이 상심하고 있고. 네가 찾아온 이유 중 하나는 나와 너희 가문 사이에 공통적으로 관련있는 사건 때문이리라 생각하는데, 아닌가?"

"……."

"맞구만. 라비니아 양이 네 둘째 형이랑 약혼한다며?"

"…네."

질리언이 기어들어 가는 목소리로 대답했다.

오늘 질리언이 찾아온 이유는 다시 전장으로 가기 전에 라곤의 얼굴을 봐두고 싶었기 때문이고, 또 바로 라비니아 오란과 바르빌드 후작가가 관련되었기 때문이기도 했다.

라곤이 소드 마스터의 힘을 잃고 나서 한 달, 그가 회복될 기미가 보이지 않자 오란 백작가에서는 라곤을 상대로 넣었던 혼담을 물렀다. 아직 라곤과 라비니아는 약혼조차 하지 않은 사이였기에 문제 될 것은 아무것도 없었다.

한 달 전, 오란 백작가에서 온 심부름꾼은 정중하게 그 사실을 알리고는 라비니아가 쓴 편지를 전해주었다.

믿어주시지 않겠지만, 저도 당신과 함께 꿈을 꾸고 싶었습니다.

라비니아는 우아한 필체로 그 한 문장을 라곤에게 전했다. 그것을 받아 들은 라곤은 한동안 말을 잊고 있다가, 알겠다고, 이해한다고 전해달라고 말하고는 심부름꾼을 돌려보냈다.

그리고 바로 열흘 전, 오란 백작가는 라비니아와 바르빌드 후작가의 둘째 아들을 약혼시키겠다고 사교계에 발표한 것이다. 약혼식을 꽤 대대적으로 열 계획인지 왕도의 많은 귀족들이 초대장을 받았다고 한다.

질리언이 한숨을 쉬며 말했다.

"실은 처음에는 제가 상대였습니다."

"오란 백작가 측에서 새로운 소드 마스터를 신랑감으로 원했다 이건가?"

"네."

"하지만 넌 거절해서 전에 이야기가 오갔던 네 형과 하기로 된 거고?"

"네."

"넌 왜 거절했어?"

"……."

라곤이 정말 궁금하다는 표정으로 물어보는 바람에 질리언은 말문이 막혀 버렸다. 질리언의 입장에서는 섣불리 꺼낼 수 없는 화제인데 정작 상처를 받을 만큼 받았을 당사자가 이렇게 거침없이 물어보다니, 이 사람은 도대체 무슨 생각을 하고 있는 것일까?

난처해하는 질리언을 보며 라곤이 미소를 지었다.

"내가 마음에 걸려서 그랬나?"

"그것도 이유 중의 하나이긴 하지만, 라비니아 오란을 제 반려로 생각해 본 적이 없기 때문입니다."

"그러고 보니 너는 전에도 내가 라비니아 양에 대해 이야기하면 꺼림칙해하는 태도를 취하곤 했지. 그거, 뭔가 이유가 있었나?"

"이유라면… 그냥 느낌이죠."

"느낌?"

"둘째 형은 머리가 좋은 사람이에요. 둘째 형이 말하길 라비니아 오란은 사람의 가치를 판단하고 자신이 있을 자리를 고를 줄 아는 여자다, 라고 하더군요."

"형의 말만 듣고 그런 인상을 가진 건가?"

"그것만은 아닙니다. 실제로 만났을 때 그녀는 저를 마치 물건 품평하듯 봤거든요. 그녀와 이야기를 하게 되면 누구나 자신에 대해서 말하게 되죠. 그녀가 사람의 가치를 판단하기에 적합한 정보를 주게 돼요. 그녀는 상대에게 그런 이야기를 하게 만드는 데 무척이나 능숙하다는 느낌이 들어서 좀 무서웠습니다."

"맞아. 그녀는… 사리에 밝은 여자지. 아마 나와 파혼할 것을 결정한 것은 가문의 의지만은 아니었을 거야."

라곤은 쓸쓸한 웃음을 지었다.

백작 감투를 쓰고 귀족들 사이에 낀 후 처음으로 정을 주었던 상대다. 아름답고, 현명하고, 자신을 똑바로 봐주었던 여자.

설령 그녀가 보는 것이 라곤의 마음이 아니라 소드 마스터인 그의 객관적인 가치였다고 하더라도 상관없었다. 질리언의 형 말대로 라비니아는 사람의 가치를 판단하고, 스스로가 있을 자리를 선택할 줄 아는 여자였고, 라곤은 그런 그녀를 좋아했으니까.

어차피 누군가와 사랑을 해야 한다면,

누군가와 결혼을 하고, 귀족의 혈통을 타고나는 아이를 낳아 길러야 한다면…….

그렇다면 그 상대가 그녀이길 바랐다. 순진한 사랑 따윈 처음부터 없었고, 서로가 그렇게 철저하게 선을 긋고 현실과 타협한 계산 위에서 관계를 발전시켜 갔을 뿐이다.

그러니까 라곤은 라비니아를 원망하지 않는다. 그 일로 인해 상처받았을지언정, 그녀의 미래에 좋은 일만 있기를 기원하기로 했다.

"후우. 뭐, 처음부터 알고 사귄 거였으니까 조건을 채우지 못한 나 자신을 원망해야지 어쩌겠어."

"라, 라곤 경, 뭔가 굉장히 자학적이네요."

"이런 일로 남을 원망하는 것은 내 자존심이 용납하지 않아. 뭐, 그 건은 이제 됐고, 다른 이야기를 하자. 마침 이렇게 와줬으니 나 좀 도와주고 가."

"네? 뭘요?"

"소드 마스터가 아니면 도와줄 수 없는 일이 좀 있다."

라곤은 씩 웃고는 몸을 일으켰다. 그리고 질리언의 대답을 듣지도 않고 성큼성큼 밖으로 걸어나가기 시작했다. 질리언이 당황해서 그의 뒤를 따랐다.

4

라곤이 질리언을 데리고 간 곳은 1층의 방 세 개를 합쳐서 만든 커다란 실내 연무장이었다. 여러 무기를 구비해 두는 것은 물론이고 그 한구석에 마법 장비까지 갖춰놓고 있었다.

"이 장비들은 뭐죠?"

"보시다시피 검술 훈련용 장비지."

"이게 검술 훈련용이라고요?"

"응. 그건 소드 마스터가 되자마자 마탑에 의뢰해서 만들었던 건데 제법 쓸 만해. 한번 써볼래?"

라곤이 가리킨 장비는 바닥에 지름 10미터 정도의 원형 마법진이 그려져 있고, 그 주변을 따라서 마법 문자들이 적혀서 희미한 빛을 발하고 있는 석제, 철제 기둥들이 구불구불하게 배치되어 있는 것이었다. 질리언은 흥미가 생겨서 고개를 끄덕였다.

"뭐, 그럴까요?"

질리언은 겉옷을 벗고 셔츠 하나만 입은 채 그 장비 한가운데 가서 섰다. 라곤이 검을 하나 골라서 그에게 던져 주었다.

"오러 블레이드는 쓰지 마. 이 장비는 별로 크지 않아서 부서질 수도 있으니까."

"그러죠."

"오러 디펜더도 쓰지 마. 체내에만 작용시켜. 원래 그런 식으로 쓰는 장비니까. 그럼 시작한다."

라곤은 주의 사항을 말해주고는 곧바로 장비를 가동시켰다. 기기기깅— 하는 소리와 함께 마력 파동이 퍼져 나가더니 곧 기둥들에 어린 빛들이 점차 강해지기 시작했다.

핏!

그리고 공기를 가르는 소리와 함께 정면에서 섬광이 날아들었다. 질리언은 흠칫 놀라서 검을 휘둘러서 그것을 쳐냈다. 검날이 그것을 가르는 순간 나무를 벨 때와 비슷한 정도의 부하가 걸리며 허공으로 흩어졌다.

핏! 핏! 피비비비빗!

뒤이어 사방의 기둥들이 제각각 다른 각도에서 섬광을 쏟아내기 시작했다. 질리언은 오러를 넓게 퍼뜨려서 얻은 초감각으로 그 섬광들의 궤도를 모조리 읽고, 오러 디펜더를 통해 강화된 운동 능력으로 무시무시한 속도로 반응했다. 검이 닿는 범위에 들어오는 것은 하나도 남김없이 쳐내서 없애 버렸다.

하지만 시간이 지나자 그것도 어려워졌다. 기둥이 섬광을 쏟아내는 속도가 점점 빨라지고, 날아드는 각도가 다양해지기 시작했던 것이다. 3분쯤 지난 시점부터는 질리언도 열 개 중에 한두 개쯤은 쳐내지 못하고 피해 버릴 수밖에 없었다.

그리고 7분쯤 지나자 이제는 그것도 어려워졌다. 거의 동시에 섬전 같은 속도로 날아드는 섬광을 다 피해내지도 못하고 한두 발씩은 얻어맞았다. 그때마다 파칫, 파칫 하고 약간 저릿저릿한 충격이 전해져 왔다.

파바바바바박!

"우와악!"

15분쯤 지나자 움직임이 꼬여 버린 질리언이 얼굴을 가린 채 검을 마구 휘두르며 허우적거렸다. 그 모습을 재미있게 구경하고 있던 라곤은 질리언의 검에서 오러 블레이드가 솟아나기 시작하자 서둘러서 장비를 껐다.

"야야, 오러 블레이드 쓰지 말라고 그랬잖아. 이 장비, 무지 비싼 거라고."

"으윽! 아, 그, 그게 그만 반사적으로 나와 버렸군요."

"아직 제어가 미숙하군. 그래도 역시 소드 마스터답게 꽤 잘 반응하는데?"

"으, 이 장비, 도대체 뭐예요?"

"아까 말했다시피 훈련용. 소드 마스터의 능력치를 기준으로 난전 시의 대응 능력을 향상시킬 목적으로 내가 마탑에 주문한 거야. 엄청 비쌌다, 이거."

"흐아! 진짜 훈련은 되겠네요. 힘든데요."

전장에서 격전을 벌여도 좀처럼 호흡이 흐트러지지 않는 질리언이었지만 이 장비는 15분 정도 사용한 것만으로도 숨이 턱까지 차오르고 몸이 땀에 젖었다. 아마 오러 블레이드와 오러 디펜더가 분출되지 않도록 억누르고, 그러면서도 자신의 반응속도 이상으로 마구 쏟아지는 공격에 대응하느라 온 신경을 집중해야 했기 때문이리라.

"그렇지. 난 요즘은 이거 좀 수준을 낮춰서 쓰고 있어. 아무래도 내 반응 속도가 확 떨어져서 예전에 하던 대로는 힘들더라."

"이거, 라곤 경 지금도 쓰고 있는 거예요?"

"응. 당연하지. 얼마나 도움이 되는데."

라곤은 뭐가 이상하냐는 듯 질리언을 바라보았다. 질리언은 솔직히 그가 아직도 검을 쥐고 훈련을 계속하고 있다는 사실에 놀라고 있었다. 그렇게 검술 하나에 인생을 바쳐서 손에 넣은 소드 마스터의 힘, 그것을 잃어버렸는데 그러고도 계속 검술을 연마할 마음이 든단 말인가?

라곤이 말했다.

"그나저나 너, 검술이 좀 좋아졌네."

"거, 검술요?"

"이건 오러 블레이드를 쓰지 않고 하니까 검술 수준이 고스란히 보이거든. 예전보다는 좀 사람이 검술로 대응하는 것처럼 보이는구나."

"예전에는 어땠는데요?"

"오크만도 못했지."

"……."

질리언의 표정이 팍 구겨지자 라곤이 웃으면서 설명했다.

"진짜야. 내가 오크 히어로 상대해 보면서 느낀 건데, 검술만으로 보면 외려 소드 마스터보다 오크 히어로들이 낫더라. 걔네들은 투박하고 힘에 의존하는 경향이 있긴 해도 나름의 전투 기술을 연마하면서 사는 녀석들이니까."

"으음. 저도 어느 정도는 느꼈어요."

"아, 그러고 보니 너, 부상당했을 때는 상황이 어땠는지 들려줄 수 있을까?"

"오크 히어로 넷하고 싸웠죠. 셋까지는 좀 힘들게 버텨볼 만했는데 넷이나 되니까 역시 안 되더라고요."

질리언이 그때를 생각하며 한숨을 쉬었다. 오크 히어로 하나와 싸웠을 때는 이쪽이 우위, 둘과 싸웠을 때는 열세, 셋과 싸웠을 때는 죽기 살기로 방어에 치중했고, 넷과 싸웠을 때는 얼마 버티지도 못하고 결국 크게 한 방 얻어맞았다. 아군의 마법 지원이 없었다면 빠져나오지도 못하고 그 자리에서 전사했을 것이다.

라곤이 물었다.

"그때 오크 히어로들의 배치는?"

"도끼가 한 놈, 검이 두 놈, 창이 한 놈이었습니다."

"네 번째가 창이었나?"

"맞아요. 어떻게 알았어요?"

"대충 감이 오네. 만약 셋일 때 한 놈이 창이었으면 넌 그 시점에서 쓰러졌을 거야. 전부 짧은 무기를 잡고 격투를 벌이는 게 전문인 놈들만 붙었으니까 셋과 싸우고도 위태위태하게 버텄던 거지."

"귀신같이 아시는군요."

"창을 쓰는 놈은 사정거리가 꽤 길었을 거고, 아마 세 놈의 공격 사이에서 불쑥 끼어드는 방식으로 찔러 들어와서 대응할 수가 없었겠지. 똑같이 오러의 힘을 가진 자끼리의 싸움이 되면 그럴 수밖에 없어."

"맞아요."

질리언이 감탄하며 고개를 끄덕였다. 몇 가지 단서를 줬을 뿐인데 당시의 상황을 정확히 집어내다니 역시 라곤은 대단하다. 소드 마스터의 힘을 잃었을지언정 전사로서의 역량은 여전한 것 같았다.

라곤이 말했다.

"그리고 이건 내가 놈들을 상대해 보며 느낀 거고, 그 후에 책을 좀 뒤져 봐서 확신한 건데… 그놈들, 오러는 거의 변형하지 않지?"

"네. 이상할 정도로 경직되어 있더군요. 대신 우리 쪽보다 밀도가 높은 느낌이에요."

소드 마스터의 오러는 자유자재로 변형한다. 하지만 오크 히어로의 오러는 형상이 고정되어 있는 것 같은 느낌을 주었다. 고작해야 길이와 밀도가 조금씩 변하는 정도일 뿐, 소드 마스터의 오러 블레이드처럼 세 줄기, 네 줄기로 갈라져서 여러 지점을 동시에 친다거나 오러 디펜더가 그 형태를 빠르게 변화시키며 순간순간 공격을 흘려낸다거나 하는 운용은 못하는 것 같았다.

라곤은 지난 두 달간 각 종족별 초인에 대해 기술되어 있는 책이란 책은 모두 찾아서 읽었다. 예전부터 그런 책을 모아두라고 지시해 두었기 때문에 그것을 읽는 것만으로도 시간이 쏜살같이 지나갔다.

그리고 각 종족별 초인에 대한 오래된 경구를 찾을 수 있었다.

"엘프는 멀리 닿고, 드워프는 대지와 소통하며, 오크는 강건하고, 인간은 변화무쌍하다."

"그게 무슨 이야기죠?"

"각 종족별로 오러의 특성이 다르다는 이야기야. 소드 마스터가 다루는 오러는 자유자재로 변형하고, 엘프의 오러 테이커가 다루는 오러는 화살처럼 멀리 쏘아 보낼 수 있으며, 드워프의 엑서 하이어가 다루는 오러는 대지와 소통해 주변을 뒤흔들고, 오크의 오러는 우직하면서도 강건하여 쉽게 꺾이는 일이 없다는군."

"그러고 보니 다른 종족에도 오러를 쓰는 초인들이 있었군요."

"거의 교류가 없으니까 보긴 어렵지만 말야."

엘프와 드워프는 그 숫자가 적고 좀처럼 인간들 앞에 모습을 드러내지 않는다. 하지만 그들의 영역은 확실하게 존재하고, 인간과 물물교환을 하는 등의 교류를 하고 있었다.

그런 엘프의 오러 테이커와 드워프의 엑서 하이어는 역사상 몇 차례 모습을 드러냈는데, 그때마다 가공할 무위를 뽐내어 인간들이 함부로 그들을 넘볼 수 없게 만들었다고 한다. 엘프와 드워프를 노예로 만들려고 했던 바이더스 제국의 옛 황제가 하늘을 날며 수백 미터 바깥에서 재앙의 섬광을 쏴대는 오러 테이커들과 그들과 연계하는 대마법사들 때문에 3만 명의 병사를 잃고 철군한 것은 유명한 일화다.

라곤이 말했다.

"어쨌든 당면한 적인 오크 히어로들에 대해서는 잘 알아둘 필요가 있지. 우리와 다른 특성을 알고 공략하는 게 중요해. 마음에 새겨둬."

"네."

"그럼 이제… 나를 공격해 줘."

"…네?"

순간 질리언은 깜짝 놀라서 눈을 휘둥그레 떴다. 라곤이 다시 말했다.

"아, 지금 당장 말고, 내가 장비를 좀 준비하면 그 후에. 잠깐만 기다려."

"아, 아니, 그게 아니고 지금 뭘 하라고요?"

"날 공격하라고."

"라곤 경을요?"

"응. 예전에 하던 것처럼. 소드 마스터의 힘을 최대한 발휘해서 오러 블레이드로."

"…라곤 경, 혹시 제 손에 죽고 싶은 거예요?"

질리언이 기가 막혀하며 물었다.

소드 마스터의 힘은 일반인으로서는 감히 범접할 수 없는 것이다. 아무리 극한까지 단련된 육체를 갖고 있다고 해도 그 한계를 아득히 넘어서는 속도와 힘 앞에서는 벌레가 짓눌리듯 허무하게 쓰러져 갈 수밖에 없다. 그것은 라곤이 아무리 다른 소드 마스터를 초월한 전투 기술의 달인이었다고 하더라도, 오러의 힘을 잃고 보통 사람이 되어버린 지금은 극복할 수 없는 벽이었다.

라곤이 대답했다.

"아니아니, 그런 의미가 아니고. 오해의 소지가 있었군. 나를 공격하되 맞추진 마."

"맞추진 말라니… 뭘 어떻게 해드리길 바라는 건데요?"

"나는 그냥 서 있을 테니까, 아슬아슬한 지점으로 나를 비껴가는 공격을 가해봐. 될 수 있는 한 가장 빠른 공격으로. 그 정도 제어 능력은 있겠지?"

"할 수야 있지만, 이유를 설명해 주시지 않겠어요?"

"이유는 이거야."

라곤이 그렇게 말하며 연무장 구석에 놓아뒀던 물건을 가져왔다. 그것은 촘촘하게 여러 개의 얇은 사슬을 이어서 만들어진 줄 같은 것으로, 라곤의 몸에 감아서 부착하게 되어 있었다.

"이건 마탑에 의뢰해서 만든, '자신이 본 것을 기억해서 재현시켜 주는 장치'야."

"본 것을 기억해서 재현시킨다고요?"

"이걸 장착하고 어떤 일을 기억하고, 다시 재생시키면 그때와 똑같은 감각으로 그걸 다시 되새겨 볼 수 있는 거지. 난 이걸 통해서 소드 마스터인 너의 공격이 얼마나 빠르고 강한지 기억하려 하는 거고."

그 말에 질리언은 문득 한 가지 가능성을 떠올렸다. 라곤이 지금까지 보여준, 자신의 예상을 완전히 벗어나는 행동의 의미를 알 것 같았다.

"설마 라곤 경."

"응?"

"제가 떠올려 놓고도 좀 말도 안 된다고 생각하긴 하는데요."

"뭔데? 말해봐?"

"혹시 라곤 경은… 오크 히어로를 쓰러뜨릴 생각을 하고 있는 건가요?"

그 말에 라곤이 씩 웃었다. 그리고 박수를 짝 하고 치면서 말했다.

"딩동댕! 정답이야."

"…그게 가능하리라고 생각해요?"

"아마 이대로는 불가능하겠지."

라곤은 허무할 정도로 선선하게 인정했다.

소드 마스터의 힘을 잃은 지 두 달, 그동안 라곤이 한 일은 소드 마스터와 다른 초인들에 대한 온갖 기록들을 찾아 읽는 것과 오러의 힘을 잃은 육체를 다시 그 감각에 맞게 극한까지 단련하는 일이었다.

처음에는 그렇게 함으로써 다시 소드 마스터의 힘을 되찾을 수 있지 않을까 하는 헛된 기대도 품고 있었다. 지금 라곤의 상태는 꽤나 괴상했으니까. 소드 마스터의 힘을 잃어버리긴 했지만 마나 감각은 반쪽짜리로 살아 있었던 것이다. 마나를 움직일 수는 없으되 그것을 인지하는 것은 가능했으니 그런 희망을 품을 만도 했다.

그러니 다시금 완벽한 검격을 통해 세계의 흐름을 느끼는 영역에 들어간다면, 그렇게 되면 고장 난 마나 감각이 원래의 기능을 회복해서 오러를 다시 생성해 내는 게 가능하지 않을까?

라곤이 그런 가능성을 꿈꿔본 것은 당연한 일이었다. 하지만 한 달에 걸쳐 노력해 본 결과 라곤은 그게 부질없는 꿈이었다는 사실을 인정했다.

라곤이 말했다.

"내 몸의 상태는 아마 인간의 한계를 살짝 벗어난 정도일 거야."

"살짝 벗어났다? 그건 무슨 의미죠?"

"소드 마스터는 자신의 생명의 힘을 증폭시켜 오러 블레이드와 오러 디펜더를 만들어내지. 오러는 생명력, 그것이 일반인보다 넘쳐 나는 탓에 육체에 활력이 넘치고 젊음이 오래가."

"그렇죠."

질리언의 조부인 크루소 바르빌드는 벌써 90대의 고령이지만 전혀 그렇게 보이지 않는 강건한 육체를 갖고 있다. 스스로 기운이 쇠하는 것을 느껴 은퇴했다고 하지만, 지금 당장 전장에 나서도 막강한 힘을 발휘할 수 있을 것이다.

라곤이 말을 이었다.

"그래서인지 육체 자체가 변화를 겪는 것 같단 말씀이야. 오러 디펜더가 작용하고 있을 때에 비하면 하잘 것 없지만, 내 몸은 분명 소드 마스터가 되기 전과 비교할 때 근력, 순발력, 반응속도, 모든 면에서 우수해. 이건 단순히 단련으로 닿을 수 있는 영역은 아닌 것 같아. 예를 들면."

라곤은 왼손으로 주머니에서 동전 스무 개를 꺼냈다. 그리고 그것을 허공에다 뿌리듯이 던지더니 그대로 왼손을 질풍처럼 놀렸다. 한순간 수십 번의 주먹이 허공을 수놓는 듯하더니 스무 개의 동전이 단 하나도 빠짐없이 그 주먹 속에 잡혀 들어갔다.

"이 정도까지는 가능해."

"하지만 그래도… 유감스럽지만 소드 마스터인 제 입장에서 보면 너무 느려요."

질리언이 고개를 저었다. 오러 디펜더로 증폭된 육체 능력은 그야말로 초인이라는 말이 어울리는 것. 조금만 정신을 집중해서 반응속도를 올리면 라곤의 지금 움직임조차 하품이 나도록 느려 보였다.

라곤이 말했다.

"나도 알아."

"그런데도 승산이 있다고 생각하십니까?"

"지금 상태로는 당연히 없지. 하지만 방법을 여러 가지 생각해 봤다."

"어떤 방법을요?"

"아직 말할 수 있는 단계는 아냐. 하지만 그걸 시도해 보기 위해서는 지금의 내가 소드 마스터의 힘이 어떤 것인지 명확히 알아둘 필요가 있어. 그래서 네 도움이 필요하다는 거야."

"……."

질리언은 라곤의 눈을 똑바로 바라보았다. 그의 눈에는 절망은커녕 앞으로 나아가고자 하는 의지만이 이글거리고 있었다.

'정말 대단한 사람이다.'

다른 사람이 보기에 라곤은 모든 것을 잃은 불쌍한 존재다.

하지만 라곤 본인은 전혀 그렇게 생각하지 않는 것 같았다. 질리언은 그 사실이 너무 신기해서 물어보았다.

"하나만 묻죠."

"뭐지?"

"도대체 어떻게 그렇게 긍정적일 수 있는 거죠? 평생 동안 노력해서 얻은 걸 송두리째 잃어버렸는데."

아마도 지금의 라곤을 보면 누구나 그렇게 묻고 싶으리라. 라곤은 진지한 표정으로 대답했다.

"질리언, 나는 이미 한 번 죽었어."

"죽어요?"

"검을 쥔 전사가 적에게 패배했다는 것은 그 자체로 죽음과 같아. 거기서 죽었다면 그것으로 끝."

그러나 베이런 크로네스는 라곤을 죽이지 않았다. 그동안 쌓아올린 모든 것을 빼앗는 대신, 그의 목숨을 붙여놓았다.

"그런데 목숨을 건졌다. 그것도 팔다리가 떨어져 나간 것도 아니고, 병을 얻어서 죽어가는 몸도 아니다. 그렇다면 절망하는 것은 사치야. 왜냐하면 죽었어야 할 운명 대신 새로운 기회를 받은 거니까. 나는……."

라곤은 감정이 격앙되는지 심호흡을 한 번 했다. 그리고 말을 맺었다.

"무슨 수를 써서라도 예전의 나를 능가하고, 베이런 크로네스를 죽여서 그 사실을 증명할 거야. 그게 지금 나를 지탱해주는 이유다."

"…알겠습니다."

질리언은 고개를 끄덕이며 검을 들었다. 그리고 정중하게 기사의 예를 올렸다.

라곤 클란드라는 남자는, 그가 목표로 삼았던 최강의 소드 마스터는 모든 것을 잃어버린 지금도 경의를 바칠 수밖에 없는 존재였다.

"그럼 시작해 볼까?"

"예."

질리언은 천천히 오러 블레이드를 전개시켰다. 라곤 앞에서 시리도록 푸른 섬광의 칼날이 솟아난다. 공기가 요동치며 압도적인 마나 파동이 라곤의 감각을 엄습해 왔다.

라곤은 이를 악물었다.

'이것이 내가 잃어버린 것.'

그리고 반드시 능가해야만 하는 것.

각오를 다진 그의 앞에서 질리언이 눈에 보이지도 않을 정도로 빠르게 움직였다. 한줄기 섬광이 뻗어 나온다고 느낀 순간, 공간 그 자체가 부서지는 듯한 기세로 빛의 칼날이 머리 옆을 꿰뚫었다.

질리언은 집사의 배웅을 받으며 클란드 저택을 나섰다. 마차에 오르기 전, 그는 라곤의 저택을 돌아보며 마음속으로 중얼거렸다.

'다음에 만날 때를 기대하겠습니다.'

자신은 상상도 못할 수단으로 눈앞에 나타난 거대한 벽을 극복할 라곤의 모습을 만나게 될 그때를.

마음속으로 라곤에게 격려를 보낸 그는 마차에 올라타고 클란드 백작령을 떠났다. 다시금 오크들이 기다리는 전장으로 돌아가기 위해서.

5

리할드 왕국력 355년 6월.

불과 3개월 전까지만 해도 라곤은 왕국에서 가장 인기있는 신랑감 중 하나였다. 수많은 귀족 가문에서 그에게 딸의 초상화를 들이밀며 한번 만나주기라도 하십사 하고 정중한 서한과 선물을 보내오곤 했다.

그럼 지금은?

소드 마스터라는 반짝이는 명함이 떨어져 나간 라곤의 가치는 수직으로 곤두박질쳤다. 그와 동시에 등을 돌린 것은 오란 백작가만이 아니었다.

귀족에게 있어 딸은 정략결혼을 위한 도구다. 오란 백작가뿐 아니라 고위 귀족들은 전부 라곤에게 제의했던 혼담을 취소한 상태였다. 소드 마스터도 아닌 라곤은 당대에 한정되는 백작일 뿐이다. 뿌리도 없고 재산이 많은 것도 아니고 사업 기반이 있는 것도 아닌데 딸이라는 가문의 귀중한 자산(!)을 투자할 이유가 있겠는가?

라곤은 의자에 기댄 채 책상 위로 시선을 던졌다. 책상에는 열 몇 개 정도 되는 서신과 초상화들이 널려 있었다. 그 초상화들은 전부 젊고 아리따운 아가씨들을 그린 것이다. 그것은 현재 라곤에게 들어와 있는 혼담의 상대들이었다.

고위 귀족들이 혼담을 취소했다고 해서 라곤에게 들어와 있는 혼담이 없어진 것은 아니었다. 듣도 보도 못한 하위 귀족들, 혹은 신분 상승을 꾀하는 부유한 준귀족이나 상인 가문 등에서 혼담을 넣기 시작했다. 그들 입장에서 볼 때 소드 마스터가 아니더라도 백작의 작위가 가진 특권은 제법 괜찮은 먹잇감이었던 것이다.

"지긋지긋하다, 정말."

라곤은 고개를 저으며 투덜거렸다.

혼담만이 아니었다. 인간관계도 변했다. 예전에는 어떻게든 그와 말 한마디라도 나눠보려고 애쓰던 자들이 주변에서 싹 모습을 감추었다. 집에 있으면 뻔질나게 선물을 들고 찾아오던 자들도 다 어디로 갔는지 모르겠다.

그뿐만 아니라 소드 마스터가 된 후 사교계에 데뷔해서 친해졌다고 생각한 이들 역시 안면 몰수를 해버렸다. 그나마 가끔 연락을 취해서 안부를 묻는 이들은 인격적으로 존경해야겠다는 생각이 들 정도였다.

라곤에게는 아무것도 남지 않았다. 허울뿐인 백작 작위와 먹고살 걱정 없는 생활밖에는…….

"어휴. 하여튼 정말 지겹군."

라곤은 집사가 가져다준 아가씨들의 초상화를 보면서 한숨을 쉬었다. 그리고 그것들을 전부 한곳으로 치워놓고 집사를 불러서 말했다.

"당분간 이런 제안은 갖고 오지도 마. 그냥 적당히 처리해주면 좋겠어."

예전에는 마음의 여유가 있으니까 라비니아 오란 하나만 마음에 두고 있으면서도 예의상 훑어보기라도 하고 간단한 답신이라도 보내주곤 했지만, 이제는 아예 쳐다보기도 싫다. 인간 불신에 걸려도 이상하지 않을 정도로 짜증나는 일을 많이 겪고 있는데 흑심이 철철 넘쳐흐르는 상대들을 배려해 줄 이유가 없었다.

집사가 초상화들을 정리해서 들고는 말했다.

"알겠습니다. 그리고… 할로드 경께서 오신다고 연락이 왔습니다."

"할로드 경이?"

집사의 말에 라곤은 달력을 확인했다. 달력에 체크된 날짜를 보니 확실히 슬슬 때가 됐다 싶었다.

"언제 도착하지?"

"한 시간 안에 도착하실 것 같습니다."

"맞이할 채비를 해둬."

집사는 옷 갈아입는 것을 도와줄 하녀들을 올려 보내겠다고 말하고는 물러갔다. 혼자 남은 라곤은 인상을 팍 찌푸리며 투덜거렸다.

"아, 젠장. 벌써 그 양반 올 때가 되었을 줄이야."

소드 마스터의 힘을 잃어버린 이후, 라곤을 정기적으로 찾아오는 손님이 하나 생겼으니 그가 바로 대마법사 할로드 데이커였다. 한창 오크들과 전쟁 중이라 바쁠 텐데도 그는 2주에 한 번 정도는 꼭 전선에서 왕도로 돌아와서 라곤을 찾아오곤 했다.

이유는 아주 간단했다. 라곤의 몸 상태를 연구하고, 해결책을 모색해 보기 위해서였다.

부글부글.

라곤은 자신의 손에 들린 잔을 뚫어져라 바라보고 있었다.

평범한 은잔이다. 1년 반 전까지만 해도 이런 잔으로 뭔가를 마신다는 것을 /상상하기 어려웠지만, 지금은 일상적으로 쓰고 있다.

그런데 거기에 들어 있는 액체는 지금 기준으로 생각해도 이런 걸 마셔야 한다는 현실을 받아들이기 힘든 것이었다. 딱히 열을 가한 것도 아닌데 계속 부글부글 끓고 있고, 색깔은 아주 푸르죽죽한 게 죽은 지 사흘 정도 되는 시체의 낯빛 같다. 이런 걸 담아놨는데도 은잔이 아무런 변색도 일어나지 않다니, 즉 독이 아니라니 그것참 신기한 일이다.

석상처럼 똑같은 모습으로 계속 잔만 뚫어져라 바라보는 라곤의 앞에서 할로드가 수염을 쓰다듬으며 말했다.

"후후, 이번 약은 좀 자신이 있다네."

"이거 진짜 사람이 먹어도 되는 약입니까?"

라곤이 노골적으로 의심의 빛을 내비치며 물었다. 그 말에 할로드가 눈살을 찌푸리며 역정을 냈다.

"그야 물론이지! 모두 몸에 좋은 것만 모은 것일세. 지금까지 분석한 자네의 몸 상태를 고려해서 효과가 있으리라 생각되는 귀한 약재들만 조합해서 만든 약이란 말일세. 그거 한 잔의 가치가 도대체 얼마나 될 것 같은가?"

"…별로 알고 싶진 않군요."

라곤은 고개를 절레절레 저었다. 그리고 다음 순간 침을 꿀꺽 삼킨 다음 칼날이 목에 들어온 사람처럼 비장한 표정으로 은잔을 입가로 가져갔다.

'에라, 한 번 죽지 두 번 죽냐!'

라곤은 각오를 굳히고 입을 벌렸다. 은잔에 담긴 죽도록 수상한 푸르죽죽한 액체가 그대로 그의 목구멍을 타고 넘어간다. 그것이 혀를 스치는 순간 쓴 것 같기도 하고 퀴퀴한 것 같기도 하고 혀가 얼얼해질 정도로 매운 것 같기도 한, 어쨌든 종합적으로 보건대 절대 건강에 도움 될 것 같지는 않은 맛이 느껴지며 세상이 빙글 돌았다.

쿠당탕!

'아……'

감각이 엉망진창이 되었다. 쓰러져 있는데 지금 누워 있는 건지 엎어져 있는 건지도 모르겠고 세상이 막 빙빙 돌면서 일그러져 있는 것처럼 보였다.

동시에 전신의 혈관을 태우는 듯한 고통이 엄습해 왔다. 라곤은 비명을 지르면서 먹은 것을 게워냈다. 누군가 자신의 몸을 잡은 것 같았지만 그것까지도 확신할 수 없었다. 그저 조금이라도 빨리 이 고통에서 벗어나고 싶다는 생각만이 뇌리를 가득 채웠다.

"어, 어엇? 이봐, 자네 괜찮나?"

죽는 게 아닐까 싶을 정도로 격렬한 라곤의 반응에 할로드가 당황해서 물었다. 순간 라곤은 바닥을 뒹굴면서도 그를 향한 격렬한 살의가 불타오르는 것을 느꼈다.

'이 양반아! 당신이 그렇게 묻고 있으면 어떡해!'

라곤이 그 상태에서 벗어난 것은 10분이 지난 후였다. 곧 숨이 넘어갈 사람처럼 헐떡거리고 있는 라곤을 내려다보면서 할로드가 한숨을 쉬었다.

"후우, 다행이다. 그럭저럭 안정된 것 같군."

그 10분 동안 할로드도 그냥 놀면서 지켜보지는 않았다. 이런저런 마법을 써서 상황을 안정시키려고 최선을 다했다. 그의 그런 노력이 없었다면 라곤은 정말 한 방에 황천길에 올랐을지도 모른다.

"으으으윽……."

"새, 생각보다 반발 작용이 심했군."

"생각보다? 생각보다아아아?"

라곤이 붉게 충혈된 눈으로 노려보며 묻자 할로드가 움찔했다. 그의 눈에 떠오른 감정은 분명 살기. 요즘 전쟁터에서 너무 많이 받아서 매우 익숙해진 감정이긴 하지만 그래도 등골이 오싹해지는 것은 어쩔 수가 없었다.

"아, 아하하하! 라, 라비록시틴이 원래 좀 거부반응이 일어나기가 쉬운 약이긴 한데 말이지……."

"호오, 그걸 잘 알고 있으면서 그렇게 자신만만하게 저한테 먹이셨습니까?"

"하, 하지만 그런 증상을 완화시키는 약재도 많이 넣었고 하니까 괜찮을 줄 알았는데……."

"그만. 거기까지."

"아, 알겠네. 흠흠."

할로드는 헛기침을 하면서 시선을 피했다. 라곤은 그를 향해 끓어오르는 살기를 가라앉히면서 투덜거렸다.

"젠장. 무슨 흑마법사한테 인체 실험 당하는 것도 아니고."

"흐, 흑마법이라니 비교 대상이 너무하지 않나?"

"이거랑 흑마법이랑 고통과 위험성이란 측면에서 도대체 무슨 차이가 있는지 제가 납득할 만한 설명을 해보시겠습니까?"

"흠흠. 아니, 그래도 윤리적인 문제가……."

"젠장. 저 지금 겨우 화를 가라앉히는 중이거든요?"

라곤은 신경질적으로 쏘아붙이고는 눈을 감고 심호흡을 했다. 한동안 호흡을 고르고 마음을 안정시키고 나니 메스꺼움이나 어지럼증이 좀 남긴 했지만 쿵쾅거리던 심장은 좀 조용해졌다.

눈을 뜬 라곤은 아직도 눈앞이 조금씩 어질거리는 걸 느끼며 이마를 짚었다. 그리고 할로드를 보면서 투덜거렸다.

"으윽, 어떻게 약이랍시고 가져오는 게 가면 갈수록 부작용이 심각해집니까? 이번엔 진짜로 죽는 줄 알았는데."

"그, 그게… 나는 분명히 자네의 몸 상태를 분석해서 조금이라도 더 거기에 효과가 있을 것 같은 약을 만들고는 있는데 말이지."

"다음번에 이거보다 심각한 약이 온다면 그땐 진짜 못 마십니다. 할로드 경에게 기대를 거는 기간을 반년으로 잡아두긴 했지만 이쯤 되면 슬슬 포기하는 편이······."

"하, 한 번만 더 기회를 주게나. 다음번에는 기필코 효과가 있는 약을 만들어오겠네."

할로드가 황급히 라곤의 말을 끊으며 애원했다.

반년.

그것이 라곤과 할로드의 관계가 지속되는 기간이었다.

베이런이 심은 '성혼'이라는 정체불명의 존재 때문에 소드 마스터의 힘을 잃은 라곤은 할로드에게는 귀중한 연구 소재였다. 그리고 라곤은 대마법사인 그의 능력에 한 가닥 기대를 걸고 반년이라는 시간을 제시했다. 그 기간 동안 그에게 자신의 몸을 연구할 수 있도록 허락하고, 소드 마스터의 힘을 되찾기 위한 치료를 시도하도록 말이다.

요 2개월간 할로드가 찾아온 것은 다섯 번째. 그동안 그가 가져온 약은 한결같이 부작용만 일으켰을 뿐 회복 효과를 느끼게 한 적이 없었다. 게다가 이번처럼 큰 부작용을 겪고 보니 라곤은 슬슬 인내심이 바닥나는 걸 느끼고 있었다.

라곤은 손가락으로 관자놀이를 꾹꾹 누르며 물었다.

"성혼이 뭔지는 좀 알아내셨습니까?"

"그건 아무래도··· 누군가의 마법 회로를 추출해 낸 것 같네."

"마법 회로를?"

뜻밖의 대답에 라곤의 눈썹이 꿈틀거렸다.

할로드는 라곤의 몸을 연구하기 위해 여러 가지 수단을 동원했다. 피를 추출하기도 하고, 여러 가지 마법으로 신체를 자극해서 어떤 반응이 나오는지를 살피기도 했다. 그리고 그렇게 얻은 데이터를 연구한 끝에 한 가지 결론에 도달했던 것이다.

"누군가 자신의 마법 회로를 마법적으로 추출해서 자네의 몸에 심은 게야. 그리고 그 결과 자네의 몸은 '오염된' 상태가 되어서 소드 마스터의 힘을 잃었지."

"마법 회로를 추출하다니, 그런 게 가능합니까? 마법 회로는 혈관이잖습니까?"

마법사는 약물의 힘으로 몸속의 혈관을 마나와 감응, 마력을 발생시키고 흐르게 하는 기관으로 바꾸어놓은 존재다. 즉, 마법 회로라는 것은 혈관 그 자체인 것이다. 그런데 그걸 추출해 냈다면 자신의 혈관을 뜯어냈다는 소리 아닌가?

할로드가 대답했다.

"좀 오해의 여지가 있긴 하군. 자네도 알다시피 마력에는 개개인의 고유한 패턴이 존재하네. 마법사들은 각자 다른 자신만의 마력 패턴을 갖지. 그렇기 때문에 서로 알고 있는 마법사끼리는 마력 패턴만 갖고도 누구의 마법인지 알아낼 수 있을 정도라네."

"그건 소드 마스터들도 비슷하죠. 각자 오러 파동이 다릅니다. 색의 기본 패턴은 적, 녹, 청에서 벗어나지 않지만 농도 같은 게 조금씩 다르고요."

"그렇지. 내가 보기에 그 성흔이라는 것은 그런 마력 패턴을 추출해 낸 것일세. 어떤 특정한 인간의 혈관을 마법 회로로 바꾸는 작용을 하는 패턴의 마력을 추출해 내서 그걸 자네의 몸에 심은 거지."

"그게 가능한 겁니까?"

"마법이라는 것은 쓰기에 따라 다른 생명체의 생명력을 흡수하기도 하고, 서로 다른 이들의 정신파를 동조시킬 수도 있지. 그런 일도 이론적으론 당연히 가능하네. 즉 그 마력의 덩어리가 심어진 존재는 필연적으로 육체가 마법사의 것으로 변질되는 과정을 겪을 수밖에 없다는 것일세. 여기까지는 이해했나?"

"네."

"문제는 아까도 말했다시피 마력 패턴은 마법사마다 고유하다는 점이야. 자신의 몸에 맞는다는 보장이 전혀 없는 타인의 것을 우격다짐으로 집어넣어서 변화를 강요하니 거부반응이 일어나는 게 당연한 걸세."

"대마법사께서 제게 먹인 약처럼 말입니까?"

"…아니, 여기서 그 이야기를 다시 꺼낼 건 또 뭔가? 자네도 은근히 쪼잔하구만. 하여튼, 거부반응을 극복하지 못하면 죽거나 폐인이 될 것이고, 극복한다면 체내의 혈관이 마법 회로화되는 게 당연하다는 걸세. 자네의 지금 상태는 전에 말한 대로 혈관이 반쯤 마법 회로화된 애매한 상태고."

"그렇군요. 그럼 역시 베이런의 뒤에는 그런 일을 할 수 있을 정도의 마법사가 있고, 그가 자신의 마법 회로를 이루는 마력을 추출해서 '성혼'이라는 이름을 붙이고 베이런에게 주었다?"

"그런 이야기일세. 어쩌면 그게 그 오크 마법사 하라두쿰일지도 모르지."

할로드의 표정이 찌푸려졌다. 스스로 하이오크라 자처하는 하라두쿰과 할로드는 이미 크루세스 요새 부근에서 두세 번 정도 기량을 겨뤄본 적이 있었다.

그 결과는 백중세. 아무리 궁극 주문을 다룬다고 해도 오크는 오크일 뿐이라고 생각했던 할로드는 충격을 받았다. 하라두쿰의 마법 운용은 그와 비교해도 전혀 떨어지지 않는 세련된 것이었기 때문이다. 그런 수준의 마법사라면 지금 라곤을 이런 상태로 변화시킨 성혼이라는 것을 만들어냈어도 이상하지 않았다.

"오크 새끼의 마력 때문에 몸이 변했다고 생각하면 좀 끔찍하니까 차라리 또 다른 흑막이 있길 기대하겠습니다."

라곤은 그렇게 투덜거리며 이를 갈았다. 어째 할로드가 올 때마다 그나마 있던 희망까지 팍팍 깎여 나가는 게 느껴진다. 어설픈 희망 때문에 반년이라는 기간을 설정해 두기는 했지만, 이번 일을 겪고 나니 정말 다 때려치우고 그동안 계획한 것을 실행에 옮겨 버릴까 하는 충동이 치솟았다.

'아냐, 아직은. 조금만 더 기다려 보자. 조금만 더……'

라곤은 할로드를 배웅하며 스스로를 다독였다. 조금만 더 인내심을 발휘하는 것도 나쁘지는 않다. 모든 일에는 만에 하나라는 것이 있는 법이니까. 혹시 저 할로드의 믿음직스럽지 못한 시도가 적중해서 소드 마스터의 힘을 되찾기라도 하면 정말 다시 인생 역전을 하는 셈 아니겠는가?

하지만 그로부터 얼마 후, 라곤은 인내심이고 뭐고 다 집어치우고 극단적인 선택을 하게 되는 계기를 만나게 되었다.

6

쉿!

넓은 연무장 안에서 날카로운 소리와 함께 검이 허공을 갈랐다. 각이 살아 있는 예리한 베기였다.

그 검은 결코 같은 궤도를 반복해서 오가지 않았다. 계속해서 위치를 바꾸면서, 마주하는 상대가 있기라도 한 것처럼 격렬한 검투를 벌이는 궤도를 그려낸다. 집중해서 보고 있노라면 보이지 않는 상대의 환영까지 볼 수 있을 것 같았다.

"후우."

한동안 가상의 상대를 설정하고 검투 훈련을 하던 라곤은 검을 내리면서 땀을 닦았다. 워낙 체력이 좋아서 5분을 1회로 잡고 10회째 격렬한 가상 검투를 벌인 후에야 좀 심장과 폐가 괴로워하는 것을 느낄 수 있었다.

"아, 젠장. 마나의 흐름은 느껴지니까 마음만 먹으면 오러 블레이드가 팍팍 나와줘야 할 것 같은데 안 나오니까 짜증나긴 하네."

소드 마스터는 완벽하게 숙련된 동작을 통해 감각을 한계 이상으로 끌어올림으로써 세계를 이루는 근본인 마나의 흐름을 인지하게 된 존재다.

거기까지가 소드 마스터의 자격이라고 한다면 라곤은 지금도 당당한 소드 마스터였다. 마나의 존재도, 그 흐름도 뚜렷하게 느껴졌으니까.

하지만 아무리 정신을 집중해도 마나가 그에 호응해 주지 않으니 오러를 만들어낼 수가 없었다. 그 사실이 미치도록 답답했다.

과거에는 검술을 펼쳐 내는 것만으로도 스스로를 얽매는 모든 구속에서 벗어날 수 있었다. 소드 마스터가 된다는 것은 그런 것이었다. 검을 한 번 휘두를 때마다 세계의 흐름을 느끼고, 무한한 자유를 향해 날갯짓하는 것.

하지만 지금은 더 이상 그럴 수가 없다. 여전히 그는 주변의 마나를 인지하고 검사라면 누구나 경탄할 수밖에 없는 검술을 펼쳐 내지만, 그것이 한계였다.

"어휴."

"주인님."

라곤이 머리를 벅벅 긁고 있을 때 집사가 다가왔다. 의아한 표정을 지은 라곤은 검을 집어넣고 그가 앞까지 오기를 기다렸다.

이미 훈련할 때는 방해하지 말라고 언질을 준 터였다. 그런데 굳이 그 말을 어기고 자신을 부르러 왔다는 것은 뭔가 일이 생겼다는 뜻이다.

"무슨 일이지?"

"손님이 오셨습니다."

"손님?"

생각지도 못한 이야기에 라곤의 표정에 놀람이 떠올랐다.

오늘은 아무도 찾아올 예정이 없었다. 할로드는 사흘 전에 왔다 갔으니 다시 찾아오려면 최소 일주일은 더 있어야 할 것이다. 혼담처럼 시시껄렁하고 짜증나는 이야기를 전하러 온 심부름꾼도 아니고, 그동안 뚝 끊겼던 '손님'이라니 도대체 누구일까?

"누구지?"

"알론조 백작이시라고……."

"알론조 백작?"

들어본 적이 없는 이름이다. 라곤은 고개를 갸웃하면서도 방으로 향했다. 하인들의 도움을 받아 옷차림을 단정하게 한 뒤 응접실에서 기다리고 있는 알론조 백작이라는 이를 만나기 위해 걸음을 옮겼다.

응접실에서 기다리고 있는 것은 한 번도 본 적이 없는 남자였다. 세련된 차림새를 한 40대의 남자로 강인한 인상의 소유자였고, 앉아 있는 것만 봐도 잘 단련된 장신의 몸을 가졌음을 알 수 있었다.

'기사로군.'

그의 손에 박힌 굳은살까지 본 라곤은 대번에 그가 기사임을 알아보았다. 그는 라곤이 응접실로 들어오자 몸을 일으키며 악수를 청했다.

"처음 뵙겠소. 알론조 백작이오."

"환영합니다. 라곤 클란드입니다."

악수를 하자 그가 미소를 지으며 말했다.

"갑자기 찾아왔는데 환대해 주셔서 감사하오."

"이거, 집주인으로서 부끄러울 뿐입니다. 서신 한 통이라도 주셨으면 맞이할 준비를 해두었을 텐데⋯⋯."

"아니, 아니오. 오늘은 간단히 볼일만 전하고 갈 생각이었으니 그러면 오히려 난감했을지도 모르겠소."

"그렇습니까? 그런데 무슨 일로 찾아오셨는지⋯⋯."

라곤은 좀처럼 그의 목적을 알 수가 없어서 물었다. 그러자 그가 히죽 웃더니 갑자기 기이한 감각이 몸을 훑고 지나갔다.

동시에 오싹한 공포가 느껴지며 전신의 털이 모조리 곤두섰다. 자신도 모르게 뒤로 펄쩍 뛰어서 그에게서 거리를 벌렸다. 본능적으로 허리춤으로 손을 가져갔지만 손님을 만나는 자리라 검을 차고 오지 않았다.

털썩. 털썩.

조용히 미소 짓고 있던 알론조 백작 근처에 있던 하인들과 하녀들이 하나씩 하나씩 정신을 잃고 쓰러졌다. 방 안에 있던 모든 하인들이 쓰러지자 그가 싹 바뀐 말투로 입을 열었다.

"오랜만이군, 라곤 클란드."

"너는······."

라곤은 자신의 목소리가 떨려 나오는 것을 깨달았다. 한 번도 본 적 없는 남자였지만 자신은 그가 누구인지 알고 있다. 절대로 잊을 수 없는 존재다.

"···베이런 크로네스."

"알아봐 줘서 고맙군."

라곤에게서 모든 것을 빼앗아갔던 악마가 잔혹한 미소를 지었다. 그가 여유있게 소파에 앉으면서 말을 이었다.

"꽤 공들인 마법으로 변장을 해서 못 알아보면 어쩌나 했지."

"잊을 수 있을 리가 없지. 당신의 오러 파동을······."

대꾸하는 라곤의 몸이 부들부들 떨리고 있었다.

지난 3개월 동안 몇 번이나 악몽 속에서 그를 보았는지 모른다. 그때마다 라곤은 그를 향한 복수심을 재확인하고 가슴속의 칼을 더욱 날카롭게 갈아왔다.

"무슨 일로 /찾아온 거지?"

"그냥 시간이 나서 왔지. 언제고 한번 보러올 생각이었는데 그게 지금이 되었을 뿐이지."

"날 죽이러 온 건가?"

"널? 왜?"

라곤이 비장하게 물은 말에 베이런이 눈을 동그랗게 뜨며 되물었다. 뜻밖의 반응에 라곤은 멍한 표정으로 그를 바라보았다.

베이런이 고개를 저으며 말했다.

"큭큭큭, 지금 너한테 굳이 내가 제거하러 와야만 할 정도의 가치가 있다고 생각하나? 만약 내가 널 죽이려고 마음먹었다면 귀찮게 시간을 할애할 것까지도 없이 그냥 적당한 자객을 골라서 보냈으면 그만이야. 세상은 넓고 인력은 썩어서 넘치지. 몇 푼만 들이면 네 목을 따 박제까지 해서 내게 가져올 녀석들이 세 자릿수 단위로 넘쳐나는데 왜 내가 귀찮게 움직여야 하지?"

"……."

라곤의 표정이 일그러졌다. 너에게는 죽일 가치도 없다는 그의 말이 가차없이 가슴을 후벼 팠다.

"나는 그냥 확인하러 왔을 뿐이다."

"뭘 말이지?"

"네가 정말 소드 마스터의 힘을 잃었는지. 소문으로 전해 듣고 역시 그런 결과가 나왔나 싶긴 했는데, 혹시나 하는 마음이 들어서 말이지."

그렇게 말한 베이런은 라곤을 가만히 바라보더니 혀를 찼다.

"아쉬운 일이야. 네 재능에는 꽤나 가치가 있어서 살려주려고 했던 건데… 결국은 예상했던 범위를 벗어나지 못하는군."

"큭… 이 자식!"

조소가 섞인 그의 말에 라곤의 인내심이 끊어졌다. 라곤은 그대로 땅을 박차고 앞으로 달려들었다.

"음?"

아니, 그렇게 보인 것은 착각이었다. 앞으로 달려드는 척하더니 그대로 뒤로 물러나면서 테이블을 발로 걷어차서 뒤집어버리는 게 아닌가? 테이블의 무게가 상당했지만 라곤은 소드마스터에게는 미치지 못해도 인간 이상의 힘을 갖고 있었다. 발끝을 대고 적절한 힘을 가해주는 것만으로도 테이블이 붕 떠서 뒤집어지면서 베이런을 덮쳤다.

콰쾅!

폭음과 함께 테이블이 산산조각 나서 흩어졌다. 동시에 검은 오러가 물결처럼 주변으로 퍼져 나간다.

어느새 그 옆으로 이동한 라곤이 돌진했다. 허공으로 몸을 날린 그의 양손에는 자기 몸통보다도 커다란 소파가 들려 있었다.

"하아압!"

기합성과 함께 라곤이 혼신의 힘을 다해 소파를 내리찍었다. 일반인이라면 제대로 반응조차 하지 못하고 거기에 찍혀서 죽었겠지만, 베이런은 코웃음을 치며 손을 들어 올렸다. 동시에 허공에 검은 선이 그어지며 소파가 조각조각 나서 흩어졌다.

하지만 그 너머에는 라곤의 모습이 없었다. 순간적으로 라곤의 모습을 놓친 베이런이 흠칫했다. 그리고 다음 순간 그의 손이 번개같이 올라가면서 눈앞으로 달려드는 뭔가를 잡아챘다.

팍!

"큭!"

그에게 주먹을 잡힌 라곤이 신음을 흘렸다. 곧바로 주먹을 빼고 물러나려고 했지만 베이런이 워낙 단단하게 잡고 있어서 그럴 수가 없었다. 곧바로 그의 허벅지를 향해 앞돌려 차기를 날렸지만 그 옷깃에 닿는 순간 엄청난 반발력이 일어나서 그의 몸 전체를 튕겨냈다.

쿠당탕!

베이런에게 오른 주먹을 잡힌 채로 그의 몸이 허공에서 크게 한 번 돌아서 땅에 내동댕이쳐졌다. 베이런은 좀 황당해하면서 그를 내려다보았다.

"허어, 보면 볼수록 신기한 녀석이군. 정말이지, 수많은 놈들을 베어왔지만 너 같은 놈은 처음이다, 라곤 클란드."

소드 마스터의 힘도 잃은 주제에, 그것도 격정적으로 행동하면서도 철저하게 전술적인 공격을 가해오질 않나, 게다가 베이런 입장에서 보면 하품 날 정도로 느린 움직임으로도 한 순간이나마 감각에서 벗어나기까지 하니 정말 놀라지 않을 수가 없었다.

"크윽! 나, 나 같은 놈이 또 있을 리가 없지. 난… 최고거든?"

라곤이 피투성이가 된 얼굴로 사납게 웃었다. 베이런은 피식 웃으면서 물었다.

"하나만 묻자. 도대체 어떻게 내 감각에서 벗어났지?"

"소드 마스터가 소드 마스터가 아닌 사람에게 할 질문이 아니지 않나?"

라곤이 이죽거렸다. 베이런이 그럴 마음을 먹는 순간 목이 날아갈 상황이었지만, 1초 후에 죽는 한이 있더라도 기죽은 모습을 보이고 싶지 않았다.

베이런은 그를 정말 신기해하며 바라보았다. 방금 전, 라곤은 일순간 그의 감각에서 사라졌었다. 시야를 벗어난 것은 물건을 이용했다고 치더라도 주변을 빈틈없이 파악하는 감각에서 벗어난 것은 정말로 불가사의한 일이다. 우연히 그랬을 수도 있지만 라곤의 행동은 철저하게 계산된 뉘앙스를 풍겼고, 그 결과 역시 그럴 것이라는 확신이 들었다.

퍽!

다음 순간 라곤의 눈앞에 별이 번쩍하며 고개가 휙 쳐들렸다. 베이런의 손이 목을 움켜쥐자 숨이 턱 막힌다.

"컥……"

"자기 입장을 아직도 잘 모르나 보군."

마법으로 변장한 베이런의 눈동자가 원래대로 되돌아왔다. 섬뜩한 붉은빛을 띤 그 눈동자가 라곤을 쏘아보자 영혼까지 꿰뚫리는 기분이 든다.

"하긴, 알고 싶지 않겠지."

베이런은 컥컥거리는 라곤의 몸을 슥 훑어보았다. 그의 초감각은 라곤의 몸 상태를 본인보다도 훨씬 더 잘 알아볼 수 있었다. 근육의 상태, 혈행 등을 감지하고 그것을 통해 조금 전에 뭘 했는지 추측해 내는 것까지도 가능하다.

"그러니까 아직도 검을 쥐고 부질없는 희망에 매달리는 거겠지. 어쩌면 힘이 돌아올지도 모른다고, 다시 소드 마스터가 될 수 있을지도 모른다고…… 그렇게 생각하고 있나?"

"……!"

"꿈에서 깨어나라, 애송이. 절대 그럴 일은 없어."

베이런은 악마처럼 속삭이며 라곤을 집어 던졌다. 건장한 라곤의 몸이 장난감처럼 날아가서 소파에 처박혔다. 소파가 뒤집어지면서 요란한 소리가 울렸다.

"커, 커헉……."

그 앞으로 베이런이 뚜벅뚜벅 걸어와서 라곤의 머리를 짓밟았다. 그리고 잔혹한 미소를 머금은 채 말했다.

"차라리 그때 죽는 게 나았다고 생각하고 있겠지?"

"크윽……."

라곤은 대답하는 대신 몸을 일으키려고 했다. 하지만 베이런이 발에 힘을 살짝 주자 그대로 고꾸라져서 두개골이 부서질 것 같은 압력에 고통받았다.

"지금 삶이 그렇게 고통스럽고 차라리 끝나길 바란다면… 죽여줄 수도 있지."

"누가……."

라곤이 쥐어짜 내는 듯한 목소리로 말했다. 베이런이 발에서 살짝 힘을 빼자 라곤이 그의 발목을 잡고 덜덜덜 떨면서 몸을 일으키기 시작했다.

힘의 차이가 역력하니 다시 살짝 힘을 주기만 해도 라곤은 그의 발아래서 움직이지 못할 것이다. 하지만 베이런은 재미있다는 듯 그에게서 발을 뗐다. 비틀거리며 일어난 라곤은 베이런을 죽일 듯이 쏘아보며 말했다.

"그런 걸 바랄 것 같냐? 젠장, 보자보자 하니까 아주 그냥 소설을 써라, 소설을."

"뭐?"

생각했던 것을 완전히 벗어난 반응에 베이런이 눈을 크게 떴다. 그 앞에서 라곤이 씩씩거리다가 퉤, 하고 피 섞인 침을 뱉었다.

'차라리 죽는 편이 나았을 거라고?'

웃기지 마라. 한 번도 그런 식으로 생각해 보지 않았다. 평생을 노력해서 이룩한 것을 송두리째 잃어버리고, 단물이 빠졌다 싶자 썰물처럼 빠져나가는 인간 군상의 추악한 본성을 보며 짜증나기는 했지만, 그렇다고 해서 죽을 생각 따윈 추호도 해보지 않았다. 그저 이 시련을 초월하여 베이런에게 복수하겠다는 일념 하나로 노력하고 있었을 뿐이다.

라곤은 베이런을 똑바로 노려보며 말했다.

"네놈을 죽이기 전까지는 절대 죽고 싶다는 생각은 안 해."

"나를 죽인다라……."

베이런에게는 너무 많이 들어서 식상해진 말이다. 살의를 받는 것에는 익숙하다. 그리고 살의를 보낸 자를 이 세상에서 지워 버리는 것 역시.

"많은 사람이 그렇게 말했지만 아무도 자신의 말을 지키지 못했지."

베이런은 그렇게 말하며 손을 들어 올렸다. 그의 주변에서 섬뜩한 검은 오러가 일어나서 라곤을 압박했다. 단순히 감각이 위협받는 수준이 아니라 실제로 압사할 것 같은 압력이 가해지면서 호흡이 곤란해진다.

"너는 다를 것 같으냐, 라곤 클란드?"

"네가 여기서 그냥 돌아간다면, 넌 곧 그 답을 알 수 있을 거야."

라곤은 숨이 가빠오는 것을 느끼면서도 독기 어린 목소리로 쏘아붙였다. 자신을 쏘아보는 라곤의 눈동자를 바라보던 베이런이 피식 웃으며 힘을 거두어들였다. 그러자 잔뜩 힘을 주고 있던 라곤이 비틀거리며 고통스러운 숨을 토해냈다.

퍽!

다음 순간 오러의 파문이 날아들어서 라곤을 후려갈겼다. 요란한 소리와 함께 부서진 소파 사이에 처박힌 라곤을 내려다보면서 베이런이 말했다.

"네가 그 일을 해낸다면 그것이야말로 기적이라 불러야 마땅할 것이다. 내가 살려준 목숨, 부디 나를 감동시킬 정도로 가치있게 써보도록 해라."

베이런은 그렇게 말하며 몸을 돌렸다. 그리고 당당하게 그 자리에서 걸어나갔다.

"크윽! 썩을 놈. 가려면 그냥 곱게 갈 것이지 끝까지 무슨 짓이야."

라곤은 부서진 소파 사이에서 힘겹게 몸을 일으키며 투덜거렸다. 하지만 태연한 척 투덜거리는 것과는 다르게 가슴에는 불덩이가 내려앉은 것 같았다. 그는 빠드득 소리가 나도록 이를 갈면서 중얼거렸다.

"오냐, 베이런. 그렇게 죽음을 바란다면 내가 꼭 그걸 주도록 하마. 반드시!"

라곤의 저택에서 떠난 베이런은 알론조 백작으로서 마차에 몸을 싣고 있었다. 뒤를 돌아보아도 더 이상 라곤의 저택이 보이지 않게 될 때쯤 되자 문득 마차를 몰던 남자가 물었다.

"왜 살려두셨습니까?"

그렇게 물은 것은 라곤과 비슷한 또래의 청년이었다. 어두운 곳에서 보면 칠흑으로 보일 짙은 흑갈색 머리칼에 녹색 눈동자를 가진 청년은 얼굴 한가운데를 가로지르는 기다란 칼자국 흉터가 있었고 냉혹한 표정을 짓고 있었다.

베이런이 대답했다.

"지금의 그에게는 약속을 어겨가면서까지 죽일 가치가 없으니까. 나는 그때 분명히 그에게 말했다. 살려주겠다고 말야."

베이런은 절대 허언을 하지 않는 남자였다. 파멸적인 광기에 잠겨 있긴 하지만 말한 것은 반드시 지킨다.

흉터를 가진 청년은 베이런의 대답이 뭔가 못마땅한 기색이었다. 하지만 토를 달지 않고 얌전하게 마차를 몰았다. 베이런이 그런 그를 보며 피식 웃었다.

"뭐가 그렇게 마음에 안 드는 거냐?"

"마스터께서 누군가의 재능을 인정한다고 하시는 것, 처음 봤습니다."

"그렇겠지. 그런 놈은 정말로 보기 드무니까."

"저한테도… 해주시지 않았던 말입니다."

청년은 낮은 목소리로 말했다. 그 말에 베이런은 어처구니없어하며 대답했다.

"그야 당연하지. 너한테는 그런 재능이 없으니까."

"……"

"넌 단지 살아남았을 뿐이다. 자기 주제를 잊으면 곤란해. 난 나를 싫증 나게 하는 것들이 견딜 수 없이 싫거든."

차가운 표정을 지은 베이런으로부터 소름 끼치는 기운이 퍼져 나갔다. 한순간에 주변이 암흑으로 변하는 것 같다. 청년은 숨이 턱 막히는 걸 느끼며 몸을 부들부들 떨었다.

이대로라면 죽는다. 베이런이 마음만 먹으면 손가락 하나 까딱하지 않고 그의 목숨을 거두어갈 수 있었다. 그 사실을 깨달은 청년은 목을 붙잡고 목소리를 쥐어짜 냈다.

"거, 건방지게 굴어서 죄송… 합……. 부, 부디 용서를……."

그 순간 그를 나락으로 몰아넣던 압력이 씻은 듯이 사라졌다. 그는 사라진 줄 알았던 공기가 폐를 가득 채우면서 다시

숨을 쉴 수 있게 되었다.

"헉, 허억… 콜록콜록!"

눈물, 콧물을 흘리며 발버둥치는 청년을 경멸하는 눈으로
바라보던 베이런은 뒤를 돌아보았다. 더 이상 보이지 않는 저
택에 있는 라곤을 떠올리면서.

'모든 걸 잃어버린 네가 뭘 할 수 있을지 기대되는군. 뭐, 아
무것도 하지 않고 다른 쓰레기들처럼 사라져 간다고 해도 조
금 아쉬울 뿐이겠지만.'

그에게 있어 누군가에게 기대한다는 것은 배반을 전제로 하
는 일이다. 모든 사람이 자신의 기대를 저버렸을 때 그는 세상
전체를 적으로 삼았고 자신마저도 파멸로 몰아넣었다.

그러니까 라곤이 아무것도 하지 못하고, 다시는 그의 앞에
서지 못한다 한들 애석하지는 않을 것이다. 시간이 지나면 라
곤이라는 존재가 있었다는 사실조차 잊겠지.

하지만 그런데도 불구하고 왠지 가슴이 두근거리는 것은 왜
일까?

베이런은 비틀린 미소를 지은 채 눈을 감았다. 한참을 고통
스럽게 버둥거리던 청년이 곧 정신을 차리고 다시 마차를 몰
기 시작했다.

CHAPTER 07
마법사

마검전생

베이런이 다녀간 이후로 라곤은 한 가지 결의를 가슴에 새겼다. 지난 3개월간의 자신을 돌아보며 앞으로의 계획을 전면적으로 수정했다.

"그래, 그만하면 충분히 기다렸지."

이 기다림에 충분함이라는 표현이 어울리는지는 모른다. 하지만 베이런이 찾아와 준 덕분에 헛된 희망에 매달려 의미없는 기다림을 계속하는 시간에 종지부를 찍을 수 있을 것 같았다. 지금 라곤은 그 어느 때보다도 뜨거운 열기에 사로잡혀 있었다.

라곤은 일단 그동안 해오던 것보다 더욱 강도 높은 훈련을 하루 여덟 시간 이상씩 행하기 시작했다. 집안의 하인들이 마치 수도승처럼 규칙적이고 집요한 그 모습을 보며 질릴 정도로 혹독한 단련이었다.

동시에 그는 마탑에 전갈을 보내어 한 가지 일을 의뢰했다. 결과가 나오기까지 조금 시간이 걸릴 만한 일이었다.

"그럼 가볼까."

마탑으로 심부름꾼을 보낸 라곤은 몰래 저택을 나섰다. 그 행동이 무척 은밀했기 때문에 집사와 몇몇 하인들을 제외하면 주인이 자리를 비웠다는 사실조차 몰랐다. 다만 그날부터 며칠간 라곤이 연무장에 모습을 보이지 않는다는 사실을 의아하게 여겼을 뿐이다.

말을 타고 나선 라곤이 향한 곳은 영지 내의 몬스터 서식지였다. 얼마 전에 실시간 영지 조사를 통해 몬스터들이 어디에 서식하는지, 그리고 그로 인해 영지민들이 어떤 피해를 입고 있는지 파악했던 것이다.

목적지는 저택에서 하루 떨어진 곳에 있는 마을인 비잠이었다. 요즘 고블린 떼가 숲에 자리를 잡는 바람에 피해가 이만저만이 아니라는 보고가 올라온 곳이다.

라곤이 비잠에 도착하니 그곳에는 30명의 용병이 대기하고 있었다. 미리 손을 써서 불러둔 이들이었다. 험상궂은 얼굴을 가진 용병단장이 물었다.

"발터 경이십니까?"

"그래."

라곤이 말에서 내리며 대답했다. 그리고 영주, 즉 라곤 자신이 발급한 명령서를 꺼내서 보여주었다.

"확인했습니다. 클란드 백작님의 인장이군요. 오늘, 잘 부탁드리겠습니다."

"나도 잘 부탁하지."

발터라는 이름은 라곤이 자신의 신분을 위장하기 위해서 지어낸 것이었다. 아직까지는 대외적으로 활동을 알리고 싶지 않았기 때문이다.

"고블린의 숫자가 꽤 많은 것 같으니까 교전에 들어가기 전에 피해를 많이 입혀놓을 수 있는 편이 좋아. 혹시 자네들 중에 활을 쏠 수 있는 인원이 얼마나 되지?"

"세 명입니다."

"생각보다 적군. 마법사는?"

"두 명 있습니다. 한 명은 파이어 볼을, 한 명은 워터 해머를 사용할 수 있는 인재죠."

"그건 아주 좋군."

활은 숙련하기가 까다롭고 비용이 많이 들어가는 무기라서 용병들 중에는 다룰 줄 아는 이들이 별로 없었다. 군대에 소속된 궁병이 아니라면 대부분의 궁사들은 궁술을 교양으로 터득한 귀족들이다.

그래도 마법사가 둘이나 되고, 서로 단점을 보완해 줄 수 있는 주문을 터득하고 있다는 점이 다행이었다. 파이어 볼은 강력한 파괴력을 가진 전투용 주문이고, 워터 해머는 살상력은 다소 떨어지지만 숲에서 화염 주문을 사용해야 할 때 화재가 나지 않도록 뒤처리를 하는 데 유용한 주문이다.

라곤은 용병단의 전력을 점검하고, 그들이 정찰해 온 고블린 부락의 상황에 맞춰서 전술을 정했다. 그리고 앞장서서 용병단을 이끌고 고블린 부락으로 향했다.

"그런데, 앞장서실 생각입니까?"

라곤이 자신도 돌격하는 것을 전제로 삼자 용병단장이 의아해하며 물었다. 보통 기사들은 이럴 때는 용병들만 돌격시켜서 위험한 상황을 넘기고 뒤처리를 할 때나 나서서 전과를 올리게 마련이다.

하지만 라곤은 무슨 소리를 하냐는 듯 물었다.

"그럼?"

"아, 아니, 아무것도 아닙니다."

"활을 쏠 수 있는 인력도 적고 하니까 피해를 최소화하면서 이길 방법을 찾아보도록 하지. 아, 그리고 미리 말해두겠는데, 고블린 리더는 되도록 피하도록 해."

"고블린 리더를요? 어째서입니까?"

고블린은 키가 1미터를 간신히 넘을 정도로 작고 왜소하며, 요정의 얼굴을 추악하게 일그러뜨린 것 같은 생김새를 가진 몬스터다. 움직임이 매우 날래서 단검과 독을 즐겨 쓰지만 완력은 약했다.

하지만 100마리 중 한 마리 꼴로 태어난다는 고블린 리더는 다르다. 인간과 비슷한 체격에 강력한 근력과 순발력을 겸비

하는 것으로 알려져 있었다. 게다가 마법적인 능력까지 갖고 있기 때문에 상대하기 까다로운 존재다.

라곤이 대답했다.

"내가 해치울 거니까."

"발터 경이 직접 상대하신다고요?"

"그래. 뭐, 이유는 묻지 말고 그냥 따라줘. 어쩔 수 없는 상황이면 그냥 죽여도 되지만."

"알겠습니다."

용병단장은 미심쩍은 표정으로 그 지시를 부하들에게 전했다. 그리고 잠시 후 일행은 미리 정찰해 둔 루트를 통해서 고블린 부락을 내려다볼 수 있는 위치로 이동했다.

"꽤 많아 보이는군."

라곤은 눈살을 찌푸렸다.

고블린 부락의 규모는 바깥에서 관찰하는 것으로는 알기 힘들다. 왜냐하면 고블린은 빛을 싫어하기 때문에 굴을 파고 그 안에 주거지를 짓기 때문이다.

하지만 굴속에 처박혀 있다가는 인간들이 토벌하러 왔을 시 곧바로 전멸할 수 있다는 것을 알고 있기 때문에 그들은 굴 앞쪽에 나무와 돌을 모아서 어설픈 방책을 만들어두고 있었다. 그 안쪽에 잔뜩 찌푸린 표정으로 돌아다니는 고블린들의 숫자가 열 마리 이상인 것을 보니 고블린 부락의 전체 규모는 100마리 이상은 될 것 같았다.

"시작하지."

라곤이 명령을 내리자 곧바로 마법사들이 공격을 시작했다. 약 20초가 지난 후, 첫 번째 파이어볼 주문이 날아가서 방책에 작렬했다.

화아아아악!

그 위에서 경계를 서던 고블린 두 마리가 한순간에 불탄 시체가 되어 추락했다. 다른 고블린들이 당황하는 순간, 라곤과 세 명의 용병이 그들을 향해 화살을 날렸다.

"끼엑!"

용병들의 활 솜씨도 별로였지만 라곤의 활 솜씨도 그리 좋지는 못했다. 활은 기사 서임을 받고 나서부터 익히기 시작했고, 그렇게 열성적으로 연습하지도 않았기 때문이다. 고블린들이 비상종을 울릴 때까지 화살로 맞춰 잡은 숫자는 셋밖에 안 되었고, 한차례 또 주문을 외운 마법사가 두 번째 파이어 볼을 날려서 방책을 무너뜨렸다.

'주문 발동까지 꽤 오래 걸리는군. 역시 정식 마법사가 아니라서 그렇겠지.'

라곤은 용병 마법사와 요즘 전장에서 본 마법사들의 실력을 비교해 보며 쓴웃음을 지었다. 용병 마법사는 파이어 볼을 사용할 수 있다는 것이 자랑거리지만 마탑에서 교육받은 정식 마법사는 그게 기본 사항인 것이다.

곧 무장한 고블린들이 굴 밖으로 나오기 시작했다. 그 위로 파이어 볼이 한 방 더 작렬, 서너 마리를 날려 버리고, 다른 마법사가 워터 해머를 발동시켜서 분출하는 물로 몇 마리를 내동댕이쳤다. 그 위로 라곤과 세 용병이 다시 화살세례를 퍼부어서 몇 마리를 쓰러뜨렸다.

그러는 동안 죽기 살기로 돌진해 온 고블린들이 지척까지 다가왔다. 라곤은 활을 놓고 검을 뽑아 들며 명령했다.

"간다!"

"와아아아!"

용병들이 함성을 지르며 달려나갔다. 라곤은 그들보다 앞서서 고블린들과 격돌했다.

츠팟!

고블린이 칼을 머리 위로 들어 올리는 순간, 몸을 낮춘 라곤의 검이 그 목을 베고 지나갔다. 단번에 한 마리를 베어버린 라곤은 곧바로 몸을 틀었다.

쉬쉬쉿!

그 뒤를 따라오던 녀석들이 원통을 입에 물고 독침을 쏘아냈기 때문이다. 아슬아슬하게 그것을 피하면서 그대로 땅을 박차고 접근, 검을 한 번 휘두르자 범위 안에 있던 두 마리가 한 번에 베어져 나갔다.

"대, 대단해!"

용병들이 감탄하는 소리가 들렸다. 짧은 시간이었지만 라곤이 보여준 움직임은 거의 신기에 가까웠다. 라곤은 자신보다 늦는 그들의 움직임에 맞추어 천천히 고블린들에게로 전진했다.

처음에 기습으로 큰 타격을 줘서 우왕좌왕하게 만들었기 망정이지, 그렇지 않았다면 고블린은 숲에서 싸우기에는 굉장히 난감한 적이었다. 몸이 작은 만큼 날래고 기척을 감추는 데 능하기 때문이다.

하지만 이렇게 경황이 없어서 대놓고 달려든다면 쉽게 처리할 수 있었다. 물론 라곤에게나 그렇다는 것이고 다른 용병들은 낮은 위치에서 달려드는 고블린들의 움직임을 따라가느라 애를 먹고 있었다. 이따금씩 고블린들이 쏘는 독침에 맞은 용병이 지르는 비명이 들려왔다.

"칫."

그 소리를 들으며 라곤은 혀를 찼다. 사실 라곤도 상당히 힘든 싸움을 하고 있었다. 소드 마스터의 힘을 잃은 후 첫 실전이기 때문에 어긋난 감각을 조정하는 게 쉽지 않았다. 무심코 소드 마스터일 때의 버릇이 나오는 것을 경계하느라 움직임이 둔해진다.

'정신 차려, 라곤!'

라곤은 스스로에게 일갈했다.

오늘 이 전투에 온 것은 현재의 자신을 확인하기 위해서다. 지금껏 단련하면서 스스로를 잘 파악하고 있다고 생각했지만 막상 전장에 서자 그렇지 않다는 것을 알 수 있었다.

몸이 아직도 초인일 때의 자신을 기억하고 있다. 아니, 어쩌면 무의식이 그때의 영광을 떨쳐 버리지 못하고 있는 것인지도 모른다.

"하아!"

라곤은 그런 감각을 떨쳐 버리기 위해 기합을 내질렀다. 칼과 칼을 맞대는 전장에서 어긋난 감각과 버릇은 저승으로 가는 지름길이다. 이번 일전으로 어떻게든 그것을 교정하지 않으면 안 된다.

　"크워어어어!"

　스스로를 다그치며 태풍 같은 기세로 고블린들을 쓰러뜨려 가던 라곤의 앞에 기다리던 적이 나타났다. 다른 고블린들보다 훨씬 큰 덩치를 가진 고블린 리더였다.

　"기다렸다. 와라!"

　라곤이 이를 드러내며 고블린 리더를 도발했다. 흥분한 고블린 리더가 앞뒤 가리지 않고 돌진해 와서 커다란 칼을 휘둘렀다.

　후우우우웅!

　칼날이 허공을 가르는 기세가 매서웠다. 동작이 큰 만큼 휘두른 후의 허점도 컸지만, 워낙 강맹한 공격이라 허점을 파고들어 가기가 쉽지 않았다. 라곤은 일단 고블린 리더의 신체 능력을 확인하기 위해 계속해서 공격을 피했다.

　"크워어어!"

　라곤이 피하기만 하자 약이 오른 고블린 리더가 닥치는 대로 검을 휘둘러왔다. 라곤은 조금씩 뒤로 물러나는 거리를 줄이면서 그 공격을 똑바로 관찰했다.

　후우웅!

　칼날이 아슬아슬하게 머리카락을 스치고 지나간다. 잘린 금발 몇 가닥이 허공에 흩날린다.

곧바로 반대쪽에서 다시 일격이 날아들었다. 라곤은 이번에는 반보 앞으로 내디디며 몸을 슬쩍 비기는 것만으로 그것을 피했다. 그다음 일격은 고개를 살짝 옆으로 꺾는 것만으로 피해냈다.

"크워어?"

몰아치는 고블린 리더의 음성에 의문이 섞였다. 분명히 공격하고 있는 쪽은 자신인데 상황이 미묘하게 바뀌고 있었다. 라곤은 더 이상 물러나지 않고 조금씩 몸을 좌우로 움직이면서 고블린 리더의 공격을 피해냈고, 결과적으로 고블린 리더는 제자리에 묶인 채 헛방질만 계속했던 것이다.

그 상황에 고블린 리더만이 아니고 주변의 용병들까지도 묘하게 위화감을 느끼기 시작했을 때, 라곤이 중얼거렸다.

"…이 정도로군."

그 소리를 들은 용병은 왠지 오싹한 기분을 느꼈다. 그리고 그 순간 라곤이 날아드는 칼날 앞으로 뛰어들었다.

'안 돼!'

용병들이 비명을 질렀다. 여태까지 잘 피해내더니 갑자기 자살하듯이 칼날 앞으로 몸을 던지다니!

파학!

다음 순간 섬뜩한 파육음이 울려 퍼졌다. 그리고 고블린 리더가 반쯤 잘려 나간 목에서 선혈을 흩뿌리며 옆으로 쓰러졌다.

"뭐, 뭐야?"

용병들이 믿을 수 없다는 듯 중얼거렸다. 쓰러진 고블린 리더의 뒤쪽에서 라곤이 무심한 표정으로 돌아보고 있었던 것이다.

"좋아. 생각한 것하고는 좀 오차가 있긴 하지만 이 정도면 그럭저럭……."

라곤은 고블린 리더의 시체를 내려다보며 중얼거렸다.

고블린 리더의 호흡과 공격 궤도를 완벽하게 파악한 라곤은 절대 그 칼날이 닿지 않는 공간을 찾아서 뛰어들었다. 고블린 리더의 공격은 어이없게 라곤의 몸을 비껴 나가고, 그 순간 라곤이 검으로 고블린 리더의 목을 깊숙이 가르며 지나쳤던 것이다.

고블린 리더를 쓰러뜨린 라곤은 살아 있는 고블린들에게로 달려들어서 풀 베듯이 베어 넘기기 시작했다. 잠깐 얼이 빠져 있던 용병들 역시 퍼뜩 정신을 차리고 다시 고블린들에게로 달려들었다.

고블린들이 전멸하기까지는 그리 오랜 시간이 걸리지 않았다. 라곤은 그것으로도 모자라서 마법사들에게 고블린들의 굴 속에 파이어 볼 몇 발을 때려 넣게 하고는 입구를 무너뜨린 후에야 상황 종료를 선언했다.

"모두 수고했다. 피해 상황은?"

"세 명 사망, 두 명 중상, 다섯 명 경상입니다."

용병단장이 보고했다. 사망자가 세 명이나 나왔다는 사실에
라곤이 혀를 찼다. 아무래도 고블린의 숫자가 많다 보니 어쩔
수 없었나 보다.

"잔금은 여기 있어. 부상자들은 내가 근처의 신전에 말해둘
테니 들러서 치료를 받고 가도록."

"가, 감사합니다."

다른 귀족들에게서는 찾아볼 수 없는 배려에 용병단장이 당
황했다.

그 후 라곤은 촌장을 만나서 상황을 알리고, 인사를 받았다.
촌장은 하루쯤 머물러 주길 청했지만 라곤은 직무가 바쁘다는
핑계를 대고 대신 용병들을 대접해 주라고 이야기하고는 곧바
로 말에 올라서 그곳을 떠났다.

"다음번에는 좀 더 병력을 넉넉하게 고용해야겠군."

마을이 멀어지자 라곤은 한숨 섞인 목소리로 투덜거렸다.
목숨 걸고 칼밥 먹는 용병들을 동정한다는 게 웃기는 일이긴
했지만, 이번 전투는 반은 자기 욕심을 위해 벌인 싸움이라서
전사자가 나오니 좀 씁쓸했다.

어쨌든 용병들까지 고용해 가면서 실전에 뛰어든 목표는 달
성했다. 이제는 계획한 것을 실천하기만 하면 될 것 같았다.

2

리할드 왕국력 355년 7월.

"주인님."

영주로서의 집무를 다 처리하고 서재에서 책을 읽고 있던 라곤에게 집사가 찾아왔다. 아직 식사 시간이 아니었기에 라곤이 의아한 기색으로 그를 바라보았다.

집사가 흘끔 라곤이 읽고 있던 책을 바라보았다. 그것은 초심자를 위한 마법학 개론으로, 마탑에서 운영하는 교육기관에서 교과서로 쓰고 있는 책이었다. 라곤은 요즘 혹독하게 몸을 단련하는 한편 그 외의 시간에는 항상 마법에 관련된 책들을 읽고 있었다.

라곤이 눈길로 재촉하자 집사는 헛기침을 한 번 하고는 용무를 말했다.

"흠흠, 다름이 아니고 손님이 오셨습니다."

"손님? 누구지? 데다르 마을 촌장하고 만나기로 한 날은 아직 안 된 것 같은데…….."

"그게 아닙니다. 마탑에서 파견한 마법사가 도착했습니다."

"아, 이제야 왔나."

라곤은 집사의 말뜻을 알아차리고 미소를 지었다.

마탑에 의뢰를 넣은 지는 3주일이 지났다. 슬슬 가을도 끝나가고 겨울이 다가올 무렵, 라곤은 몇 개월 전 잠깐 스쳐 가는 인연처럼 만났던 한 젊은 마법사와 재회했다.

"오랜만입니다."

얼굴에 자잘한 흉터를 달고 씩 웃는 소년의 이름은 카알 브

리드였다. 그동안 고생을 많이 한 것 같긴 했지만 여전히 나이
에 비하면 너무 어리게 보이는 얼굴이었다.

라곤이 미소 지었다.

"기다리고 있었습니다. 내 제의를 받아들여 줘서 고마워
요."

"뭐, 라곤 경이 부르는데 안 올 수야 없죠. 게다가 사실
은……."

카알이 겸연쩍은 듯 볼을 붉혔였다. 라곤이 물었다.

"사실은?"

"전장에서 벗어나고 싶어서 미칠 지경이었거든요. 만날 죽
기 살기로 오크들이랑 싸우고 싸우고 또 싸워대니 슬슬 한계
가 와서. 그런 와중에 라곤 경이 마탑에 의뢰해서 저를 교사로
초빙하고 싶다는 소식이 날아왔으니 완전 지옥에서 구세주를
만난 기분이었다니까요."

카알이 너스레를 떨었다.

그것은 그의 솔직한 심정이기도 했다. 요즘 크루세스를 중
심으로 한 오크들과의 분쟁 지역은 정말 매일매일 크고 작은
전투가 끊이지 않는 지옥 같은 상황이었던 것이다.

라곤은 꽤 많은 돈을 들여서 마탑에 자신에게 마법을 가르
쳐 줄 교사를 보내줄 것을 요구했다. 처음에는 아무나 보내줘
도 좋다고 하려 했지만, 나렌에서 인연이 닿았던 카알이 생각
났다. 죽었는지 살았는지는 모르지만 전장에서 본 그의 마법
사로서의 기량 때문에 불러들였던 것인데, 이렇게 살아서 보

게 되니 아주 반가운 기분이었다.

"잘됐네요. 반년 동안 날 가르칠 교사를 원했으니 그동안은 전장을 잊어도 될 겁니다."

"정말 감사한 일입니다. 아, 그리고 말 놓으셔도 돼요."

"그럴까?"

라곤은 피식 웃으며 말투를 바꾸었다. 어차피 카알이 나이도 어리고 신분도 낮으니 당연한 일이다. 그리고 라곤은 원래 말 놓으라면 사양하는 성격이 아니었다.

문득 카알이 조심스러운 태도로 입을 열었다.

"그런데……."

"음?"

"왜 하필 고작 4서클을 수행하는 저를 선택하신 겁니까?"

그것은 카알이 여기까지 오는 내내 품고 있던 의문이다. 라곤은 당대에 영주 계급이 되긴 했지만 그래도 충분히 부유한 이였다. 국왕이 하사한 이 영지에서 거두어들이는 세금만 해도 평민 출신인 카알은 상상도 못할 액수일 테니까.

그러니까 마음만 먹으면 지금 전장에서 중요한 역할을 하는 고위마법사들까지는 무리더라도 카알보다 높은 수준의 마법사 정도는 얼마든지 초빙할 수 있었을 것이다. 그런데도 굳이 카알을 선택한 이유가 뭔지 궁금했다.

라곤은 솔직하게 대답해 주었다.

"내가 바라는 것은 마법의 기초를 확실하게 알려줄 사람이지 수준 높은 마법사가 아냐. 내가 카알 경을 본 시간은 얼마

안 되지만 한 가지 눈여겨본 점이 있었지."

"뭐죠?"

"그건 다른 마법사들보다 자기가 사용하는 마법에 대한 숙련도가 확실했다는 점이야. 자네는 다른 사람들보다 훨씬 빠르고 확실하게 마법을 사용하더군."

마법은 한 가지에 숙련되면 숙련될수록 발동이 빨라지고 정확도와 위력이 증가한다. 카알의 경우 포스 볼트는 거의 쓰겠다는 마음이 이는 것과 동시에 시동어만 외치면 사용할 수 있었다.

마법사는 좁고 깊게 익히기보다는 넓게 많이 익히길 갈구하는 존재다. 그렇기에 대마법사 할로드라 한들 카알보다 포스 볼트에 대한 숙련도가 높다고는 할 수 없었다.

라곤의 말에 카알이 부끄럽다는 듯 뒷머리를 긁었다.

"아, 그게… 저는 별로 머리가 좋은 편이 아니라서 말이죠. 전투마법사로 등록해서 일하고 있는 것도 그래서고요. 그러다 보니 이것저것 많이 익히겠다고 하는 것보다는 하나하나를 확실하게 익히는 쪽으로 가게 되더라고요. 아무래도 전투에서 쓸모있는 마법을 골라서 익히게 되고……."

"바로 그거야."

"네?"

"나도 머리가 별로 좋은 편이 아니거든. 독자적으로 마법 서적을 구해서 좀 읽어봤는데… 고위마법사들은 사람 같질 않더군. 얼마나 머리가 좋아야 그렇게 할 수 있는 거지?"

라곤이 고개를 절레절레 저었다.

마법사들은 기본적으로 머리가 좋다. 스스로 머리가 별로 안 좋다고 말하는 카알 역시 일반인 기준으로 보면 높은 지능을 가졌다. 하지만 고위마법사들의 경우에는 정말 인간이 맞나 싶을 정도로 뛰어난 지능을 가져서 기적 같은 암기력과 연산력을 보여주곤 했다.

라곤은 자신의 두뇌가 천재적이지 않다는 사실을 알고 있었다. 마법사들은 육체를 마법 회로로 바꾸면서 동시에 기억력과 연산 능력을 활성화시키는 비술을 터득한다고 하지만, 그것도 그렇게 기적적인 효과를 보여주는 것은 아니라고 한다.

그렇다면 자신이 가야 할 길은 대마법사의 길이 아니다. 라곤은 이미 갈 길을 정해두고 있었고, 이제 실제로 카알에게 마법을 배우면서 그것을 확인하고, 잘못된 부분은 수정해 나갈 생각이었다.

카알이 조심스럽게 물었다.

"그럼 전투마법사가 되시려는 건가요?"

"그렇다고 할 수 있지. 철저하게 전투에 필요한 마법만 터득할 생각이니까."

라곤은 카알의 스타일을 자신이 일차적으로 습득해야 할 목표로 삼고 있었다. 철저하게 숙련되어서 전사가 검을 휘두르듯이 빠르고 정확하게 마법을 사용할 수 있는 마법사.

그 말에 카알은 왜 라곤이 자신을 불렀는지 납득했다. 하지만 아직도 의문이 남아서 물었다.

"그런데 왜… 갑자기 마법을 터득하실 생각을 한 거죠?"

계속 전장에 있었던 카알이지만 라곤의 상태는 전해 들어서 알고 있었다. 한동안 라곤이 소드 마스터의 힘을 잃었다는 사실은 왕국 최대의 이슈가 되었고, 귀족들은 사교계에서, 평민들은 술집에서 그것을 안줏거리로 삼으며 라곤을 동정하거나 비웃었다.

하지만 소드 마스터가 될 정도로 전사의 길에만 매진하던 사람이 이제 와서 마법사의 길을 가려 하는 이유는 무엇일까? 카알은 그것이 알고 싶었다.

라곤은 상처를 들쑤시는 질문에 쓴웃음을 지었다. 그리고 복잡한 감정이 담긴 목소리로 대답했다.

"그것밖에 길이 없으니까."

베이런이 라곤의 몸에 심은 '성혼'은 그에게서 오러의 힘을 앗아가는 대신 다른 가능성을 남겨주었다. 그때 베이런은 분명히 말했다.

"이것을 받은 자는 죽던가, 폐인이 되던가, 아니면 마법사가 된다."

라곤은 죽지도 않았고, 폐인이 되지도 않았다. 대신 전신의 마나 감각이 양쪽 손등을 뿌리로 하여 마법사의 마법 회로에 가까운 이상한 상태로 변질되는 바람에 오러의 힘을 잃었다.

처음부터 라곤은 자신이 마법사가 될 수 있으리라는 것을 알고 있었다. 하지만 할로드에게 한줄기 희망을 걸고 반년이라는 시간을 기다리기로 했던 것이다.

그러나 그 기다림이 끝나기 전에 베이런이 찾아와 버렸다. 그에 대한 살의를 확인했을 때, 라곤은 그때까지 매달리던 부질없는 희망을 버리기로 결의했다.

무슨 수를 써서라도 베이런에게 복수한다.

이 세상에서 소드 마스터의 오러와 맞설 수 있는 힘을 찾으라면 그것은 단 하나, 마법뿐이다. 오로지 대마법사만이 소드 마스터와 맞설 수 있는 힘을 가지지만 라곤은 마법에서 가능성을 찾을 수밖에 없었다.

라곤은 그런 결의가 담긴 얼굴로 말했다.

"잘 부탁해."

3

다음날부터 라곤은 카알에게 마법을 배우기 시작했다. 아주 기초적인 마법 이론을 배우고 이해하는 한편, 마법사가 되기 위한 가장 기본적인 의식을 거쳐야만 했다.

의식은 라곤의 저택 지하실에서 이루어졌다. 이유는 땅에 가까운 곳일수록 의식의 효과가 크기 때문이다. 카알은 마법의 촉매가 되는 물질로 육망성을 기본으로 한 마법진을 그리고 방 안 가득히 향을 피웠다. 냄새를 맡고 있으면 정신이 살짝 몽롱해지는 기분이 드는 그 향은 마법사들의 필수품인 '월영초(月影草)'를 정제해서 만든 것으로 대단히 비쌌다.

"월영초를 꽤 많이 사두셨네요."

카알은 저택 지하실에 비축된 월영초 더미를 보며 혀를 찼다.

월영초는 달빛이 환한 밤 짙은 그림자가 진 곳에서 달빛 이슬을 머금고 피어나는 약초로서 마법사들이 끊임없이 소모하는 필수품이었다. 전혀 정제하지 않은 월영초를 빻아서 가루로 만든 다음 태우기만 해도 그 연기 속에서 인간은 자신의 의식이 변하는 것을 느낀다. 그 효능이 지속되는 동안 잠시나마 마나를 인지할 수 있게 된다.

그렇기에 일반인이 마법사가 되기 위해서는 월영초가 필요하다. 월영초를 태운 향의 효능으로 마나를 인지하고, 월영초를 정제해 만든 약을 먹어서 그 약기운을 마나와 공명시킴으로써 몸을 마법사의 것으로 바꾸는 것이기 때문이다.

마법사는 결코 자연적으론 탄생되지 않는다.

아득한 고대, 신들이 아직 지상을 활보하던 그 시대에 세상에 대해 궁금해하던 젊은이가 있었다. 그는 세상에 일어나는 온갖 일들을 보며 그 원리를 궁금해했다. 하지만 누구도 그의 의문에 답해주지 못했고, 신들은 그 대가로 그의 운명을 저당잡고자 했으니 쉽게 귀의할 수가 없었다.

그때 젊은이에게 이름없는 신이 다가왔다. 이름을 잃었기에 누구에게도 섬겨지지 못하는 그 신은 젊은이에게 말했다.

'네가 바라는 진리를 주마. 대신 네 순수를 내게 바쳐라.'

그렇게 모든 인간이 가진 순수를 내버린 비술의 계승자, 마법사가 이 세상에 나타났다.

그 이후 몇백 세대가 지났는지 모를 오늘날에도 마법사가 되는 방법 자체는 전혀 변하지 않았다. 인간은 아직도 신이 준 금단의 과실을 대신할 지혜를 찾아내지 못했으니까.

카알이 준비를 하는 것을 보던 라곤이 대답했다.

"필요하다고 생각했으니까. 항상 물량이 있는 게 아니니까 꾸준히 사들였지."

"하지만 이건 이미 한 사람이 다 쓸 수 있을지조차 의문일 정돈데요."

"글쎄, 아마 내 생각대로라면 그렇지는 않을 거야."

라곤은 애매한 뉘앙스로 말하며 미소 지었다.

아무리 많은 월영초가 있어도 한 사람이 그 기운을 받아들여서 체내에 개설할 수 있는 마법 회로의 양에는 한계가 있다. 개인에 따라 편차가 크긴 하지만 보통 전신 혈관의 1/3 이상은 무리라고 한다. 그리고 그렇게 많은 마법 회로를 개설하는 데는 20년 이상의 시간이 필요하다.

하지만 라곤은 자신에게는 그런 상식이 통용되지 않으리라고 생각했다. 성흔을 받아들이는 시점에서 그는 대마법사 할로드조차 예측할 수 없는 존재가 되었기 때문이다.

라곤이 완성된 마법진 안에 걸어 들어가면서 말했다.

"필요하다면 자네도 써도 좋아."

"저, 정말요?"

카알이 깜짝 놀라서 물었다. 마법사에게 있어서 월영초는 너무나도 귀한 것이다. 카알의 경우 군에 파견되는 것을 기본으로 하는 전투마법사이기 때문에 전장에 나갈 때마다 급료가 꽤나 높아지곤 했는데, 생활비를 아끼고 유흥을 포기해도 필요한 만큼 월영초를 사기에는 돈이 모자랄 지경이었다.

그런데 그런 비싼 월영초를 그냥 주겠다고 하니 놀랄 수밖에.

라곤이 덧붙였다.

"공짜로 주는 것은 아니야. 확실하게 내가 원하는 기술을 전수해. 그럼 일정량을 보너스로 주겠어."

카알을 6개월간 교사로 빌리는 비용은 이미 마탑에 선불로 지불했다. 그러니 카알에게 숙식 외에는 따로 제공할 필요가 없다. 하지만 라곤은 그의 의욕을 고쳐시키기 위해 또 다른 당근을 제시했다.

"알겠습니다."

"그럼 시작하지. 오늘 내로 마법 회로를 개설하고 싶어."

"오늘 내로요? 그건 좀 무리일 것 같은데……."

라곤의 무리한 요구에 카알이 난감한 표정을 지었다.

원래 마법 회로라는 것은 단숨에 개설할 수 있는 것이 아니라 차근차근 마나를 인지하는 감각에 익숙해지고, 체내로 스며드는 비약과 감응시키는 법을 익힌 후에야 개설할 수 있는 것이다. 마나 감각이 탁월한 카알의 경우에도 처음으로 마나 회로를 개설할 때까지 한 달 정도가 걸렸다.

"일단 시도는 해보지. 참고로 난 마나 감각은 이미 갖고 있어."

"네?"

"원래 소드 마스터였으니까. 마나의 존재는 지금도 인지하고 있지만 그것과 감응하는 능력을 잃었을 뿐이야."

"그, 그런 거였습니까?"

처음으로 라곤의 상태를 들은 카알이 입을 쩍 벌렸다. 지금 라곤의 말이 정말이라면, 마법 회로를 오늘 안에 개설하는 것도 불가능한 일이 아니었다.

"그래. 그러니까 가능할 거라고 생각해."

라곤은 그렇게 말하면서 자신의 손을 가만히 들여다보았다.

오러는 발생시킬 수 없지만, 마나 감각은 그대로 살아 있다.

게다가 그것만이 아니었다. 마나를 인지하는 능력을 높여보면 그의 눈에는 양손 안에 이상한 빛의 덩어리들이 뭉쳐 있는 것처럼 보였다. 아마도 성흔이라는 것이 처음으로 침입한 부분들이기 때문일 것이다.

곧 그가 마법진 한가운데 앉아서 눈을 감았다. 그리고 카알의 지시대로 비약을 먹고 약기운이 스며들길 기다렸다.

'마나를 받아들여 마력을 발생시키는 장치로 내 몸을 바꾸어야 한다.'

몸에는 방대한 양의 혈관이 존재하고 있다. 마법 회로는 그 혈관을 마나와 감응, 마력을 발생시키고 흐르게 하는 기관으로 바꾸어놓는 것이다. 신경의 기능을 개선해 마나의 존재를 인지할 수 있게 되고, 혈관의 기능을 바꾸어 마력을 발생시킬 수 있게 된 존재가 바로 마법사였다.

마법 회로를 개설하고, 마력을 흐르게 하는 것은 그 자체로 몸에 부담을 주는 일이었다. 그렇기에 기본적으론 손끝의 혈관부터 차근차근 마력 회로로 바꾸어간다.

라곤 역시 그런 기본을 따라갔다. 비약의 힘과 마나의 힘을 공명시켜서 손끝의 혈관을 마법 회로로 바꾸어간다.

그 결과는 놀라웠다.

"이, 이럴 수가……!"

그를 주의 깊게 관찰하고 있던 카알이 경악했다. 월영초의 연기를 통해 마나 감각을 극한까지 일깨운 그에게는 보였다. 라곤의 몸속에서 일어나고 있는 변화가.

마법 회로로 바꾸어 마력을 통하게 하는 신경은 지금의 그에게는 빛의 선처럼 보인다. 실제로 그 자신의 몸을 보면 왼손끝으로부터 팔꿈치 약간 위쪽까지 형성된 마법 회로들이 빛나고 있었다.

라곤은 오늘 처음 마법 회로 개설 의식을 경험하는 것이니만큼 몸에서 빛의 선이 보이지 않아야 했다. 비약과 월영초 연기의 힘으로 전신이 마나와 공명하면서 희미한 빛을 발하는 정도가 전부여야 정상이다.

하지만 카알의 눈에 보이는 광경은 완전히 달랐다.

'저 손등은 도대체 뭐야?'

라곤의 왼쪽 손등이 눈이 아플 정도로 강한 빛을 내고 있었다. 그러면서 넘쳐흐르는 빛이 혈관을 타고 다른 곳으로 흘러나가듯이 손끝까지의 혈관들이 빛으로 채워져 간다. 의식을 시작한 지 채 한 시간도 되지 않아서 오른손 전체가 마법 회로로 바뀌어서 마력을 발하고 있었다.

'이건 말도 안 돼.'

그 어떤 마법의 천재라고 해도 마법 회로 개설에는 시간이 걸린다. 저렇게 빨리 한 손 전체를 마법 회로로 바꿀 수 있다니, 역사상 단 한 명도 없었던 경우다.

하지만 실제로 라곤은 그렇게 했다. 비약의 효과가 떨어지자 라곤이 심호흡을 하며 천천히 눈을 떴다. 그리고 욱신거리는 통증이 느껴지는 오른손을 들여다보며 말했다.

"이런 식인가."

비약의 효과가 떨어졌어도 그의 눈에는 여전히 마법 회로화된 혈관들이 빛을 발하는 게 보였다. 카알이 당황해서 물었다.

"그, 그게 어떻게 가능한 겁니까?"

"글쎄, 그건 나도 모르지. 나보다는 카알 경이 잘 알아야 하는 것 아닌가?"

"아니, 그건 그렇지만……."

"아마 내가 소드 마스터였기 때문에 그런 게 아닐까? 난 원래 전신이 마나를 인지하고 감응할 수 있는 존재였으니까."

"으음……."

카알은 신음했다. 그것은 분명 상식 밖의 사태를 설명할 수 있는 유일한 가설로 보였다.

하지만 왠지 석연치 않았다. 소드 마스터가 마법사가 된 경우는 전례가 없기 때문에 그렇게 생각하는 것이 제일 타당하겠지만, 그렇다고 하더라도 저 손등에서 빛을 발하는, 마치 엄청난 고밀도의 마법 회로 같은 존재는 도대체 뭐란 말인가?

라곤은 카알의 의문에는 대답해 주지 않았다. 월영초 향의 불을 끈 그가 카알을 보면서 말했다.

"그럼 마법 회로도 만들었으니 마력을 운용하는 법을 알려 줘. 어서 빨리 실험해 보고 싶군."

"아, 그, 그러죠."

카알은 당황해서 대답하며 그의 뒤를 쫓아 나갔다.

4

할로드는 오랜만에 클란드 백작령을 찾았다. 최근에는 정말 눈코 뜰 새 없이 바쁘게 크루세스와 왕도 사이를 오가고 있었다. 오크들과의 분쟁이 교착상태에 들어가긴 했지만 국지전은 계속 벌어지고 있었고, 그만한 마법 전력은 전장의 균형을 유지하기 위해서 반드시 필요하니 어쩔 수 없었다.

하지만 그러는 와중에도 그는 라곤으로부터 얻은 자료를 분석하기를 게을리하지 않았다. 이번에도 그에게 먹일 새로운 치료제를 만들어온 참이었다.

그가 라곤의 저택에 도착하자 그를 응접실로 안내한 집사가 말했다.

"잠시만 기다려 주십시오. 주인님께서는 실험실에 가 계시는지라 모셔오는 데 약간 시간이 걸릴 것 같습니다."

"실험실?"

처음 듣는, 자신에게는 익숙하지만 왠지 라곤의 저택에서 듣기에는 너무 어울리지 않는 말에 그가 고개를 갸웃거렸다. 하지만 굳이 캐묻지는 않고 일단 기다리기로 했다. 어차피 라곤이 오면 물어보면 그만이니까.

잠시 후 라곤이 모습을 드러냈다. 그를 본 할로드는 흠칫했다.

"자, 자네……."

그의 반응에 라곤이 고개를 갸웃했다. 할로드가 믿을 수 없다는 듯 물었다.

"마법 회로를 개설한 건가?"

"아, 네. 단번에 알아보시네요."

라곤은 웃으면서 오른손을 들어 보였다. 딱히 마력을 운용하고 있는 것도 아니건만 대마법사인 할로드는 한눈에 라곤의 상태를 알아보았던 것이다.

라곤의 오른 손등에는 눈이 아플 정도의 밝기를 자랑하는 빛의 덩어리가 있었고, 그로부터 뻗어나간 미세한 빛의 실들이 복잡하게 얽혀서 오른팔을 메우고 있었다. 마법사가 된 지 5, 6년은 되는 것 같은 마법 회로의 양이었다.

할로드가 눈살을 찌푸렸다.

"이건 약속이 다르지 않나?"

"죄송합니다."

당황해서 따져 묻는 할로드에게 라곤이 사과했다.

라곤은 할로드에게 반년의 시간을 주기로 했었다. 하지만 베이런의 방문으로 인해서 라곤은 더 이상 인내할 수 없게 되었다.

할로드는 낭패한 기색으로 라곤을 바라보았다. 라곤은 가만히 그가 말을 꺼내기를 기다렸다.

"후우."

한동안 라곤을 바라보던 할로드가 한숨을 쉬었다.

"그냥 변덕을 부린 것을 아닐 테고, 그동안 무슨 일이 있었던 건가?"

"있었습니다. 실은……."

라곤은 베이런이 방문했던 사실을 들려주었다. 그 말을 들은 할로드가 표정을 굳혔다.

"그가 모습을 위장한 채로 다녀갔다니… 이 나라에 들어와 있는데도 전혀 모르고 있었단 말인가?"

"그런 것 같습니다. 사실 일단 국내에 들어오고 나면 소란을 피우지 않는 한 누가 누군지 알 수 없으니까요."

"그렇군. 수배를 내린다 해도 마법으로 모습을 바꿀 수 있는 자라면 의미가 없지."

할로드는 혀를 찼다. 그런 위험인물이 국내에 들어와 있다니 이건 비상사태다. 베이런 크로네스는 단신으로 제국 전체를 공포에 떨게 만들었던 마왕 같은 존재. 만약 그가 왕도에 들어가서 정체를 드러내기라도 한다면 감당할 수 없는 사태가 벌어질지도 모른다.

"왕도 쪽에는 검문을 강화하도록 해야겠군. 마탑에서 인원을 파견하고, 근위대 쪽에도 비상경계령을 내려두도록 하겠네."

할로드는 그렇게 말하곤 몸을 일으켰다. 라곤이 마법사의 길을 택한 이상 더 이상 볼일이 없었다. 빨리 왕도로 돌아가서 일을 처리해 둬야 한다.

"그리고 라곤 경."

"예."

"자네는 아마… 마력만은 비정상적인 속도로 빠르게 성장시킬 수 있을 걸세. 자네의 몸 전체가 반쯤 마력 회로화된 상태니까."

"……."

"하지만 마법은 마력이 높다고 해서 다 되는 게 아니지. 그건 알고 있으리라 믿네."

"알고 있습니다."

마법의 수준에는 여러 가지 요소가 복합적으로 작용한다. 천 년 이상에 걸쳐 개척된 마법의 세계는 한 사람이 다 섭렵할 수 없을 정도로 방대하고 오묘하다. 그렇기에 대마법사인 할로드조차 그 모든 것을 알지 못하고, 자신의 특기 분야가 아닌 곳에는 훨씬 낮은 수준의 마법사에게 배움을 청해야 하는 경우도 있었다.

"기왕 이렇게 된 것, 부지런히 정진하도록 하게. 성취가 있기를 빌겠네."

"감사합니다."

진심이 담긴 할로드의 조언에 라곤이 고개를 숙였다. 할로드는 자신의 품에 들어 있는 치료제를 떠올리곤 아쉬운 표정을 지었지만, 곧 미련을 떨쳐 버리고 떠나갔다.

그를 배웅한 라곤은 볼을 긁적이며 중얼거렸다.

"좀 미안하긴 하지만 내 코가 석 잔데 저 양반 형편 살펴줄 수야 없지."

5

리할드 왕국력 355년 9월.

할로드의 말대로 라곤의 마력은 엄청난 속도로 성장했다. 혈관이 마력 회로화되는 속도도 비정상적으로 빨랐고, 마력 회로 자체의 마나 공명력, 마력 발생력도 최상급이었다. 마력을 발생시키고 흐르게 한다는 성능적인 측면에서 보면 라곤은 천재적인 재능을 가진 셈이다.

하지만 그것을 다루는 기술은 아직 형편없었다. 마력이 초심자치고는 지나치게 강하고, 또 과속 성장하고 있는 만큼 제어력을 터득하기가 더 힘들었다.

퍼엉!

주문을 외우던 라곤의 앞쪽에서 공기가 요동치며 폭음이 울려 퍼졌다. 과도한 출력으로 폭주한 마력이 충격파를 발생시키고, 예기치 못하게 그것에 얻어맞은 라곤이 땅을 나뒹굴었다.

"큭……."

땅을 두 바퀴나 구른 라곤이 쓰러진 채로 신음했다. 잔뜩 마력을 일으켰던 오른팔이 충격으로 덜덜 떨리고 있었다.

지켜보고 있던 카알이 물었다.

"라곤 경, 괜찮습니까?"

"아, 괜찮아. 포스 볼트랑 라이트닝 볼트는 이제 문제가 없는데 파이어 볼만 이렇군."

라곤이 방금 전에 사용하려다 실패한 마법은 마법사들의 트레이드마크쯤으로 인식되고 있는 파이어 볼이었다. 본격적으로 마법사의 길을 걸은 지 두 달 좀 지났을 뿐인데 벌써 3서클 마법을 수행하고 있는 것이다.

이것은 라곤이 편법으로 마법을 익히고 있기 때문에 가능한 일이었다.

라곤은 죽자고 마법의 기본 이론과 마력 제어법을 파고든 뒤, 자신이 꼭 필요하다고 생각하는 주문들만을 집중적으로 익히고 있었다. 두 달간 터득한 주문의 숫자는 고작해야 라이팅, 이그나이트, 포스 볼트, 라이트닝 볼트, 파이어 볼 다섯 가지뿐이었다. 철저하게 전투에서 실용적인 주문만을 익히고 있는 것이다.

그리고 라곤은 남들이 갖지 못한 강한 마력을 갖고 있었다. 이것이 그의 성장을 비정상적으로 가속시켰다.

초보 마법사들은 실제로 마법을 시전해 보는 횟수가 굉장히 적다. 마력이 적기 때문에 한두 번 정도 연습하고 나면 더 이상 시전이 불가능해지고, 숙련되는 데 그만큼 오랜 시간이 걸리는 것이다.

하지만 라곤의 경우는 그런 제약이 없었다. 같은 주문을 하루에 수십 번 이상씩 사용해 가며 숙련함으로써 자기가 목표로 한 주문만은 완벽하게 터득했다.

물론 이론은 아직 부족하다. 파이어 볼쯤 되면 마법식이 1, 2서클 주문보다는 복잡해지기 때문에 자꾸만 마법식 연산과 마력 제어에서 실수가 발생하고 있었다.

"역시 공부가 부족하긴 하군. 마력이 자꾸 커져서 제어가 불안정한 것도 문제고."

"그래도 라곤 경의 성장 속도는… 사실 마법사인 제 입장에서 보면 욕 나올 정돕니다."

카알이 투덜거렸다. 그는 라곤을 보며 황당하기도 하고 질투가 나기도 해서 복잡한 심정을 맛봐야 했다. 이건 남이 10년간 이룩한 것을 1년도 안 돼서 따라잡을 기세 아닌가?

아무리 이론을 빠삭하게 공부해도 마법 역시 실제로 사용해 보면서 감각을 터득하고 숙련해야 하는 부분이 굉장히 크다. 그렇기에 마법에 대한 이해도가 비슷하다면 마력 재능이 큰 쪽이 앞서 나가게 된다.

카알은 라곤을 통해서 그 사실을 뼈저리게 실감하고 있었다. 남들이 한두 번 시도해 보고 다시 책이나 들여다봐야 할 시간에 수십, 수백 번을 시도할 수 있다는 게 이토록 압도적인 메리트로 작용할 줄이야.

라곤이 피식 웃었다.

"내가 잃어버린 게 얼만데. 이 정도는 돌려받지 못하면 너무 억울하잖아?"

"……"

카알의 불평을 막아버리는 말이었다.

라곤은 정말 가르치는 카알이 질릴 정도로 집요하게 마법에 매달리고 있었다. 먹고 자는 시간을 빼면 계속 마법을 공부하고 연습한다. 그러면서도 반드시 두 시간씩은 검술 훈련을 하는 것이 그의 무서운 점이었다.

카알도 라곤을 가르치는 동안 이득을 많이 봤다. 라곤은 약속대로 그에게 월영초를 넉넉하게 지급했고, 마탑을 통해서 필요한 마법 주문서를 구하면서 그것을 카알에게도 보고 공부할 수 있게 했기 때문이다. 아직 미숙한 자신이 무작정 보는 것보다는 가르치는 카알이 보고 이해한 후에 가르쳐 주는 쪽이 훨씬 낫다고 판단한 결과였다.

이것은 마법사로서는 정말 감격해 마지않을 특전이었다. 특히 돈도 배경도 없어서 열악한 마법사 생활을 해왔던 카알은 요즘 생활이 아주 천국 같았다.

라곤이 중얼거렸다.

"필요한 주문서가 전부 갖춰지고 나면 5년 정도 잡고 익혀 가면 되겠지. 역시 제일 문제가 되는 것은 게일 스피릿(Gale Spirit)인데……."

"게일 스피릿은 좀 어려울 겁니다. 6서클 마법이라서 마탑에서 구입하는 것은 불가능하고, 외부로 도는 주문서도 찾기 어려우니까요."

카알이 눈살을 찌푸렸다.

마탑에서는 위험한 마법이 마탑 소속이 아닌 이에게 전달되는 것을 통제하고 있었다. 4서클의 주문서까지는 돈만 들이면 얼마든지 구할 수 있지만 그 이상의 마법은 마탑 소속의 마법사에게만 제공한다.

라곤이 탐내는 게일 스피릿은 제6서클의 마법으로 대상의 정신과 육체 모두를 가속시키는 마법이다. 사용자의 마력과 운용 능력에 따라서 그 가속률은 정신의 경우 3~7배, 육신의 경우 2~4배까지 빨라진다고 한다.

라곤은 마법을 본격적으로 터득하기 이전부터 이론을 열심히 공부하고, 자신에게 필요한 마법을 골라두었다. 마법의 힘으로 소드 마스터를 능가하기 위해 필요한 마법들을.

"그래도 꼭 구해야 해. 그게 없으면 내가 원하는 상태는 완성되지 않아."

라곤은 단호하게 말하고는 한숨을 쉬었다.

이럴 때는 좀 더 귀족사회에 많은 인맥을 만들어두지 않은 게 짜증났다. 돈과 권력이 있다면 원하는 것을 쉽게 손에 넣을 수 있을 텐데. 사람을 고용해서 경매장이나 암시장을 돌며 마법 주문서를 구해보도록 하고는 있었지만 별로 성과가 없었다.

"이제 좀 마력이 안정된 것 같군. 그럼 다시 시작하지."

라곤은 초조해진 마음을 가라앉히며 다시 마법 훈련을 재개했다. 그의 입에서 마력이 실린 목소리가 흘러나오며 허공에서 호박색 불꽃이 집결하기 시작했다.

CHAPTER 08
결혼

마검전생

①

리할드 왕국력 355년 11월.

리할드 왕국과 오팔리안 제국 사이의 분쟁은 점점 고착화되어 가고 있었다. 리할드 왕국은 점령당한 세 개의 도시를 탈환하기 위해 최선을 다했지만 오크들의 전력은 상상을 초월했다. 시시때때로 전선에 모습을 드러내는 궁극 주문의 사용자 하라두쿰은 그렇다 쳐도, 벌써 전선에서 활약한 오크 히어로들의 숫자가 거의 30에 달하고 있었다.

마법 전력 면에서는 마법사의 숫자가 압도적으로 많은 리할드 왕국 측이 우세했지만, 하라두쿰과 오크 히어로들 때문에 좀처럼 밀고 들어갈 수가 없었다. 오히려 크루세스 요새가 위기에 처한 적도 한두 번이 아니었다.

그동안 오크들은 리할드 왕국 측의 예상을 깨는 행동을 보여주고 있었다. 점령한 도시에 있던 사람들을 죽이지 않고 노예로 부리기 시작했던 것이다.

가축보다 잔혹하게 부려진 인간 노예들에 의해, 그리고 그들에게서 기술을 습득한 오크 인부들에 의해 점령된 도시는 보다 견고해졌고, 숲 안쪽에 새로운 도시가 빠른 속도로 건설되어 갔다.

가면 갈수록 오팔리안 제국의 틀은 견고해지고, 리할드 왕국은 힘든 싸움을 계속하고 있었다.

2

겨울이 다가오면서 기온이 점점 내려가고 있었다. 아직 눈이 내리진 않았지만 코트가 없으면 바깥에 나다닐 생각을 못할 정도로 싸늘하다.

그런 늦가을의 어느 날, 왕도에서 출발한 한 대의 마차가 클란드 백작령으로 들어섰다. 네 마리의 말이 이끄는 그 마차에는 코요테의 문장이 그려져 있었다.

곧 그 마차가 클란드 백작 저택 앞에 멈춰 섰다. 마부가 말들을 멈추게 하고, 마부석에서 일어나서 저택의 하인에게 방문한 목적을 전한다. 하인은 문을 열어 마차를 저택 안으로 들이고는 저택 안으로 들어가서 집사에게 손님이 방문했음을 알렸다.

집사가 손님을 맞이하기 위해서 나오는 동안, 마차 문이 열리며 한 사람이 클란드 백작 저택의 정원에 발을 디뎠다. 웨이브 진 연갈색 머리칼과 푸른 눈동자를 가진 소녀였다. 열일고여덟 살 정도 되어 보이는 그녀는 당찬 표정으로 저택을 올려다보았다.

"여긴가."

잠시 후 클란드 백작가의 집사가 나와서 그녀를 응접실로 안내했다. 하인들이 모자와 코트를 받아주고 따뜻한 차를 가져다준 다음 말했다.

"주인님께서 만나뵙겠다고 하십니다. 다만 준비를 하셔야 하니 잠시만 기다려 주시길."

"네."

예고없는 방문이었으니 만나주겠다고 하는 것만으로도 감사해야 한다. 소녀는 그 사실을 잘 알고 있었다. 클란드 백작은 올해 초에 겪은 흉흉한 사건 이후로는 이 저택에 틀어박힌 채 전혀 모습을 드러내지 않았고, 사람들을 만나는 것도 꺼려하고 있다고 해서 문전박대를 당할 것까지 각오했던 참이다.

10분 정도 기다렸을까? 곧 응접실 문이 열리면서 한 사람이 안으로 들어섰다. 금발에 푸른 눈동자를 가진 준수한 용모의 청년, 라곤 클란드였다.

"기다리게 해서 미안합니다, 시에나 양."

"예고도 없이 불쑥 찾아뵙게 되어서 죄송하게 생각하고 있습니다, 클란드 백작님."

소녀 시에나는 정중하게 고개를 숙여서 인사했다.

라곤이 굳이 시에나의 가문을 언급하지 않은 것은 그녀가 귀족이 아니었기 때문이다. 그러나 그럼에도 불구하고 면전에서 그녀의 가문 블랑크스 가를 무시할 수 있는 이는 왕국 내에 없다고 해도 과언이 아니었다. 그들은 리할드 왕국 내에서 열 손가락 안에 드는 상인 가문이었으니까.

"오늘은 무슨 일로 찾아오셨습니까?"

라곤은 호기심 어린 눈으로 시에나를 보며 물었다. 할로드까지 발길을 끊게 되자 이 저택을 찾아오는 손님은 정말 드물어졌다. 게다가 시에나와는 안면조차 없는 사이였고, 블랑크스 가문 역시 그와는 인연이 닿은 적이 없었다.

'바르빌드 후작가에서 받은 사업권 때문인가?'

라곤이 생각해 낼 수 있는 이유는 그 정도였다. 바르빌드 후작가에서 사업권을 넘겨받은 이후로 라곤은 작은 상단 하나를 운영하고 있었고, 거기서 벌어들이는 돈이 꽤 쏠쏠했다. 지금 원하는 주문서를 구하는 문제 역시 상단을 통해서 처리하고 있었다.

그렇다고 해도 시에나가 찾아온 것은 좀 이해할 수가 없다. 사업 문제라면 가문의 여식이 아니고 실무를 보는 사람이 와야 정상 아닐까?

그리고 잠시 머뭇거리던 시에나가 입을 열었을 때, 라곤은 놀라서 눈을 크게 떠야만 했다.

"실은 오늘 이렇게 찾아뵌 이유는… 클란드 백작님께 청혼하기 위해서예요."

"네?"

라곤은 순간 이 아가씨가 무슨 악질적인 농담을 하나 싶었다. 하지만 그를 바라보는 시에나의 눈빛은 아주 진지했다.

"진심으로 하는 말입니까?"

"예."

"아니, 그게… 아무리 진심이라도 청혼이라는 것을 이런 식으로, 게다가 여성 분이 다짜고짜 찾아와서 하는 경우는 처음이군요."

라곤이 난처한 표정으로 말했다.

원래 귀족끼리 청혼을 할 때는 사람과 자료를 따로 보내서 의중을 확인하고 자리를 만들어서 차근차근 진행하게 마련이다. 귀족이 된 지 2년 정도밖에 안 되는 라곤도 어느새 그런 방식에 익숙해져 있었다.

시에나가 부끄러운 듯 얼굴을 붉혔다. 하지만 그러면서도 그녀는 라곤을 똑바로 바라보면서 말을 이었다.

"저도 제대로 절차를 밟고 싶었어요. 아니, 실제로 밟기 위해 시도를 했었죠."

"아아, 무슨 말씀인지 이해하겠습니다."

라곤이 쓴웃음을 지었다.

라비니아에게 차인 이후 라곤은 들어오는 혼담을 완전히 무시했다. 그전에는 어느 가문의 어떤 아가씨에게서 들어온 혼담인지 확인이라도 해봤지만 이제는 아예 보지도 않고 집사 선에서 알아서 처리하게 시킨다.

그렇게 무시한 혼담 중에 블랑크스 가문에서 넣은 혼담이 있었던 모양이다. 하지만 보통은 그렇게 무시하면 관계가 좀 불편해질지언정 그냥 거기서 끝나게 마련인데, 이 아가씨는 굳이 라곤의 집까지 쳐들어온 것이다. 그것도 부친을 대동하지 않고 본인이 직접 왔다는 점이 또 굉장히 파격적이었다.

라곤은 한숨 섞인 목소리로 대답했다.

"죄송하지만 전 지금 누구와도 결혼할 생각이 없습니다. 혼담을 무시하고 있는 것은 그런 이유고요. 여기까지 찾아와 주신 것은 감사합니다만……."

"최근 마법 주문서를 구하고 계시다고 들었어요."

"음?"

시에나가 불쑥 꺼낸 말에 라곤은 당혹감을 느꼈다. 그런 라곤의 반응에 자신감을 얻은 듯 시에나가 말을 이었다.

"마탑을 통해서는 구할 수 없는 마법들을 구하고 계신다더군요. 6서클의 게일 스피릿 같은."

"그런 이야기는 어디서 들었죠?"

"저는 가문의 상단 운영에 꽤 많이 관여하고 있어요. 클란드 백작가의 상단이 어떻게 움직이고 있는지 정도는 가만히 있어도 들려온답니다."

"상단 운영에 관여한다고요? 시에나 양이?"

"예. 의외인가요?"

시에나가 미소를 지으며 되물었다. 라곤은 솔직하게 고개를 끄덕였다.

"정말 의외로군요."

리할드 왕국은 여자들의 사회활동이 거의 없는 나라였다. 문화가 발달한 왕도나 항구도시 게벨 같은 곳이라면 간혹 귀족 여성이 아틀리에나 화장품, 드레스아 액세서리 사업 등에 손대는 경우가 있겠지만 그것도 극히 일부의 경우에 불과하다. 그런데 아직 스무 살도 안 되어 보이는 아가씨가 이런 소리를 하니 놀랄 수밖에.

시에나가 말했다.

"어려서부터 계산에 밝았거든요. 아버지 곁에서 경리 일을 도와드린 게 시작이었죠. 백작님이 상상하실 수 있는 것보다 훨씬 다양한 분야에 손을 대고 있답니다."

"대단하군요."

"감사합니다. 하던 이야기로 돌아가자면, 저는 그 외에도 여러 가지 정보를 접했어요. 예를 들면 백작님이 마탑에 의뢰해서 마법사 하나를 마법의 가르침을 위한 의도로 초빙하셨다는 것도 들었죠."

"모르는 게 없군요."

라곤은 흥미를 보이며 그녀의 말에 귀를 기울였다. 느닷없이 찾아와서 자신에게 청혼한 이 아가씨가 도대체 무슨 의도를 갖고 있는지 궁금해지고 있었다.

시에나가 조금 조심스러운 태도로 물었다.

"그런 정보들을 종합해 본 결과, 백작님께서 마법사가 되려고 하신다는 것을 알 수 있었습니다. 맞나요?"

"글쎄요. 그거 대답해야 하는 문제입니까?"

"대답해 주시면 좋죠. 저는 가문의 대표로 이 자리에 온 거예요. 저희 가문은 백작님께 두 가지를 바라고자 하고, 그 대가로 백작님이 필요로 하는 마법에 대한 지원을 해드리고자 합니다. 원하시는 마법 주문서를 저희 가문의 힘으로 구해 드릴 것이고, 그 외에도 필요로 하는 것은 힘닿는 한 전부 제공해 드리지요."

"그것참 구미가 당기는 제안이긴 한데… 원하는 게 두 가지라니, 그건 뭡니까?"

"하나는 백작님이 제 청혼을 받아들여 결혼해 주시는 것이지요."

"말 그대로 정략결혼을 원한다는 겁니까?"

"예."

"허참, 몇 가지 묻죠."

"얼마든지요."

"시에나 양 나이가 어떻게 됩니까?"

"지난달에 스무 살이 되었습니다."

"스물?"

라곤은 좀 의외라는 듯 눈을 크게 떴다. 그녀는 외모상으로는 아직 열일고여덟 살 정도로 보였기 때문이다. 예쁘긴 했지만 아직 어린 티가 남아 있어서 미녀 소리를 들으려면 2, 3년

더 있어야겠다고 생각하던 참이다.

시에나가 얼굴을 붉히며 대답했다.

"제가 좀 어려 보인다는 말을 많이 듣는 편이에요."

"아, 아니, 이거 실례했군요. 어쨌든… 시에나 양은 한창 꽃다운 나이의 아가씨란 말인데, 가문의 이익을 위해 생판 모르는 남자에게 팔려가는 입장이 되는 것에 거부감이 없습니까?"

"없어요."

"……."

시에나가 너무 단호하게 대답하는 바람에 라곤은 말문이 막혀 버리고 말았다. 시에나가 당차게 말을 이었다.

"한 가지 확실하게 말씀드리자면, 백작님께 한 제안은 모두 제 머리에서 나온 것이에요. 이 청혼도, 지금 말씀드린 거래 조건 역시 모두 제 의지로 선택한 것."

"도대체 왜 그렇게까지……."

"어차피 귀족 가문의 여식으로 태어난 이상 자유롭게 사는 것은 무리예요. 모두가 바라는 얌전한 이미지로 예쁜 옷을 입고 예쁘게 웃는 인형이 되어서 가문의 이익으로 팔려가는 게 당연하죠."

"……."

"하지만 전 적어도 그렇게 살아오진 않았어요. 어려서부터 아버지를 따라서 상계의 일을 배우고, 처리해 왔고, 세상이 어떻게 돌아가는지 봤어요. 그러면서 한 가지 사실을 참을 수 없게 됐어요."

"뭘 말이죠?"

"아버지가 아무리 큰돈을 갖고 있어도 귀족들 앞에서 비굴하게 머리를 숙일 수밖에 없다는 것. 아무런 능력도 없는 자들이 그저 이름있는 가문에서 태어났다는 이유만으로 아버지의 고개를 숙이게 하고, 아버지의 돈을 꿀꺽 먹어 삼킨다는 사실."

라곤은 그렇게 말하는 시에나의 눈 안쪽에서 일렁이는 불길을 보았다. 그녀는 결연한 의지를 갖고 이 자리에서 라곤을 상대로 승부를 걸어오고 있었다.

"저는 아버님을 존경하고, 가문과 가문의 사업에 애착을 갖고 있습니다. 저 자신도 그 일원으로 일해올 수 있었다는 사실에 자부심을 느껴요. 그러니 기왕 결혼이라는 것을 해야만 한다면 제 의지에 의해 선택한 결혼이 되기를 바랍니다."

"그리고 그 상대가 저였다?"

"예."

"이유가 뭡니까? 나는 이제 소드 마스터도 아니고, 재산이 그렇게 많은 것도 아니며 백작위 역시 당대에 한정된 것일 뿐입니다. 이런 저와 사돈 관계가 된다 한들, 10대 상단 중 하나를 운영하고 있는 시에나 양의 가문에 이득 될 것은 별로 없을 텐데요."

"제가 클란드 백작님을 선택한 것은 그런 배경 때문이 아닙니다."

"그럼?"

"당신께서 누구와도 다른 방법으로 소드 마스터가 되었던 사람이기 때문이지요."

"……."

자신의 상처를 건드리는 그녀의 말에 라곤이 눈살을 찌푸렸다. 하지만 시에나는 그런 반응을 무시하고 말을 이었다.

"백작님께 바라는 것 두 번째는 바로 그것입니다. 모든 지원을 아끼지 않을 테니 제 동생 알렉스 블랑크스를 소드 마스터로 만들어주세요."

그 말은 완전히 라곤의 의표를 찌르는 것이었다. 라곤은 깜짝 놀라서 눈을 크게 떴다.

'동생을 소드 마스터로 만들어달라고?'

이런 제안을 받을 줄은 상상도 못했다.

그가 스스로의 힘만으로 소드 마스터가 된 것을 보았으면서도, 그 누구도 그에게 그 비결을 알려달라고 청하지 않았다. 왜냐하면 무가라면 어디나 소드 마스터가 되는 방법을 알고 있었으니까. 오랜 세월에 걸쳐 확립된 정석이 있는데 굳이 돌연변이인 라곤에게 방법을 물을 필요가 없지 않은가?

라곤은 혹시나 해서 물었다.

"블랑크스 가문은 소드 마스터 육성법을 모릅니까?"

그 말에 시에나가 곧바로 고개를 저었다.

"아뇨. 알고 있습니다. 비싼 돈을 들여서 무가 출신의 기사를 스승으로 모셨지요. 제 동생 역시 그 방법으로 수련을 계속하고 있습니다."

"그런데 왜 제게 그런 걸 바라는 겁니까?"

"그 방법이라는 것이, 여자인 제가 이런 말을 하는 것이 못마땅하게 들리실 수도 있겠지만 솔직히 황당하더군요. 사람들을 풀어서 진위 여부를 확인해 보았을 정도였지요."

"모르는 사람이 본다면 아마 그렇겠지요. 솔직히 저도 황당했으니까요."

"기사들은 한결같이 말했습니다. 그것이 소드 마스터가 될 수 있는 가장 효율적이고 완벽한 방법이라고."

오랜 시간에 걸쳐 수많은 시행착오를 거쳐 가며 다듬은 방법이다. 그 이상으로 완벽한 방법이 있을 리가 없었다.

"하지만 그럼에도 불구하고 그 방법으로 소드 마스터가 될 수 있는 자는 극소수에 불과하지요. 그토록 효율이 높아졌다, 완벽하다고 말하는데, 수많은 이들이 그 방법으로 소드 마스터를 꿈꾸지만 지금 왕국에는 소드 마스터가 여섯 명밖에 없어요."

"……."

"저는 그래서 다른 사람과는 다른 과정을 통해 소드 마스터가 되셨던 백작님께 걸어보고 싶었습니다. 어차피 몇백 분의 일의 확률이라면, 다른 사람과는 다른 방법에 걸어봐도 좋지 않은가, 그렇게 생각했지요."

"…이것 참."

라곤은 눈을 가늘게 뜨고 시에나를 바라보았다.

지금 그의 마음은 그녀에 대한 감탄으로 가득했다. 도대체 어떻게 저런 발상을 하고, 실천에 옮기기까지 할 수 있었을까? 나이는 어리지만 여걸이라는 말이 전혀 아깝지 않다.

라곤이 말했다.

"한 방 먹은 기분이군요. 이런 이야기를 듣게 될 줄은 생각도 못했습니다."

"그러실 거라고 생각합니다. 그리고 백작님, 마지막으로 또 하나 말씀드리겠습니다."

"뭐가 또 남았나요?"

"말씀하신 대로 저희 가문의 제안은 정략결혼입니다. 그러니 기한을 정해두었으면 해요."

"기한?"

"3년이라는 기한을 정해 그동안 결혼생활을 하고, 추후에 결혼생활을 계속할지 아니면 이혼할지 정할 것을 전제로 해두고 싶어요."

"……."

라곤은 할 말을 잃고 말았다. 이 여자, 정말로 하나부터 열까지 상식을 초월하고 있지 않은가?

왠지 웃음이 나온다. 애정이나 인격은 처음부터 전혀 염두에 두지 않은 채 현실적인 이익만을 이야기하는 그녀가 왠지 모르게 눈부셔 보였다.

"잠시 생각해 볼 시간을 주겠습니까? 일주일 안에 블랑크스 가문으로 답을 전하도록 하죠."

"긍정적으로 고려해 주시면 좋겠네요. 그럼 더 이상 백작님의 시간을 빼앗기 죄송하니 이만 물러가도록 하겠습니다."

시에나는 미소 지으며 인사하고 떠나갔다. 그녀를 태운 마차가 멀어져 가는 것을 바라보던 라곤이 실소하며 고개를 젓고 말았다.

3

클란드 백작령을 떠난 시에나는 밤이 다 되어서야 왕도의 블랑크스 가문 저택으로 돌아왔다. 그녀가 돌아오자 부친인 디엔 블랑크스가 불안해하는 표정으로 물었다.

"갔던 일은 어떻게 됐느냐?"

"일단 일주일 안에 답을 주겠다는 말을 들었어요. 분위기로 보건대 긍정적으로 생각해도 될 것 같아요."

"정말이냐?"

"물론이지요."

"허어, 내 딸이지만 정말 대단하다. 놀랍구나."

"제 얼굴에 금칠을 하셔도 나올 건 없답니다."

시에나는 미소를 지었다. 그녀가 이번 혼담을 직접 진행하겠다는 말을 꺼냈을 때, 디엔은 당연하게도 부정적인 반응을 보였다. 라곤과 결혼을 해서 얻을 수 있는 이익은 납득할 만한 것이었지만, 그 방법은 너무나도 상식을 벗어난 것이었으니까.

본래 이름있는 가문의 혼담이라는 것은 여자 쪽에서 꺼내는 법이 아니다. 설령 마음이 있다고 하더라도 가문의 어른들을 통해서 이야기를 넣고 예의와 격식을 맞춰서 차근차근 진행해야 하는 일이다.

하지만 라곤은 그런 식으로는 접근조차 불가능한 상대였다. 그는 라비니아 오란과 헤어진 이후로는 결혼은커녕 아예 다른 가문과 교류하는 것 자체에 뜻이 없는 것 같았으니까. 그러니 조금 무리해서라도 그의 앞에 나설 필요가 있었다.

디엔이 물었다.

"그래, 직접 보니 어떤 남자더냐?"

"생각했던 것보다 아주 근사한 사람이었어요."

"근사하다고?"

"네. 솔직히 그런 일을 겪었으니 굉장히 음침하고 신경질적이 되지 않았을까 싶었는데, 전혀 그런 기색이 없었어요. 평민 출신이라 예의나 교양이 부족하지 않을까 싶었는데 그렇지도 않았고, 외모도 그 정도면 준수하다는 소리를 들을 만하죠."

"그렇게 말하니 일등 신랑감이라는 소리로 들리는구나."

"그가 제가 추측한 대로 마법에 매진하고 있고, 마법에도 재능이 있다면 정말 그럴 수도 있어요. 소드 마스터의 힘을 잃어버렸어도 다른 분야에서 일류가 될 수 있는 열정을 가진 사람으로 보였어요."

어려서부터 부친과 함께 상계의 일을 겪어온 시에나는 사람을 보는 안목에는 자신이 있었다. 사람의 가치를 판단하는 것이야말로 상인의 능력을 결정하는 가장 큰 요소고, 그녀는 그런 면에서는 유능함을 인정받고 있었으니까.

"직접 만나보고 확신했어요. 그는 도박을 걸어볼 가치가 있는 사람이에요."

"그 자신의 가치는 그렇다고 쳐도, 알렉스를 소드 마스터로 만드는 게 가능할까?"

디엔은 시에나의 동생이자 블랑크스 가문의 후계자인 알렉스를 떠올리며 눈살을 찌푸렸다. 요즘 들어서는 시에나가 남자였으면 얼마나 좋았을까 하는 생각을 한두 번 한 것이 아니다.

"그건 그에게 맡겨봐야지요. 지금의 방법으로는 도저히 그 애를 어떻게 할 수 없어요."

"도무지 말을 안 들어먹으니."

"의지는 약하면서 요령만 천하제일이니까, 유능한 스승이 필요하죠."

시에나가 쓴웃음을 지었다. 라곤에게는 이야기하지 않았지만, 만약 결혼이 성사될 경우 그가 가르쳐야 할 알렉스는 꽤나 골칫덩어리였다.

디엔이 한숨을 쉬며 말했다.

"후우. 일단 좋은 대답이 오길 기다려 봐야겠구나."

4

"나 결혼하려고 해."

"네?"

시에나가 다녀간 다음날, 아침 식사 중에 라곤이 불쑥 꺼낸 말에 카알이 눈을 휘둥그레 떴다. 라곤이 빵을 우걱우걱 씹어서 꿀꺽 삼킨 다음 다시 한 번 말했다.

"결혼할 생각이라고."

"결혼이라니… 누구하고요?"

"블랑크스 가문 알지?"

"네. 10대 상단 중 하나를 운영하는 가문이잖아요. 마탑에도 꽤 많이 지원금을 내고 있어요."

"지원금을 낸다고?"

"마법사 인력을 많이 빌려가니까요. 그쪽에서 납품하는 물건들도 많고 해서 장기 계약으로 그쪽 상단에 소속된 인력도 많아요. 실은 저도 전쟁터에 나가느니 그게 낫겠다 싶어서 지원했는데 떨어졌죠."

카알이 한숨을 쉬었다. 그라고 전쟁터에 나가는 게 좋아서 전투마법사가 된 것은 아니었다. 돈 없고 배경도 없다 보니까 밀리고 밀려서 이렇게 된 것뿐.

"그렇군. 하긴 10대 상단쯤 되는 곳이니까 마탑하고도 연이 깊을 만하겠네."

"그렇죠. 근데 그 가문은 왜요?"

"그 가문의 시에나 블랑크스라는 아가씨가 나한테 청혼했어."

"청혼?"

"응. 난 이 모양 이 꼴이 됐어도 아직 혼담이 꾸준히 들어오는 편이거든. 아무래도 일단 백작이고, 영지도 있고, 젊으니까."

"그, 그렇군요. 근데 그걸 받아들이시려고요?"

"응."

"말씀하시는 걸 들어보니 다른 혼담은 안 받아들이셨다는 건데… 갑자기 왜 블랑크스 가문의 혼담을?"

"그 아가씨가 직접 찾아왔거든. 똑똑하고 대담한 아가씨더군."

어제는 정말 허를 찔린 기분이었다. 그런 식으로 행동하는 아가씨가 있으리라고는 상상도 못했으니까.

무엇보다 인간적인 문제를 전혀 거론하지 않으면서 자신을 설득하려고 하는 태도가 마음에 들었다. 무서울 정도로 솔직하고 실리적인 그녀의 말은 다들 쉬쉬하면서도 속으로는 탐욕스럽게 원하는 문제를 정확하게 짚어내고 있었다.

라곤이 말했다.

"그 아가씨와 결혼하면 내가 원하는 주문들을 손에 넣을 수 있을 거야. 그런 조건으로 결혼하는 거니까."

"그런 조건으로 결혼하다니… 라곤 경, 지금 결혼 이야기하는 거 아닌가요?"

"그렇지?"

"근데 무슨 상거래 같은 소릴 하는 겁니까?"

"그야 그런 의미의 결혼이니까. 완벽한 정략결혼이거든."

"……."

카알은 어이가 없어서 입을 쩍 벌렸다. 귀족들의 사고방식은 어느 정도 알고 있었지만 이렇게 대놓고 노골적인 이야기를 들으니 할 말이 없어진다.

그런 그의 반응에 라곤은 피식 웃었다.

"너무 그런 눈으로 보지 마. 솔직히 내가 순수하게 연애하고 그럴 여유가 어딨어? 사랑이라는 두 글자는 지금의 나하고는 너무 거리가 멀다고."

"아무리 그래도 그렇지……."

"뭐, 서로 이해관계가 일치해서 결혼이라는 관계를 맺는 거라고. 그 아가씨, 당돌하게도 일단 3년이라는 기간을 정해놓고 그다음에는 계속 부부생활할지 아니면 이혼할지 결정하자고 하더라니까."

"뭐랄까, 전 그냥 할 말이 없는데요……."

"이해해. 원 참, 나도 뒤통수를 한 대 얻어맞은 기분이었으니까. 실은 그래서 결혼해야겠다는 생각을 한 거고."

"그래서라고요?"

"응. 재미있잖아? 어차피 애정과는 담쌓은 관계를 구축할 거면 조금이라도 흥미로운 사람과 하는 편이 낫지."

"라곤 경… 죄송한데 저는 당신도 이해 못하겠어요."

카알은 머리가 지끈거리는 걸 느끼며 손을 짚었다. 그동안 같이 생활하면서 느낀 건데 라곤도 절대 정상은 아니다. 그가 살아가는 모습을 보고 있노라면 성실한 광기라는 얼토당토않은 표현이 생각날 정도였다.

라곤이 쓴웃음을 지었다.

"이해를 바라고 한 말은 아니야. 그냥 그렇다는 거지. 사실은 결혼이 성사되게 되면 내가 가르쳐야 할 녀석이 하나 있기 때문에 공부와 훈련 스케줄을 다시 짜야 할 것 같거든. 그런 의미에서 카알 경을 빌리는 기간을 1년 정도 더 연장했으면 싶은데 어떻게 생각해?"

라곤이 마탑에서 카알을 빌린 기간은 반년이다. 하지만 지난 3개월간 그의 지도를 받으며 마법을 터득해 본 결과, 아무리 생각해도 독학해서 원하는 성과를 낼 수준까지 올라가려면 아직도 한참 더 그의 도움이 필요하다는 결론을 얻었다.

카알이 반색했다.

"그런 이야기라면 저는 얼마든지 환영이죠. 이 시점에서 마탑으로 돌아가면 전 다시 당장 크루세스로 끌려간다고요."

카알은 오크들과 싸우는 전쟁터로 가는 것은 상상만 해도 끔찍하다는 듯 몸을 부르르 떨었다. 그에 비하면 라곤과 함께하는 생활은 정말 천국이었다. 그가 입수하는 마법 주문서도 원없이 공부할 수 있고, 월영초까지 충분히 공급받을 수 있으니 마탑에서 공부하던 때와 비교해도 훨씬 더 좋았다.

"그럼 마탑 쪽에 이야기해서 계약을 연장하도록 할게."

"감사합니다."

감격해서 대답하는 카알을 보며 라곤은 씩 웃었다.

그리고 다음날, 시에나의 청혼을 받아들이겠다는 의미가 담긴 서신을 든 심부름꾼이 블랑크스 가문을 향해 출발했다.

5

라곤이 시에나의 청혼을 받아들이자 그 이후의 일은 놀랄 정도로 빠르게 진행되었다. 라곤의 경우는 부모도 친척도, 심지어는 후견인조차 없는 천애고아 신분이었기 때문에 결혼식 준비는 전적으로 블랑크스 가문 쪽에서 맡아서 진행했다.

답을 한 바로 다음날 시에나의 부모가 찾아와서 이야기를 나누고, 시에나와 둘이서 결혼식에 대한 여러 가지 사항들을 결정했다.

"결혼식장은 이 영지의 베날디 신전으로 하면 되겠죠?"

"아니. 그냥 여기로 하죠. 별로 영지민들에게 내가 결혼한다고 광고하고 싶지 않으니까."

"영지민들한테 광고하지 않으면 누구한테 광고하는데요?"

"아무한테도. 어차피 여러 사람한테 축복받으며 할 결혼은 아니지 않습니까? 시에나 양도 만약 나랑 3년 후에 이혼하게 되면 이 결혼은 최대한 안 알려지는 게 나을 텐데요?"

"…아, 굉장히 낭만이 없는 이야기로군요."

정확히 현실적인 문제를 짚는 라곤의 말에 시에나가 투덜거렸다. 물론 애당초 이 결혼을 일말의 낭만조차 없는 일로 만들어 버린 것은 그녀 쪽이었으니까 라곤에게 뭐라고 할 처지는 못 된다.

"그럼 식장은 이 저택의 홀을 쓰기로 하고, 그쪽 하객은 어떻게 할 거죠? 우리 쪽은……."

"하객은 뭐, 지금 손님으로 와 있는 카알 정도만 참석시키도록 하죠. 전 부모 친척도 없는 몸이니까. 그쪽도 최소한의 인원만 참석시켜 주세요. 기왕이면 부모님과 남매들 정도 참석해 주면 제일 좋고."

라곤의 말에 시에나가 어이없어하며 말했다.

"아니, 아무리 그래도 그렇지… 무슨 결혼식을 그런 식으로 해요? 친구라도 몇 명 불러요."

"친구? 없어요."

"그렇게 부르기가 싫어요?"

"아니, 정말로 없다는 뜻인데."

"…네?"

조금 난처한 듯한 라곤의 표정을 본 시에나는 그 말이 진심이라는 것을 알 수 있었다. 얼마 전까지만 해도 왕국에서 제일 잘나가는 소드 마스터였던 사람이 결혼식에 부를 만한 친구 하나 없다고? 그게 가당키나 한 이야기인가?

"귀족으로 산 기간이 짧아서 친구를 못 사귄 건가요? 그럼 평민 친구라도 좋으니까 부르면……."

"시에나 양, 내 말을 이해 못했군요. 평민이든 귀족이든 나는 친구라고 부를 만한 사람이 없어요."

"……."

진지하게 '자신은 친구 하나 없는 외로운 인생이었다'고 말하는 라곤을 시에나는 황당해하며 바라보았다. 아니, 어떻게 그럴 수가 있지? 조사한 바에 의하면 라곤은 격전이 계속되는 전쟁터를 전전하며 살아왔다는데, 그렇다면 함께 목숨을 걸고 우정을 나눈 전우들이라도 있어야 정상 아닌가?

시에나가 그런 의문을 피력하자 라곤이 쓴웃음을 지었다.

"굉장히 낭만적인 소릴 하는군요. 소설 많이 읽은 모양이네요. 내가 전장에서 산 기간이 얼만데, 그런 전우가 있을 리가 없죠."

"이, 이해가 안 되는데요. 오랫동안 전장에 있었으면 더더욱 있는 게 정상 아닌가요?"

"그게 낭만적이라는 겁니다. 그건 후방에서 지휘하는 계급이나 가능한 이야기고, 나는 그런 전우들은 다 죽어버렸어요."

"……"

시에나는 할 말을 잃고 말았다. 그 말에 담긴 무게감이 가슴을 섬뜩하게 만들었기 때문이다.

라곤이 말을 이었다.

"제가 마음을 나눴던 사람들은 다 죽었습니다. 이젠 없어요. 그래서 저는 전장에서 사람의 이름을 기억하지 않고, 마음에 담아두지 않습니다."

전쟁터에서 살아간다는 것은 그런 것이다. 만약 한 전투에 나갔을 때 병사가 살아남을 확률과 죽을 확률이 50대 50이라고 치고 단순히 산술적인 계산을 해보면, 라곤이 지금까지 살아 있을 확률은 한없이 0에 가까워 불가능이라는 말이 더 어울린다.

카알을 불러들인 것도 인간적인 의리 때문이 아니라 철저하게 실리에 입각해서 한 행동이다. 만약 그가 죽었다는 소식이 들려왔다면 조금 아쉬워했을 뿐, 곧바로 잊었을 것이다.

라곤이 말했다.

"그러니까 결혼식은 최대한 조촐하고 간소하게 끝냈으면 합니다. 서로 수고스럽지 않게 그렇게 하는 게 낫겠죠."

"으음."

시에나는 할 말이 없어져서 입을 다물었다.

생각해 보면 그의 말이 옳기는 하다. 라곤과 시에나는 3년 후에는 이혼할지도 모르는 사이다. 한 번 결혼 경력이 있는 사람이 다시 상대를 찾을 경우, 남자 쪽이야 결혼한 경력이 있든 말든 별로 상관없지만 여자 쪽에는 굉장한 흠으로 작용한다. 그러니 블랑크스 가문으로서도 이 결혼 자체가 알려지지 않는 편이 나으리라.

"알겠어요. 그렇게 진행하죠."

결국 시에나는 한숨을 쉬며 그의 의견을 받아들이고 말았다.

6

리할드 왕국력 355년 12월.

"결혼이라……."

라곤은 자신의 저택 옥상에서 영지를 내려다보며 중얼거렸다. 밤에도 불이 꺼지지 않는 왕도와는 달리 이곳은 정말 쥐 죽은 듯이 조용하다. 마을 여기저기 불이 들어와 있는 곳도 있긴 했지만 그뿐, 전체가 잠들어 있다는 느낌이 확연하다.

그에 비해 라곤의 저택에는 아직 불이 여기저기 들어와 있었다. 하인들이 내일 결혼식 준비를 하고 있었기 때문이다.

'원 참, 결혼이라는 걸 이런 식으로 하게 될 줄은 몰랐는데.'

생각하면 생각할수록 어이가 없다. 사랑이 없는 결혼을 상상해 보지 않은 것은 아니지만, 이렇게 철저하게 이익만을 위한 결혼을 하게 될 줄이야.

하지만 이런 것도 나쁘지는 않다는 생각이 들었다. 자신이 원하는 것을 갖기 위한 수단으로써 결혼이라는 것을 한다면 그것 역시 즐겁게 받아들일 수 있어야겠지.

"이런 곳에 있었어요?"

문득 등 뒤에서 들려온 목소리에 라곤은 뒤를 돌아보았다. 그곳에는 옥상으로 올라오는 사다리에 올라 고개만 빠끔히 내민 시에나가 있었다.

라곤이 물었다.

"아직 안 잤어요?"

"음. 내일이면 부부가 될 텐데 아직까지 예의 차리고 있는 거예요? 의외로 숙맥이네요?"

"이 아가씨가 무슨 소릴. 난 말 놓으라고 하면 사양하는 성격이 아니거든?"

"그 편이 낫네요. 나보다 나이 많은 남편이 일일이 존댓말 써주는 것도… 음, 나쁜 기분은 아니겠지만 좀 딱딱한 기분이 들어서."

시에나는 여엉차, 하고 힘을 써서 옥상으로 올라왔다. 금발을 풀어헤친 그녀는 라곤의 곁으로 다가와서 아래쪽에 펼쳐진 풍경을 바라보았다.

"여긴 참 쥐 죽은 듯이 조용한 곳이군요."

"왕도에 비하면 시골구석이니까. 원래 왕실 직할령이었으니 왕도와 가깝긴 해도 분위기는 전혀 다르지."

"정말 그러네요. 다른 곳으로 가는 길목이 아니라서 그런가, 상권이 발달한 것 같지도 않고."

"그렇지. 당신 있기엔 많이 심심할걸."

그 말에 시에나가 눈을 동그랗게 뜨고 그를 올려다보았다. 무슨 소릴 하느냐는 듯한 표정이었다.

"제가 여기에 얼마나 있을 거라고 그러세요? 한 달에 한두 번 내려와 보기나 하면 다행일 텐데."

"아, 그렇군, 참."

그녀는 라곤과 결혼한 후에도 가문의 상단에서 하는 일을 놓지 않을 것이라고 했다. 그렇기 때문에 보통 왕도에 가 있다가 여유가 나면 내려와 보는 정도가 다일 것이다.

'이래서야 어디가 부부라는 건지 원.'

정말로 형식상의 부부라는 말이 딱 어울린다. 실질적으로 이곳에 와서 생활하는 것은 그녀가 아니고 그녀의 동생인 알렉스 블랑크스가 될 터였다. 막 결혼한 유부남이 자기 부인은 안 보고 칙칙한 사내 녀석만 보고 살아야 한다니 왠지 상상만으로도 우울해지는 기분이다.

"근데 라곤."

"오, 그쪽은 이름 부르는 게 아주 자연스럽네. 연습이라도 했어?"

"실은 했는데요. 자연스럽게 들렸다니 다행이네요."

"쳇."

비꼬는 말을 시에나가 여유있게 받아내자 라곤이 재미없다는 듯 혀를 찼다. 그녀가 잠시 머뭇거리더니 조심스럽게 물었다.

"혹시 여자 경험 있어요?"

"엥?"

"그러니까… 남녀 간의 일 말이죠. 음."

"…그거, 결혼 전날에 신부가 신랑한테 물어볼 만한 내용이 아니지 않나?"

"그, 그렇긴 하지만요. 그냥 궁금해서……."

시에나는 자기가 물어봐 놓고도 부끄러운지 얼굴을 붉혔다. 상당히 당돌한 성격의 그녀였지만 가끔 보면 이렇게 귀여운 구석도 있는 게 은근히 매력적이다. 라곤은 그렇게 생각하며 피식 웃었다.

"그러는 당신은? 이라고 물어보면 성희롱이라고 화낼 거지?"

"잘 아네요?"

"이 세상이 그런 식으로 만들어져 있기 때문이지. 당신의 의문에 솔직담백하게 대답하자면, 난 당연히 경험이 있어. 전장에서 산 경력이 얼만데 여자 한 번 안아보지 못했겠어?"

"전장에 산 것하곤 관계없잖아요."

시에나가 입술을 삐죽였다. 그 말에 라곤이 정색하고 대답했다.

"관계가 없다니, 당연히 있지. 상인이 그런 것도 모르면 어떡해?"

"무, 무슨 상관인데요?"

"전쟁터에 나가는 병사들은 굉장한 스트레스에 시달린다고. 여자라도 안지 못하면 다들 미쳐 버릴걸. 그래서 용병들이 많이 드나드는 곳에는 윤락가도 번성하는 거고, 요새도시 부근에는 항상 야하게 차려입고 그들을 향해 손짓하는 아가씨들이 있게 마련이지."

"라곤도 그런 데서 경험한 거예요?"

"뭐… 그렇지? 다들 그러니까."

라곤이 슬쩍 시선을 피하며 한 말에 시에나가 뾰로통한 얼굴로 쏘아붙였다.

"저질이네요."

"그, 그건 부정할 수 없긴 하지만 왠지 억울한 기분이 드는데."

"억울해하지 마세요. 친구 하나 없는 외톨이라면서 어떻게 그런 경험은 잘도 했네요. 이렇게 문란한 남편이 첫 상대라니 저도 참 불행해요."

"흠……."

그 말이 의미하는 바를 눈치챈 라곤은 왠지 얼굴이 뜨거워지는 것을 느끼며 볼을 붉적였다. 여태까지 그의 여자 경험이라는 것이 워낙 노골적인 상황에서, 노골적인 태도로 침대로 가면서 이루어진 것이다 보니 이런 상황이 굉장히 낯설었다.

잠시 두 사람 사이에 어색한 침묵이 흘러갔다. 곧 시에나가 작게 한숨을 쉬더니 말했다.

"예행연습 한 번만 하죠."

"뭐? 무슨 예행연습?"

"내일 사람들 앞에서 키스해야 하는데 어색하면 부끄럽잖아요."

"…혹시 키스도 해본 적 없어?"

"……."

괜히 당당한 척 어깨에 힘주고 말하던 그녀는 라곤의 말에 고개를 푹 숙였다. 어릴 때부터 상계에서 일하면서 세상 경험을 많이 해본 시에나였지만 연애는 한 번도 해본 적이 없었다.

사실 그녀처럼 미모도 어느 정도 되고, 집안에 돈도 많고, 집 안의 격이 너무 높지 않아서 어느 정도 소녀 시절의 자유가 보장되는 아가씨라면 남들 보는 앞에서 조신함을 요구받을지언정 결혼 전까지는 자유롭게 연애를 즐기는 경우가 많다. 하지만 그녀는 상단 일에 재미를 붙이고 거기에 매진하다 보니 그런 경험조차 하지 못했다.

라곤이 고개를 절레절레 저었다.

"나 참, 이제 보니 완전 어린애잖아."

"어, 어린애라니, 실례예요."

"나이만 먹는다고 어른이 되는 건 아니지."

라곤은 그렇게 말하며 양손으로 시에나의 얼굴을 살며시 잡았다. 부드럽게 와 닿은 그의 손길에 시에나가 당황하는 순간, 허를 찌르듯이 다가온 그의 입술이 그녀의 입술을 훔쳤다.

낭만이라고는 눈곱만큼도 없는 결혼식 전날, 앞으로 3년간 명목뿐인 부부로 살아야 하는 두 사람 사이에 생긴 작은 추억거리였다.

7

오크들은 바쁘게 움직이고 있었다. 갑자기 나타난 그들을 상대하는 인간들도 힘들지만 오크들 역시 힘들다. 특히 오크들 중에는 몇 안 되는 지성오크(?) 하라두쿰은 끊임없이 밀려드는 일거리 때문에 머리가 부서질 것 같았다.

부족 단위로 살아갈 때야 상관없지만 수십만 단위의 인원이 모여서 국가라는 체제를 만들려면 오크 스타일만 갖고는 안 된다. 인간의 사회 시스템을 베껴 와서 적용시킬 필요가 있었다.

문제는 오크들은 평균 지능은 낮고 평균 무력은 높은 종족이다 보니 그런 일을 할 수 있는 인재가 별로 없다는 사실이다. 덕분에 하라두쿰은 매일매일 격무에 시달리면서 죽는소리를 할 수밖에 없었다.

지금 이 순간에도 오팔리안 제국은 계속해서 확장 중이었다. 대륙 각지에서 프로토 오크의 이름으로 모여든 오크들이 인간들의 방해를 뚫고 집결한다. 하루에 늘어나는 숫자가 적어도 수십에서 수백에 이르니 끊임없이 크고 작은 말썽이 일어날 수밖에 없었다.

그나마 다행인 것은 인간들의 국가와는 달리 절대적인 신 프로토 오크의 이름으로 모든 것을 처리할 수 있다는 것이다. 인간들의 국가 중에도 종교를 중심에 둔 신성왕국이 있긴 했지만 살아 있는 신이 직접 국가의 중심에 자리 잡은 이쪽과 비교할 바는 못 된다.

"형님, 갈색 나무 부족이 도착했어."

모처럼 일거리를 후다닥 처리하고 마법서를 읽고 있던 하라두쿰에게 또다시 일거리가 날아들었다. 하라두쿰은 표정을 험악하게 일그러뜨리며 그 말을 전한 이를 바라보았다.

"라카둠, 그 정도는 좀 알아서 처리해 줄 수 없겠냐?"

라카둠이라 불린 오크는 키가 무려 2미터 40센티에 달하는 거구였다. 하라두쿰과 같은 하이오크 삼귀장의 일원으로 프로토 오크에게 인정받은 전사 중의 전사다. 인간들과 전쟁을 계속하는 사이 하라두쿰 외의 두 명도 깨어났던 것이다.

라카둠이 히죽 웃으며 대꾸했다.

"거 내가 그렇게 복잡한 거 잘 신경 못 쓰는 거 알면서 그러우. 그런 것은 형님 일이지. 나는 힘쓰는 일 외엔 못한다구."

"내가 이런 돌대가리들 데리고 대륙 정복을 해야 된다니 정말 힘들군."

하라두쿰은 한숨을 쉬며 마법서를 덮었다. 라카둠이 그 마법서를 보며 물었다.

"그거 그 인간 마법사 놈이 준 마법서지? 형님은 프로토 오크의 지혜를 받은 대마법사씩이나 되는 분이 인간한테 배움을 받고 그러나?"

"프로토 오크께서는 아직 제대로 깨어나시지 않았고, 천 년 동안 마법은 생각 이상으로 많이 발전했으니 하는 수 없지. 전장을 보면 인간들의 무기나 전술도 많이 바뀌지 않았더냐? 마법은 그 이상으로 많이 변했다."

"흐음. 확실히 그 천공의 궤적인가? 그걸로 소드 마스터들을 날려서 장거리 이동시키는 것은 좀 재미있던데. 전략적으로 보면 정말 굉장히 효율이 좋은 짓거리잖아?"

"그런 쪽으로는 머리가 잘 돌아가는 놈이 왜 내 일은 못 돕겠다고 난리냐?"

"하하하! 형님도 참, 뭘 꼬투리를 잡고 그러우. 그런 건 잔머리 잘 돌아가는 파라둠 녀석이 많이 도와주잖수."

"말한 내가 잘못이지."

"아, 좀 전에 하던 이야기 말인데… 전술이나 이런 건 좀 발전한 것 같지만, 소드 마스터들은 영 꽝이던데?"

"음? 무슨 소리냐?"

"소드 마스터들은 옛날이 더 강했다 이 말이지. 지금 전장에 나온 녀석들은 형편없어. 다 한 방이면 쓸어버릴 수 있겠던걸?"

"실제로 싸워보지도 않고 할 소리냐? 난 그놈들 나오면 얼마나 상대하기 짜증 나는데."

현재 하이오크 삼귀장은 마법사인 하라두쿰을 빼면 둘 다 힘이 완전히 회복되지 않은 상태라 전장에 나가지 않는다. 즉, 하라두쿰은 오팔리안 제국을 통치하기 위한 격무를 처리하면서, 현대의 마법도 공부하면서, 간간이 전장에 나가서 활약하기까지 하는 것이다. 오크 최강이라는 이름이 전혀 부끄럽지 않았다.

라카둠이 히죽 웃었다.

"보기만 해도 알지. 팍팍 찍어낸 우리 애들하고도 별로 차이가 없잖수."

"함부로 말하지 마라. 그래도 용사들은 모두 목숨을 걸고 그 힘을 손에 넣은 거다."

"큭큭. 세상 참 편리해졌어. 아니, 아무리 생각해도 그 인간들, 정말 대단한 것 같아. 수십 명을 희생시키기만 하면 그중 하나는 용사가 된다, 역시 똑똑한 놈들만 골라서 몇 명을 희생시키기만 하면 그중에 하나는 마법사가 된다, 예전에는 상상도 못했던 일이야."

"그들의 조력은 높이 살 수밖에 없다. 그들 덕분에 이렇게 순조롭게 싸우고 있는 것이니까."

"흥. 뭐, 그건 인정해. 애당초 우리가 깨어날 수 있었던 것부터가 그놈들 덕이니까. 하지만 형님, 그놈들도 인간이야. 믿어선 안 돼."

"그건 너보다 잘 알고 있다. 하지만 지금은 그들의 힘을 이용해야 할 시기지."

"뭐 형님은 나보다 훨씬 똑똑하니 잘하겠지. 어쨌든 내 힘이 회복되는 대로 조금 전에 한 말을 증명해 줄 테니 기대하슈."

라카둠은 씩 웃어 보이고는 방에서 나갔다. 혼자 남은 하라두쿰은 눈살을 찌푸리며 투덜거렸다.

"확실히 그놈들의 조력은 달콤한 독과도 같지. 하지만 프로토 오크께서 깨어나기만 하면 그 후에는 아무것도 필요없다."

아이오네스와 베이런, 그들의 힘은 놀라운 것이고 그들 덕분에 오팔리안 제국이 부활할 수 있었다. 하지만 라카둠의 말대로 그들은 간교한 인간이다. 말로야 지금의 인간들에게 원한을 품고 있어서 세상의 전복을 원하며, 프로토 오크께 충성할 테니 한자리 달리는 식으로 말하고 있지만 그 속에 어떤 꿍꿍이를 갖고 있는지 의심하는 일을 멈춰서는 안 될 것이다.

　하라두쿰은 피로한 기색으로 한숨을 쉬었다. 강대한 힘을 가진 그지만 그것만으로는 해결할 수 없는 현실적인 문제가 너무나도 짜증스럽기만 했다.

CHAPTER 09
도련님을 가르치는 방법

마검전생

1

그렇게 라곤 클란드와 시에나 블랑크스는 부부가 되었다.

명목상의 부부라도 나름 할 것은 다 했다. 두 사람은 식을 올리고 첫날밤, 다른 부부들이 그렇게 하듯이 한 침대에서 하룻밤을 보냈고, 시에나는 20년을 살면서 말은 많이 들었지만 한 번도 경험해 보지는 못했던 그런 체험을 할 수 있었다.

"아야야."

다음날 아침, 시에나는 침대에서 일어나자마자 허리 아래쪽에서 느껴지는 통증에 엉거주춤한 자세로 벽에 기댔다. 솔직히 어젯밤에는 정말 힘들었다. 첫 경험이 힘들다 힘들다 하는 얘기는 많이 들었는데 그렇게 힘들 줄은 몰랐다.

"잘 잤어?"

라곤은 벌써 옷을 다 입은 채 책을 읽고 있었다. 두꺼운 마법 이론서였다. 시에나가 입술을 삐죽이며 대답했다.

"별로요. 그나저나 결혼식 다음날 아침에 읽고 있을 만한 책은 아닌 것 같은데요?"

"달리 결혼식 다음날 아침에 읽고 있을 만한 책이라는 게 존재하나? 베날디 교단의 교전이라도 읽을까?"

괜한 트집에 라곤이 웃으면서 대꾸했다. 베날디 교단은 태양과 계약의 신 베날디를 모시는 교단으로, 대륙 제일의 교세를 자랑한다. 어제 두 사람의 결혼식 역시 베날디 교의 사제 앞에서 신성한 혼인의 맹세를 교환함으로써 이루어졌다.

시에나가 투덜거렸다.

"말이나 못하면 밉지나 않지."

"몸은 좀 괜찮아?"

"걸어 다니기가 좀 힘든데요."

"그게 당연한 거니까 오늘 하루는 얌전히 있어. 시녀들 대기시켜 두고."

"그래야겠네요. 아, 오늘은 이따가 시간 내서 알렉스를 좀 봐주셔야겠어요."

"음, 그러고 보니 어제도 말도 별로 못 나눠봤네."

라곤은 시에나의 부모 옆에서 뚱한 표정을 짓고 있던 소년을 기억해 냈다. 누가 시에나의 동생 아니랄까 봐 약간 곱슬기가 있는 연갈색 머리칼에 푸른 눈동자는 물론이고 생김새도 상당히 닮아 있었다.

"그 애가 피해 다닌 거겠지요. 전 사흘 후에 왕도로 올라가겠지만 알렉스를 감시할… 아니, 돌볼 사람들은 남겨두고 갈 테니까 염려하실 필요는 없을 거예요."

"감시?"

시에나의 말에서 심상치 않은 뉘앙스를 감지한 라곤이 눈썹을 치켜떴다. 시에나는 자신이 실수를 했다는 걸 알았지만 굳이 얼버무리려고 노력하지는 않았다. 작게 한숨을 쉬고는 지금까지 언급하지 않았던 사실을 라곤에게 말해주었다.

"실은 그게… 그 녀석이 좀 말썽꾸러기라서요."

"어떤 의미에서 말썽꾸러기라는 거지?"

"검술을 굉장히 싫어해요."

"음?"

그건 또 생각도 못해본 일이었기에 라곤이 의아한 표정을 지었다. 시에나가 슬쩍 시선을 피하며 말을 이었다.

"소드 마스터 수련을 한 지도 그렇게 오래되지는 않았어요. 원래는 가문의 일을 이어받게 하려고 어려서부터 교육을 시키고 있었는데 아무래도 좀 소질이 없는 것 같아서……."

"그래서 그냥 쓸모없게 놔둘 수는 없는 노릇이니까 노선을 전환해서 검술을 집중적으로 가르쳤다?"

"네."

알렉스 블랑크스는 블랑크스 가문의 장남이며, 올해로 열일곱 살이 되었다. 어려서부터 가문의 후계자가 되기 위해 영재교육을 받았지만 주변에서 보기에는 영 만족할 만한 성과가 나오지 않았고, 그래서 상단은 둘째 뷰라스가 이어받기로 하고 그는 기사의 길을 걷게 되었던 것이다.

라곤이 물었다.

"여태까지 들은 바로는 소드 마스터 속성법으로 교육시킨 것 같은데… 그게 언제부터의 일이지?"

"2년 전이에요."

"고작 2년? 그럼 열다섯 살 때의 일이라는 건데, 블랑크스가에서는 그때부터 수련을 시작해도 소드 마스터가 될 수 있을 거라고 생각한 건가?"

라곤이 좀 황당해하며 물었다. 보통 무가에서는 자식들을 아주 어릴 때부터 훈련시킨다. 무가의 자식은 열 살이면 이미 자질이 파악되어서 이후에는 평범한 기사로 단련받던가, 아니면 소드 마스터가 되기 위한 수련을 하던가 둘 중 하나의 길을 택하게 된다.

시에나가 대답했다.

"알렉스는 어려서부터 검술도 교양으로 익히긴 했거든요. 게다가 검술선생들이 놀랄 정도로 재능도 있는 편이었지요. 그러니까 좀 늦었더라도 검술에만 매진하면 가능할 거라고 생각했어요."

"근데 본인이 별로 열성적이지 않았던 모양이군."

"네."

이 대목에서 시에나는 한숨을 푹 쉬고 말았다. 그녀는 알렉스에 대해 신세한탄을 늘어놓았다. 뭐든지 조금만 힘든 일은 하기 싫어하고 도망치기 일쑤고, 좀 강해져 보라고 학교 기숙사에 보내놨더니 탈출해서 돌아오질 않나, 조금 다그치기만 해도 가출을 했다가 며칠 후에는 꾀죄죄한 몰골로 돌아와서는 우는소리를 늘어놓는다고 말이다.

라곤이 말했다.

"본인이 하기 싫어한다는 건데… 그럼 가르치기가 좀 피곤할 것 같은데."

"사실은 그래서 당신에게 걸어보기로 한 거예요. 돈 주고 사온 선생들은 알렉스에게 함부로 하지 못하니까요. 게다가 아버지는 알렉스에게 약하셔서……."

"응석받이로 키우셨다 이건가?"

"…그렇죠."

"흠."

라곤은 생각에 잠겼다. 시에나의 말만 듣고 모든 것을 판단할 수는 없고, 일단 알렉스 본인을 만나서 됨됨이를 파악해 봐야 알겠지만 몇 가지 확언을 들어둘 필요가 있었다.

곧 라곤이 말했다.

"그럼 일단 약속을 받아두고 싶은 것들이 좀 있어."

"뭐죠?"

"당신 집안에서는 알렉스를 어떻게든 소드 마스터로 만들고 싶은 거 맞지?"

"그렇죠. 저대로 두면 상단에서 한직 하나 꿰어 차고 놀고먹는 인생이 될 테니까요."

"그, 그거 적나라한 한량의 모습이군. 어떤 의미에서는 참 좋은 인생이다 싶은데."

"그런 건 용서할 수 없어요. 상단은 뷰라스가 이어받는다 쳐도 가문의 후계자다운 위엄을 갖춰야죠. 그 녀석이 여태까지 놀고먹으면서 탕진한 돈이 얼만데 쓸모없는 인간으로 사는 걸 용서할 것 같아요? 아버지는 아들이라고 오냐오냐 하면서 길러서 애가 저 모양 저 꼴이 됐는데, 저는 절대 용서할 수 없어요."

"……."

순간 라곤은 시에나의 눈에서 이글거리는 불꽃을 보았다. 그녀는 여자로 태어나서 이것저것 스트레스가 많이 쌓이긴 한 모양이었다. 동생이 쓸모없는 인간으로 자라나 놀고먹는 인생을 사는 것을 절대 용납하지 않겠다는 강한 의지가 느껴진다. 동생을 걱정한다기보다는 그녀가 지금까지 고생하며 살아온 게 억울해서 그런 것 같았다.

라곤이 고개를 끄덕였다.

"뭐, 좋아. 그럼… 알렉스의 교육에 대한 건 전부 내게 일임해. 절대 간섭하지 않겠다고 약속해 줬으면 좋겠군."

"좋아요. 어떤 식으로 가르치든 상관하지 않겠어요. 다만……."

"다만?"

"알렉스를 감시하고 붙잡는 건 이쪽에서도 돕도록 할게요. 그 녀석 도망치는 솜씨는 보통이 아니라서 항상 감시를 세워

두지 않으면 안심이 안 돼요."

"……."

도대체 여태까지 어떻게 살았기에 이렇게까지 신뢰를 잃었을까? 라곤은 갑자기 알렉스라는 인간에 대한 궁금증이 맹렬히 고개를 쳐드는 것을 느꼈다.

라곤이 말했다.

"그리고 녀석을 교육시키기 위해 필요한 것들을 따로 작성해서 줄 테니까 최대한 빨리 준비시켜. 음, 몇 가지는 오늘 당장 있었으면 좋겠군."

"오늘 당장? 그건 힘들 텐데……."

"뭐, 힐링 포션이야 신전에서 사오기만 하면 될 테니까 가능하지 않겠어? 상단 쪽에도 재고가 충분히 있을 텐데?"

"힐링 포션이요?"

힐링 포션은 각 교단에서 만들어서 팔고 있는 물건으로, 성직자의 신성한 힘이 깃든 치료제였다. 웬만한 상처는 마시고 붓기만 해도 다 나아버리는 기적의 약이었지만 병에는 효과가 없고 가격이 대단히 비싸다.

라곤이 고개를 끄덕였다.

"아마 앞으로 많이 쓰게 될 거야."

"그, 그건… 알렉스가 다치게 될 거라는 이야기인가요?"

"그럼. 설마 3년 안에 소드 마스터가 되거나, 아니면 적어도 가닥이라도 잡아야 하는데 정상적이고 얌전한 훈련으로 될 거라고 생각한 건 아니지?"

"아니, 그게……."

"군인들도 훈련 중에 다치는 건 일상다반사야. 부상 때문에 끙끙거리면서 쉬면 그 기간 중에 그동안 쌓아올렸던 실력은 빠르게 떨어지게 되고, 그만큼 소드 마스터의 길은 멀어지는 거지. 그러니까 힐링 포션, 구할 수 있는 만큼 구해놓고 기왕이면 사제도 한 명 장기 계약해서 파견시켜 주면 좋고."

"생각지도 못한 걸 요구하네요."

시에나는 예상을 벗어나는 라곤의 요구 사항에 당혹감을 느꼈다. 동생이 고생을 좀 해서라도 제대로 된 사람이 되는 것은 바라는 바지만 힐링 포션을 물 마시듯이 마시고 사제를 상주시켜야 할 정도로 다칠 수도 있다고 하니 마음이 약해진다.

라곤은 그런 그녀를 보며 슬쩍 미소 지었다. 그녀에게는 먹이를 앞에 둔 맹수의 그것처럼 보이는 미소였다.

2

알렉스 블랑크스는 불만에 가득 찬 표정으로 막 매형이 된 남자와 마주 보고 있었다. 잔소리쟁이 누나가 덜컥 결혼을, 그것도 노골적으로 정략결혼이라고 말해가면서 해버린 것도 마음에 안 드는데 자기를 이런 아무것도 없는 촌동네로 끌고 와서 검술 교육을 받게 하다니 불만이 하늘을 찌를 만도 했다.

그런 마음가짐이다 보니 라곤을 보는 알렉스의 시선은 삐딱할 수밖에 없었다. 얼마 전까지만 해도 각광받는 소드 마스터였다가 칠칠맞지 못하게도 그 힘을 잃어버리고 만 남자. 그런 남자가 자신을 가르치겠다고 잘난 척할 자격이 있을까?

라곤이 말했다.

"어제는 제대로 말도 못 나눠봤구나. 이미 집안에서 말을 들었겠지만, 앞으로 널 가르치게 됐으니까 잘 부탁한다."

"네에."

알렉스는 입술을 삐죽이며 대답했다. 불성실한 대답에 라곤 옆에 앉아 있던 시에나가 울컥하는 표정을 지었다. 하지만 라곤이 미소를 흐트러뜨리지 않는 것을 보고는 일단은 그냥 지켜보기로 했다.

라곤이 말을 이었다.

"네가 이 집에 얼마나 있게 될지는 모르겠는데… 그동안은 일단 규칙을 정해두기로 하자."

"규칙이요?"

"그래. 일단 내가 가르치기로 했으니까 철저하게 내가 정한 스케줄에 따라줘야겠다. 훈련 스케줄은 내가 결정한 걸 오늘 내로 써서 줄 테니까 염려하지 말고. 당분간 외출은 금지다."

"엑? 외출 금지라니 무슨 소리예요?"

"집중 지도를 해야 하니까 당연한 거야."

"아니, 아무리 그래도 그렇지 주에 한 번쯤은 부모님을 뵈러 가서 안심을 시켜 드려야……."

"너, 열일곱 살이지? 다 큰 녀석이 무슨 어린애 같은 소리를 하나. 너희 집안에서는 나를 믿고 너를 맡긴 거다. 그러니까 걱정할 필요 없어."

알렉스의 항변에 라곤은 여전히 웃는 얼굴로, 하지만 단호한 어조로 선을 그었다. 알렉스는 왠지 모를 어려움을 느끼며 움츠러들었다. 하지만 마음속으로는 이미 다른 마음을 먹고 있었다.

'흥. 좀 강하게 나와보시겠다 이건데, 나한테 함부로 할 수 있을 리도 없을 테니 두고 보자고.'

라곤은 알렉스의 표정에서 그런 속내를 빤히 읽고 있었다. 전장에서 병사들을 데리고 지휘관 일을 하다 보면 반항하거나 도망치려는 기색은 귀신같이 알아차리는 눈치가 생긴다. 라곤은 10대에 이미 십부장 부관, 십부장의 자리를 거쳐서 기사가 된 전적이 있는 인물이다. 의지박약의 애송이 하나 다루는 것은 어려운 일이 아니다.

"그럼 일단은 누나랑 시간을 좀 보내고… 이따 저녁 먹은 후에 상태를 좀 보기로 하자."

"어, 하지만……."

라곤은 일방적으로 약속을 정해두고는 몸을 일으켰다. 뭔가 말하려고 했던 알렉스는 결국 그의 뒷모습에 대고 말을 흐릴 수밖에 없었다.

그런 동생을 보는 시에나는 갑자기 걱정이 물밀 듯이 밀려와서 한숨을 쉬고 말았다. 라곤이 굳이 알렉스에게 저녁 식사 시간 이후를 이야기한 것은, 그가 조금 전에 시에나에게 부탁한 힐링 포션 도착 시간이 그때쯤이었기 때문이다. 즉, 라곤은 처음부터 알렉스에게 아픈 맛을 보여줄 생각인 것 같았다.

'이게 다 네 팔자려니 해야지 어쩌겠니. 부디 최대한 덜 아
프게 살아남으려무나.'

3

저녁이 되자 알렉스는 라곤의 연무장으로 불려 나갔다. 처
음부터 도망쳐서 빠져나가 볼까 하는 마음을 먹었지만 누나가
붙여둔 감시 인력들 때문에 그러지도 못하고 얌전히 갈 수밖
에 없었다.

"잘 왔다."

연무장에는 라곤이 가벼운 차림으로 기다리고 있다가 뭔가
를 던져 주었다. 엉겁결에 받아 들고 보니 가죽으로 만든 보호
장구였다.

라곤이 말했다.

"입어."

"이걸요?"

"그래."

"느닷없이 보호구라니… 뭘 하시려고요?"

"그야 검술 훈련이지. 아, 네 검은 저기 챙겨놨어. 일단 그거
입고 연습용 검을 쥐어봐라."

알렉스는 불만스러운 기색으로 그 말에 따랐다. 그가 검을
들고 선 것을 본 라곤이 말했다.

"일단 네가 배운 걸 해봐."

"배운 거라뇨?"

"검술. 배운 걸 내 앞에서 펼쳐 보라고. 소드 마스터 속성법으로 훈련받은 걸로 아는데 주로 어떤 동작을 숙련했지?"

"찌르기였죠."

알렉스는 어깨를 으쓱하고는 검술을 펼쳤다. 그래 봤자 기본동작뿐이었지만 말이다. 그것도 대단히 성의가 없어서 누가 봐도 할 마음이 없다는 걸 알 수 있었다. 라곤이 혀를 차며 말했다.

"형편없군."

"뭐, 뭐예요?"

"실력은 영 꽝인데 성의까지 없으면 달리 할 말이 없지."

"쳇. 그럼 할 마음이 생기겠어요? 누나 결혼식에 끌고 오더니 갑자기 사람을 이런 촌구석에 처박아놓고 검술 훈련을 시킨다니, 이거 제정신으로 시킬 일이 아닌데."

알렉스가 기분이 상했다는 듯 투덜거렸다. 그 말에 라곤이 빙긋 웃으며 말했다.

"그야 내가 알 바 아니지."

"뭐, 뭐라고요?"

"내가 알 바 아니라고. 네 기분이 어떻든 내가 알 게 뭐냐. 나야 그냥 너를 훈련시켜서 소드 마스터로 만들기만 하면 되는데. 그게 네 누나하고 결혼하면서 한 약속이었고, 그걸 위해서는 무슨 짓이든 내 맘대로 해도 된다고 허락도 받았으니 그냥 넌 닥치고 내가 말하는 대로만 하면 된다."

"누구 마음대로요?"

"그야 내 마음대로지. 검을 잡아."

라곤은 벽 쪽에 거치된 무기 중에 목검을 하나 쥐어 들었다. 그가 성큼성큼 다가오자 알렉스가 당황해서 물었다.

"뭐, 뭐예요? 뭘 하려고요?"

"궁금해? 보호 장구 입히고 검까지 쥐어줬으면 대충 할 일이 빤하잖아? 대련이지."

"싫어요. 안 해요."

알렉스가 코웃음을 치며 검을 놓았다. 연습용 검이 요란한 소리를 내며 바닥에 나뒹굴었다. 그것을 본 라곤이 어깨를 으쓱했다.

"뭐, 그건 네 맘대로 해라. 나도 내 맘대로 할 거니까. 무기 버리고 그냥 두들겨 맞겠다는 게 네 선택이면 나도 그걸 존중할게."

"네? 무슨……."

알렉스의 말은 끝까지 이어지지 못했다. 다음 순간 라곤이 번개처럼 목검을 휘둘러서 어깨를 후려쳤기 때문이다. 둔중한 통증과 함께 무릎이 팍 꺾였다. 알렉스가 가까스로 손을 짚고 라곤을 노려보며 소리쳤다.

"무슨 짓이에요?"

"아, 되도록 방어를 열심히 하기를 권장한다. 이건 그래도 네 실력을 좀 보려고 하는 거니까."

라곤은 알렉스의 반응을 깔끔하게 무시하고 발차기를 날렸
다. 한쪽 무릎을 꿇고 있던 알렉스의 머리 옆을 라곤의 발차기
가 정확히 후려쳤다. 알렉스는 순간 눈앞이 새카매지는 걸 느
끼며 옆으로 나뒹굴었다.

정신을 차리고 고개를 들자 라곤이 말했다.

"검을 다시 드는 걸 권장할게. 3초 준다."

"그, 그런……."

"3, 2, 1…… 간다."

라곤이 천천히 수를 세자 알렉스는 반사적으로 연습용 검을
찾아서 잡았다. 동시에 라곤이 전광석화처럼 돌진해 와서 목
검을 내려쳤다. 연습용 검과 목검이 서로 부딪치는 것을 본 알
렉스가 속으로 쾌재를 불렀다. 아무리 라곤이 달인이라도 연
습용 검은 강철로 만들어진 것이다. 거기에다 대고 목검을 힘
껏 내려치면 부러질 수밖에 없다.

그러나 다음 순간 벌어진 일은 알렉스의 예상을 완벽하게
벗어난 것이었다. 목검과 연습용 검이 부딪치기 직전, 라곤의
무게중심이 미묘하게 바뀌면서 검격이 옆으로 흘러갔던 것이
다.

빡!

조금 전에 맞았던 것과는 반대쪽 어깨에 후끈한 통증이 일
었다. 알렉스가 비명을 질렀다.

"아악!"

"방어 정돈 제대로 해봐라. 네가 너무 많이 다칠까 봐 보호

장구도 입히고 목검 쓰고 있는 건데 그렇게 계속 얻어맞아서 야 쓰겠냐?"

"이, 이이익."

이렇게 되자 알렉스도 이판사판이었다. 알렉스는 몸을 일으키면서 그대로 라곤을 공격해 갔다. 열심히 하지는 않았지만 검술은 어려서부터 익혔고, 요 2년간은 좀 짜증 날 정도로 많이 훈련했다. 그러니 일방적으로 맞기만 할 이유가 없었다.

빡!

…라는 것은 어디까지나 알렉스의 생각일 뿐이었다. 알렉스가 소드 마스터가 되기 위해 집중적으로 훈련한 찌르기, 그것이 덮쳐 오는 순간 라곤은 목검을 부드럽게 검면에 대고 살짝 올리는 동작으로 그것을 비껴내고는 알렉스의 머리통을 내려쳤다. 알렉스가 눈앞에 별이 번쩍였다고 느낀 순간에는 이미 양팔을 한 대씩 후려갈기고 있었고, 그다음에는 허벅지를, 허리를 강하게 후려쳤다. 마지막으로 배를 걷어차자 알렉스는 그대로 쓰러져서 데굴데굴 구르고 말았다.

"커, 커헉……."

"생각을 좀 하고 움직여라. 무작정 달려들어서 공격한다고 상대가 맞아주겠냐? 쯧쯧. 이래서 소드 마스터 속성법으로 훈련한 애들은 안 된다니까."

라곤은 혀를 차며 투덜거렸다. 알렉스는 그 말을 들으면서 쓰러진 채 꼼지락대기만 했다. 일어나면 또 두들겨 맞을 것 같아서 무서운데 혹시 이러고 있으면 안 때리지 않을까 하는 안

이한 도피성 생각에 몸을 맡긴 것이다.

빽!

물론 라곤은 그런 태도를 용납할 생각이 없었다. 그대로 땅을 스치는 듯한 발차기로 아래쪽을 걸어차서 뒤집어놓고는 목검으로 배를 한 대 후려갈겼다.

"크악! 으어어어……."

"사람 상대로 어설픈 죽은 척은 별로 좋은 선택이 아니란다."

라곤은 히죽 웃으면서 알렉스를 계속 두들겨 팼다. 그것도 알렉스가 일어날 수 있을 만한 시간적 여유를 두고 한 대씩 패는 것이다 보니 알렉스로서는 미치고 환장할 노릇이었다.

"호, 흐어어엉. 그, 그만 해요. 제발… 제발……!"

"싫은데? 울고불고 해도 달라지는 거 없으니까 그만두고 검을 들고 한 번이라도 더 막아. 그러면 한 대라도 덜 맞을 테니까."

"으, 으아아아……."

알렉스는 라곤에게서 벗어나려고 울면서 땅을 기어갔다. 하지만 라곤은 그 뒤를 느긋하게 따라가면서 계속 한 대씩 두들겨 패고 있었다.

결국 라곤과 알렉스의 첫 번째 훈련은 두 시간 동안 두들겨 맞은 알렉스가 진짜로 정신을 잃은 후에야 종료되었다.

"기절했으니까 힐링 포션 먹여둬."

라곤은 연무장에서 나오자마자 그 밖에서 안절부절못하고 있던 시에나를 보며 말했다. 시에나가 흠칫 놀라서 물었다.

"기, 기절하다니… 뭘 어떻게 했는데요?"

"두들겨 팼지."

"……."

너무 단순무식한 대답이 돌아오니 할 말이 없어진다. 라곤이 계속 말했다.

"할 맘 없는 녀석은 맞아야 정신을 차리지. 뭐, 부러지거나 한 데는 없으니까 대충 힐링 포션 먹이고 몸에 발라주면 내일이면 말짱해질 거야."

아마 저놈은 말짱해지기를 바라지 않겠지만 말이야, 그렇게 덧붙이는 라곤의 얼굴이 시에나는 조금 섬뜩하게 보였다. 그녀가 조금 떨리는 목소리로 물었다.

"두들겨 패면… 진짜로 되는 거예요?"

"다 되진 않아. 녀석이 맞기 싫으면, 그리고 나를 증오해서 죽이고 싶어지면 될걸."

"증오해서 죽이고 싶어지면이라니……."

저건 검술을 가르치는 사람이 할 소리가 아니지 않나? 하지만 라곤은 뭐가 이상하냐는 듯 대꾸했다.

"원래 힘든 훈련을 시키면 가르치는 인간 죽여 버리고 싶은 마음 드는 게 정상이야. 그리고 난 아예 작정하고 괴롭혀 줄 생각이니까 그런 마음이 들지 않으면 이상하지. 앞으로 아주 다양한 훈련 메뉴를 생각해 놓고 있으니까 기대하라고."

라곤은 애를 완전히 잡아놓고 뭐가 그리도 즐거운지 콧노래까지 부르면서 몸을 돌렸다. 시에나가 물었다.

"라, 라곤 당신은 어디 가는데요?"

"나는 마법 공부하러 가야지. 저 녀석 가르친다고 내 할 일을 내팽개쳐 둘 수는 없잖아? 그건 다 고려해서 훈련 스케줄을 짰으니까 뭐, 기대하라고."

"마법 공부라니⋯⋯."

시에나는 기가 막혀서 말문이 막혀 버렸다. 이 남자, 결혼하고 나서 보니 정말 황당한 구석으로 가득한 것 같았다.

한편 하인들 손으로 몸 여기저기에 든 멍에 힐링 포션을 바르고, 힐링 포션을 마신 알렉스는 으으, 하고 신음하면서 눈을 떴다. 자신을 돌보는 하인들과 그 옆에 선 누나의 모습을 본 그의 눈에서 왈칵 눈물이 쏟아졌다.

"누나! 누나, 나 좀 살려줘. 어헝헝헝!"

"아, 알렉스."

"제발! 응? 아, 앞으로는 요령 부리지 않고 잘할 테니까 제발 여기서 나가게 해줘. 응? 나 저 사람한테 배우다간 죽어버릴지도 몰라. 아니, 죽을 거야!"

다 큰 동생이 품에 안겨서 사정사정을 하는 것을 본 시에나는 골이 지끈거리는 것을 느끼며 한숨을 쉬었다. 이렇게 매달리니 마음이 약해진다. 하지만 자신은 이미 라곤과 거래를 했고, 알렉스에 대한 것은 그에게 맡기겠다고 약속까지 했다.

"미안하지만 그럴 순 없어."

"누, 누나."

"데려가요."

"누나! 누나!"

하인들에게 양팔을 잡힌 알렉스가 덜덜 떨면서 시에나를 불렀다. 시에나는 애써 그를 외면하며 연무장에서 나갔고, 알렉스는 울고불면서 하인들에게 끌려가 버렸다.

"아, 왠지 못할 짓 하는 것 같네."

시에나는 혼자서 복도를 걷다가 투덜거렸다. 하지만 이미 그런 말을 하기에는 너무 늦었다는 것을 스스로도 잘 알고 있었다.

4

다음날 아침, 알렉스는 일찍부터 하인들 손에 의해 깨워져서 세수도 제대로 못하고 연무장으로 질질 끌려왔다. 라곤은 먼저 와서 그를 기다리고 있다가 인사했다.

"좋은 아침이군. 간밤에는 잘 잤어?"

"으, 으으으……."

"왜 그래? 안색이 안 좋은데. 어디 아파?"

"아, 그, 그, 그게……."

"걱정 마. 네가 죽을병에 걸렸어도 소드 마스터는 되고 나서 죽게 해줄 테니까."

"……."

상큼하게 웃는 라곤의 얼굴에서 알렉스는 악마란 바로 이런 존재라는 확신을 얻었다. 이 남자는 인간의 탈을 쓴 악마가 틀림없다!

"그럼 시작하자. 음? 왜 그래?"

라곤이 시작하자는 말을 하는 순간, 알렉스가 번개처럼 뒤로 물러났던 것이다. 라곤은 고개를 갸웃하더니 피식 웃었다.

"오늘은 훈련 내용이 좀 다를 테니까 그렇게 겁먹을 것 없어."

"다, 다르다고요?"

"일단 검을 쥐어."

"쥐고 나면… 또 어제처럼 하려고 그러는 거죠?"

"내 말을 안 들으면 바로 어제의 일이 되풀이되는 거지. 그렇게까지 결심이 굳다면 그냥 지금부터 재현할까? 단, 오늘은 어제보다 좀 강도가 높을……."

"아니, 아니에요! 마, 말 들을 테니까!"

알렉스가 기겁을 하면서 연습용 검을 쥐었다. 재빠른 동작이 마음에 든 라곤이 흡족한 표정으로 말했다.

"그럼 네가 익힌 검술을 펼쳐 봐. 어제는 기본 검술만 했는데, 혹시 다른 것도 익히고 있나?"

"파, 파리스류 검술을 익혔는데요."

"파리스류? 유명한 검술을 익혔군. 그거 괜찮지. 그럼 어디 한번 펼쳐봐. 최선을 다해서 해라."

알렉스는 침을 꿀꺽 삼키고는 그 말에 따랐다. 자신있는 찌르기부터 시작해서 기본동작을 모두 시전하고, 그다음에는 어려서부터 교양으로 익혀두었던 파리스류 검술을 펼쳐 내었다.

한차례 검술을 다 펼쳐 내고 다시 처음 자세로 돌아오자, 라곤이 고개를 끄덕이며 말했다.

"흠. 생각만큼 엉망은 아니네. 외려 가르치기는 좀 쉽겠어."

"그게 무, 무슨 뜻이죠?"

"넌 소드 마스터 속성법으로 훈련받기 전에 파리스류를 따로 익혔고, 소드 마스터 속성법으로 훈련한 지는 2년밖에 안 된 데다가, 무엇보다 별로 열심히 하질 않았지."

"……."

"그래서 내가 교정해 줘야 할 나쁜 버릇이 심하진 않다. 그게 무슨 의미인지는 훈련을 받다 보면 알게 될 거고, 일단은 기본동작부터 좀 잡아두고 가자."

라곤은 설명을 짧게 끊고 알렉스에게 기본동작을 하나하나 시전할 것을 요구했다. 그리고 한 동작 한 동작을 시전할 때마다 문제점을 짚고 자세를 교정시켰다. 예를 들면 턱은 좀 더 당기라던가, 엉덩이가 빠지면 안 된다던가, 내딛는 발을 더 앞으로 힘차게 하라던가 하는 식으로 말이다.

교정을 다 해준 다음 라곤이 지시했다.

"좋아. 그럼 지금 교정해 준 걸 잘 지켜서 기본동작을 300번씩만 해라."

"300번씩이요?"

파리스류 검술의 기본동작은 여섯 가지이니 전부 합치면

1,800번이다. 무게가 2킬로그램에 달하는 무거운 검을 들고 할 것을 생각하면 상당히 소화하기 힘든 양이었다. 평소에 빡세 게 훈련을 해온 몸이라면 몰라도 만날 요령 피우고 도망치기 만 하던 알렉스로서는 정신이 아득해질 정도였다.

라곤이 말했다.

"네가 그거 끝낼 때까지 내가 옆에서 지켜볼 거다. 당분간은 네 훈련 스케줄이 끝날 때까지는 내가 내 훈련이랑 공부 포기 하고 지켜볼 거니까 요령 피울 생각일랑 버리고. 수는 내가 보 고 센다."

"네⋯⋯."

알렉스는 한숨을 푹 쉬고는 자세를 잡았다. 그리고 가장 기 본이 되는 내려치기부터 시작했다.

"하나."

쉭!

"둘."

쉭!

"⋯⋯."

쉭!

"⋯⋯."

쉭!

"셋."

순간 알렉스는 놀라서 검을 멈추었다. 그리고 라곤을 돌아 보며 물었다.

"아니, 그게 왜 셋이에요? 다섯이지."

"셋이야."

"말도 안 돼요. 억지잖아요."

"내가 교정해 준 대로 제대로 한 것은 세 번이야."

"……."

알렉스는 그가 수를 세는 방식을 깨달았다. 옆에서 알렉스의 동작 하나하나를 지켜보면서 잘못된 동작을 취하면 무시하고 제대로 된 동작만을 한 것으로 치는 것이다.

이렇게 되면 실제로 해야 할 양은 1,800번보다 훨씬 많아질 수밖에 없었다. 알렉스가 정신을 집중해서 제대로 한다고 해도 미숙한 동작이 무조건 제대로 된 동작이 되는 것은 아니니까.

"계속해."

라곤은 단호한 표정으로 명령했다. 알렉스는 입술을 깨물고는 그 말에 따랐다.

잠시 숨 막힐 듯한 분위기 속에서 알렉스가 똑같은 동작을 반복하기만 하는 상황이 길게 이어졌다. 알렉스는 각 동작 300번씩을 달성하기 위해 거의 그 두 배씩 검을 휘둘러야 했다.

그러다 보니 반항하는 마음이 생기기도 했다. 천 번 가까이 검을 휘두른 알렉스는 슬슬 입술을 삐죽이며 불만을 떠올렸다.

'젠장. 진짜 내가 왜 이딴 짓을 하고 있어야 돼?'

검술 따윈 좋아하지도 않는다. 아니, 사실 가문에서 시키는 일치고 알렉스가 좋아하는 일 따윈 있지도 않았다. 그냥 맘 편히 먹고 자고 놀면서 살고 싶은데 왜 이따위 일을 시키는 거지?

빡!

그런 생각으로 검을 휘두르는 동작에서 성의가 없어졌을 때다. 열 몇 번이나 수를 세지 않고 지켜보던 라곤이 목검을 내려쳤다. 순간적으로 알렉스의 눈앞에서 별이 번쩍했다.

"으, 으윽……."

주저앉은 그를 라곤이 싸늘한 눈으로 내려다보며 말했다.

"아무래도 지루한가 본데… 우리 재미있고 유익한 대련이나 또 할까? 난 그편이 더 좋긴 한데."

순간 알렉스는 오싹함을 느끼며 움츠러들었다. 불만으로 잠시 잊고 있던 어제의 공포가 생생하게 되살아났다. 알렉스는 고개를 세차게 저었다.

"아, 아니. 아니에요. 열심히 할게요."

"그럼 계속해."

알렉스는 얼른 다시 자세를 잡고 열심히 검을 휘두르기 시작했다. 아마 이 모습을 시에나가 보았다면 '매 앞에서 장사 없다'는 말이 얼마나 진리에 가까운지 깨닫고 황당해했을 것이다.

"헉, 헉……."

한참 동안 검을 휘두르던 알렉스가 온몸이 땀으로 젖은 채 숨을 헐떡였다. 라곤은 오로지 한 동작이 완전히 끝났을 때만

5분 휴식을 허락했다. 그런 상황에서 천 번도 넘게 검을 휘두르다 보니 벌써 체력이 한계에 달했다. 팔 근육도 슬슬 잘 움직이지 않는다.

"아직 한참 남았어. 계속해."

라곤은 그 옆에서 냉정한 눈으로 알렉스를 내려다보며 말하고 있었다. 알렉스는 큭, 하고 신음하면서 그를 노려보았다. 하지만 다음 순간 그의 눈에서 번뜩이는 기운을 보고는 흠칫하며 얼른 고개를 돌렸다.

'무서워.'

단지 어제 두들겨 맞았기 때문만이 아니다. 물론 그 구타는 정말 죽도록 아프고 무서웠지만 엄격한 표정을 짓는 라곤에게는 전장에서 수많은 피를 맛본 이만이 가질 수 있는 위험한 분위기가 있었다. 그 앞에서 그의 눈길을 받는 것만으로도 몸이 덜덜 떨리게 되는 그런 위압감이.

결국 알렉스가 목표로 한 1,800번의 훈련을 끝마치기는커녕, 겨우 절반쯤 마쳤을 때 이미 점심시간이 되어버렸다. 녹초가 되어서 흐느적거리는 알렉스를 보며 라곤이 투덜거렸다.

"시간이 너무 오래 걸리는군. 일단 밥을 먹자."

"이, 일단이라고요?"

"일단이지. 설마 이걸로 끝이라고 생각한 거야? 아직 반 정도밖에 안 했잖아?"

"……"

"여기 오기 전에도 이 정도 훈련은 하지 않았나? 아니, 헐떡

거리면서 처진 꼴 보니 그렇지도 않은 것 같네. 뭐, 이제부터는
이 정도가 준비운동이 될 테니까 각오를 해둬."

"전 벌써 한계라고요."

알렉스가 우는소리를 하자 라곤이 코웃음을 쳤다.

"그걸 정하는 건 네가 아니고 나다. 네 의견 따윈 전혀 의미
없으니까 닥치고 밥 먹으러 간다."

"으으……."

알렉스는 도축장으로 끌려가는 소처럼 라곤의 뒤를 따를 수
밖에 없었다.

5

그 이후 알렉스는 정확히 하루에 여덟 시간 동안 강훈련에
시달려야 했다. 처음에 했던 것처럼 기본동작을 정확히 300번
씩 하고, 그다음에는 다양한 체력 훈련을 하는 식이었다. 그런
스케줄에 익숙해지고 난 다음에는 이전에 질리언이 경험하기
도 했던 반응 훈련 장비를 사용하기 시작했다.

훈련을 못 따라오면 뼛속까지 아픈 라곤의 구타가 한두 대
씩 이어졌기 때문에, 알렉스는 처음의 악몽 같은 구타가 또 재
현될지도 모른다는 공포에 쫓기면서 악착같이 훈련 스케줄을
따라갈 수밖에 없었다.

"으으, 이러다 죽고 말 거야."

힘들어서 죽을 것 같은데, 정말 죽지 않으려면 어떻게든 그

것을 소화해 내야 하는 암울한 상황이었다.

그나마 위안이 되는 것은 훈련 시간이 하루 여덟 시간으로 정해져 있다는 것이다. 오전, 오후에 네 시간씩 훈련하고 나면 라곤은 그 후에는 알렉스를 더 이상 들볶지 않았다.

그렇게 2개월이 흘러갔다.

6

리할드 왕국력 356년 2월.

라곤은 이때쯤 알렉스의 훈련 스케줄을 바꿨다. 강하게 몰아쳐서 기초를 바로잡은 다음, 기본적인 대응 능력을 키우게 하고, 그다음에는 대련 훈련으로 들어갔던 것이다.

"경고해 두겠는데… 이제부터는 진짜 힘들 거다."

이날 훈련을 일곱 시간으로 끊은 뒤, 라곤은 스산한 미소를 지으며 말했다. 그 말에 알렉스가 흠칫 몸을 떨었다. 지금까지 하루 여덟 시간씩 강행군을 한 것만으로도 힘들어 죽겠는데, 두 달간 휴일이라고는 단 하루를 허락받았을 뿐인데 그것보다 더 힘든 훈련이 시작된단 말인가?

그런 알렉스에게 라곤은 새롭게 준비한 보호 장구를 던져 주었다.

"그걸 입어."

처음에 입었던 가죽 보호 장구보다 훨씬 두터운, 기사들이 훈련할 때 입는 강철제 보호 장구였다. 알렉스가 그걸 입어 보니 둔중한 무게가 몸을 짓눌렀다.

굳이 이런 보호 장구를 준비한 것에는 두 가지 이유가 있었다.

첫 번째는 알렉스가 갑옷을 입고 싸우는 것에 익숙해지기 위해서다. 보호 장구는 무게가 무겁기 때문에 이걸 입고 훈련하면 차후에 갑옷을 입어도 같은 움직임을 보일 수 있었다.

두 번째는 연습용 검 역시 날을 죽여놨을 뿐, 무게나 강도는 실검과 동등하기 때문이다. 가죽 보호 장구를 입은 채 이걸로 검투를 벌였다가는 몸이 남아나지 않을 것이다.

"움직일 만하냐? 검 좀 휘둘러 봐라."

"그, 그럭저럭 움직일 만한데요?"

좀 무겁고 불편하긴 해도 움직일 만했다. 그래도 어려서부터 가볍게나마 단련을 계속해 왔고, 요 2개월간은 하루 여덟 시간씩 귀신같이 단련해 와서 기초 체력은 상당한 수준에 이른 것이다.

"다행이군. 그럼 이제부터는 하루에 한 시간씩은 이걸 입고 대련을 한다."

"설마… 매형이랑 제가요?"

"그럼 달리 누가 있겠냐?"

"……."

알렉스는 안색이 파랗게 질려서 뒷걸음질을 쳤다. 아직도 첫날의 악몽이 사라지지 않은 게 분명했다.

라곤은 육식동물 같은 미소를 지으며 말했다.

"아프기 싫으면, 아니… 죽기 싫으면 필사적으로 덤벼라. 그럼 시작한다. 자세 잡아."

라곤이 연습용 검을 들어 올리며 말했다. 하지만 알렉스는 침을 꿀꺽 삼키며 얼어붙어 있을 뿐이었다. 그런 그에게 라곤이 경고했다.

"내 성격 잘 알지? 그런다고 봐주는 거 아니다? 마지막으로 경고한다. 빨리 검 들어."

"아, 알겠어요."

알렉스는 찔끔하며 검을 들어 올렸다. 그가 자신을 가르칠 때 얼마나 지독해지는지는 이미 2개월간 신물이 나도록 느꼈다. 반항해 봤자 돌아오는 것은 더 많은 고통뿐이었다.

"그럼 간다."

동시에 라곤이 빠르게 움직였다. 검이 깨끗한 궤도를 그리며 내리꽂힌다. 알렉스는 반사적으로 검을 들어서 그것을 막았다.

카앙!

"좋아, 훈련의 성과가 있군."

라곤은 알렉스의 반응에 만족해하면서 검격을 날리기 시작했다. 첫 일격을 막아낸 알렉스는 조금 자신감이 솟는 것을 느끼면서 그것들을 받아내기 시작했다.

'보인다! 막을 수 있어!'

힘들었던 2개월간의 훈련이 헛되지 않았던 모양이다. 특히 마법 훈련 장비에 의한 반응 훈련 덕분에 빠르고 정확하게 날아드는 검격에 대응할 수 있었다.

채채채챙!

라곤이 일방적으로 몰아치는 모양새였지만 알렉스는 잘 받아내면서 후퇴했다. 그러다가 라곤의 리듬에 좀 익숙해졌다고 느껴진 순간 공세로 전환했다.

'한 방 먹일 수 있어! 간닷!'

지금까지는 무조건 움츠러들고 얻어맞기만 하느라 몰랐지만 이 정도면 해볼 만하다. 검이 날아드는 것이 보이고, 받아낼 수 있는 능력이 있다면 역공으로 지금까지 당한 것을 갚아줄 수도 있다.

캉! 투학!

다음 순간 눈앞이 번쩍하며 별이 보였다. 알렉스는 중심을 잃고 비틀거리며 뒤로 물러났다. 그런 그의 앞에서 라곤이 혀를 찼다.

"쯧. 너, 제정신이냐? 봐주니까 아주 정신이 나갔구만."

"봐, 봐줘요?"

"그럼 설마 내가 너 같은 미숙자 상대로 진심으로 할까? 방어는 그럭저럭 괜찮았는데 공격은 완전 정신줄 놓고 하는구나. 그렇게 허점이 드러나는 것을 생각도 안 하고 달려들면 한 대 때려줄 수밖에 없지."

"……."

라곤이 한심하다는 듯 하는 말에 알렉스는 얼굴이 달아오르는 것을 느꼈다. 잠시 상대하면서 해볼 만하다고 느낀 것은 얼토당토않은 착각이었던 것이다. 방금 전에 라곤이 검을 어떻게 내려쳐서 자신의 헬멧을 후려갈긴 것인지 전혀 보지 못했다.

"그래도 반응 훈련 덕에 조금은 검무가 아니고 검술에 가까워지긴 했는데… 아직도 어떻게 해서 사람을 쳐야 하는지 전혀 모르는군. 그건 차근차근 가르쳐 줄 테니까 일단은 몸에 새기도록 하자."

"거, 검무라니 그건 무슨 소리죠?"

알렉스가 당황해하며 물었다. 시간을 끌어볼 생각이 아니고 진짜로 궁금해서 한 질문이었다. 검무라면 검을 들고 춤을 추고 있다는 소리인데 무슨 의미로 하는 말인지 모르겠다.

라곤은 삐딱한 표정으로 그를 바라보다가 설명해 주는 게 낫겠다 싶어서 입을 열었다.

"네가 2년 동안 한 소드 마스터 속성법이라는 것은 철저하게 한 가지 동작을 숙련하는 방법이지?"

"그, 그렇죠."

"그러니까 그건 상대의 존재를 상정하지 않고 그저 한 가지 동작을 얼마나 완벽하게 할 수 있느냐만 추구하는 것이야. 하지만 검술은 어디까지나 검이라는 무기가 만들어진 목적을 최대한 활용하기 위한 기술, 즉 상대를 베어서 죽여 버리기 위한 것이지. 거기서 상대의 존재를 배제하면 그건 이미 검술이 아니다. 칼춤일 뿐이지."

"……."

"지금의 소드 마스터들은 모두 검술을 익힌 게 아니라, 사람이 사람을 상대하기 위해 검을 쥐었다는 사실 자체를 무시해 버리고 자기완성의 길을 걸어간 끝에 거기에 서 있는 거야. 그런 행위를 통해 마음을 닦고 싶다는 소리를 하는 양반들도 있으니까, 그게 목적이라면 그래도 괜찮지. 하지만 싸워야 할 적이 있는 세상에서 전사로서 검을 쥐는 자는 그래서는 안 돼."

자신의 검술론을 설명한 라곤은 한심해하는 눈으로 알렉스를 바라보았다.

그가 알렉스를 이렇게 열성적으로 가르치는 것은 단순히 시에나와의 거래 때문만은 아니다.

라곤은 알렉스를 소드 마스터로 만듦으로써, 소드 마스터라는 존재를 완벽하게 이해하려 하고 있었다.

과거에 자신이 소드 마스터일 때는 그럴 필요가 없었다. 그저 스스로가 가진 것을 극한까지 연마해서 더 높은 영역으로 올라가면 그만이었다.

하지만 이제 그렇지 못한 입장에서 그런 존재들을 능가하려면 그들 자신보다도 그들에 대해 더 깊이 이해해야만 한다. 그들이 가진 강점, 그들이 가진 약점, 그들이 가진 특성, 그 모든 것을 이해하여 그들에 대한 이미지를 완성하지 않으면 안 된다.

알렉스는 그것을 위한 도구이니 반드시 소드 마스터가 되어 줘야만 할 것이다. 라곤은 다시 자세를 잡으며 말했다.

"네가 검술이 뭔지 확실하게 이해할 때까지 이 훈련은 계속된다. 열심히 버텨봐라."

"으, 으윽……."

섬뜩함을 느끼는 알렉스에게 라곤의 검이 폭풍 같은 기세로 날아들기 시작했다. 그리고 한 시간에 걸쳐 요란한 격타음과 함께 불쌍한 알렉스의 비명이 울려 퍼졌다.

"한 시간 지났군. 일단 종료한다."

그렇게 말하는 라곤의 앞쪽에는 알렉스가 시체처럼 널브러져 있었다. 아까 전까지만 해도 새것이었던 방어 장구는 여기저기 우그러져 있었고, 마지막에는 맞은 데가 안 좋아서 왼팔뼈에 금이 간 것 같았다.

정신이 아득해져서 쓰러진 알렉스에게 라곤이 녹색의 액체가 담긴 병을 들고 다가가서 먹였다. 알렉스가 마른 입술을 그 액체로 축이고 나니 뭐라고 말할 수 없는 상쾌한 기분이 전신으로 퍼져 나갔다.

'히, 힐링 포션.'

알렉스는 그 액체의 정체를 깨닫자 정신이 번쩍 들었다. 그런 그를 안아 들고 힐링 포션을 먹이던 라곤이 히죽 웃으며 말했다.

"참 다행이지 뭐냐. 너희 집이 부자라서 보호 장구가 좀 망가져도 예비품이 얼마든지 준비되어 있고, 네가 좀 다쳐도 힐링 포션이 잔뜩 준비되어 있어서 금방 치료하고 내일도 빡세게 훈련할 수 있으니까 참 신나지?"

"으으……."

이건 악몽이다. 쓰러져도, 다쳐도 쉴 수 없다니 여기가 바로 지옥이 틀림없다.

라곤이 그야말로 악마처럼 보이는 미소를 지으며 덧붙였다.

"계속 이런 꼴 당하고 싶지 않으면 내일부터 더 열심히 훈련하는 게 좋을 거야. 네가 이 상황에서 탈출하는 방법은 검술의 달인이 되어서 날 이기는 것밖에 없단다."

알렉스에게 공포와 절망을 안겨준 라곤은 콧노래를 부르며 연무장에서 나갔다. 알렉스는 바닥에 주저앉은 채 울먹였다.

"으흑, 이건 꿈이야. 악몽이라고. 흑흑흑."

7

라곤은 알렉스를 들들 볶으면서도 자기 할 일은 다 하고 있었다. 밤잠을 줄여가면서 마법 공부를 하는 한편 검술을 갈고 닦는 것도 빼놓지 않는다. 알렉스가 좀 더 수준이 높아지면 검술 단련을 따로 할 필요가 없어지겠지만 지금은 아직 멀고 먼 이야기였다.

이날은 알렉스의 훈련을 쉬는 날이었다. 라곤은 하루 여덟 시간씩 알렉스를 훈련시키고, 2주에 한 번은 휴식을 취하게 하고 있었다. 정신적으로도, 육체적으로도 너무 몰아붙이면 안 된다고 생각했기 때문이다. 물론 알렉스가 들었다면 이미 너무 몰아붙이고도 남았다고 투덜거렸겠지만.

"그럼 오늘은… 음, 여기로 가볼까."

라곤은 얼마 전에 실시한 영지 조사를 통해 알게 된 몬스터 서식지가 표시된 지도를 보고 있었다. 라곤은 치안 유지를 위한 병력 외에는 따로 병력을 거느리지 않고 있었기 때문에, 몬스터나 도적떼 같은 존재가 나타나서 문제를 일으킬 시에는 용병들을 고용해서 처리하고 있었다.

하지만 라곤은 마법 훈련을 시작하기 전, 고블린들을 퇴치하러 나갔던 것처럼 가끔 그들 틈에 섞여서 실전을 경험하곤 했다. 그럼으로써 자신의 현재 상황을 점검하고 앞으로의 훈련 계획을 수정해 나가는 것이다.

"오우거를 상대하시겠다고요?"

이번에 라곤이 목표한 몬스터가 뭔지 들은 카알이 당황했다. 라곤이 고개를 끄덕였다.

"응. 한동안 안 나타나는 것 같더니 요즘 좀 어슬렁거리는 것 같아. 다른 영지에서 넘어온 건지 뭔지. 지금까지 파악된 사실로는 오크 부락을 하나 제압해서 부리고 있는 것 같은데……."

"그런 놈 상대로 직접 나서시다니 너무 위험하지 않습니까?"

"그렇긴 한데 애당초 안전한 전투가 세상에 어디 있어?"

"그, 그거야 그렇지만요."

"오우거 사냥 경력이 있는 용병단을 고용해 두었어. 인원도 70명이나 되니까 그렇게 걱정할 것은 없어."

"그래도 오우거라면 보통 적이 아닌데 용병들만으로 되겠습니까?"

"이미 사냥해 본 전력이 있는 녀석들이니까 문제없지. 궁사도 많고 마법사도 넷이나 있으니까 괜찮아."

"용병단의 마법사가 넷이 모여봤자… 오우거만이라면 몰라도 오크들도 함께라는 점이 걸리는데요."

마탑의 정식 마법사인 카알은 용병단의 마법사들을 노골적으로 깔보고 있었다. 좀 기분 나쁜 태도이긴 했지만 실제로 카알은 그들을 눈 밑으로 볼 만한 실력의 소유자이기도 하다.

라곤이 피식 웃으며 말했다.

"자네도 같이 갈 텐데 뭐가 걱정이야?"

"어, 저, 저도 갑니까?"

"내가 가는데 안 가고 놀고 있으려고? 추가 수당 줄 테니까 잔말 말고 따라오도록 해."

"으, 으음."

"자네도 명색이 마탑의 전투마법사잖아. 너무 전장에서 떨어져 있으면 감이 떨어진다고."

"알겠습니다."

카알은 내키지 않는 표정으로 대답했다. 두 사람은 준비를 마치고 곧바로 오우거가 나온다는 데다르 마을 부근으로 향했다.

데다르 마을에는 라곤이 며칠 전에 불러둔 용병단이 도착해

있었다. 예전에 정규군에 속해 있었다는 단장이 라곤을 맞이
했다.

"안녕하십니까. 발터 경이 어느 분이십니까? 이번 전투를
지휘하신다고 들었는데……."

"내가 발터 프라잔이야. 이쪽은 카알 경. 마탑의 정식 전투
마법사이니 이번 전투에서 많이 도움이 될 거야."

"호오, 잘 부탁드립니다."

단장이 눈을 빛내며 카알에게 인사했다. 경험이 많은 그는
마탑의 정식 전투마법사들이 얼마나 뛰어난 실력을 가졌는지
잘 알고 있었다.

그가 멀어지자 카알이 귓속말로 물었다.

"발터 프라잔이라고요?"

"내가 바로 라곤 클란드다 하고 동네방네 광고하고 싶진 않
거든. 이럴 때마다 쓰고 있는 가명이야."

"원 참."

카알이 혀를 찼다.

라곤은 그에게 씩 웃어주고는 단장과 용병단의 전력과 그동
안 정찰한 적들의 상황, 그리고 전술에 대한 문제를 빠르게 논
의하고 결정했다.

"오크들의 숫자가 많지 않은 것은 다행이군."

"대신 고블린들이 같이 끼어 있어서 골치 아프긴 합니다만.
요즘 오크들이 전부 바렐의 숲 쪽으로 대이동을 시작해서 이
렇게 특별한 경우가 아니고서는 남아 있는 경우가 별로 없는

것 같습니다."

"그렇겠지. 덕분에 크루세스는 지옥 같은 상황이니까."

라곤이 쓴웃음을 지었다.

용병들이 정찰한 바로는 오크들의 숫자는 30마리 정도고, 오크 메이지는 없다고 한다. 대신 고블린들이 함께 있는데, 그들의 생활 특성상 정확한 숫자를 알 수는 없지만 나와서 활동하는 녀석들을 통해 추산해 보면 4, 50마리 정도는 될 것 같다고 한다. 그 외에는 고블린들이 늑대를 부리고 있는 것으로 보아서 고블린 메이지가 한두 마리 있는 것으로 추정된다.

오우거는 수컷 한 마리. 거의 주거지에서 나오지 않고 오크들이 사냥해 오는 짐승들을 잡아먹고 있는 것 같았다.

"왕처럼 살고 있군요. 오크들은 집단생활 성향이 강하고 약육강식의 논리에 지배되니 부족의 힘을 모아도 이길 수 없는 오우거에게는 얌전히 복종하는 것이겠고."

누가 마법사 아니랄까 봐 카알이 그들의 상황을 분석했다. 라곤은 씩 웃고는 이동을 명령했다. 이전의 고블린 토벌과 비슷한 패턴으로 마법과 화살로 기습을 가한 뒤에 오크와 고블린을 먼저 처리, 그리고 특수 장비와 마법의 힘으로 오우거를 상대할 계획이었다.

하지만 그 계획은 적들의 본거지에 접근하기도 전에 틀어졌다.

컹컹컹!

"허, 늑대를 경비로 부리고 있는 건가? 꽤 머리가 잘 돌아가는 고블린 메이지가 있나 보군."

가까운 곳의 풀숲에서 머리를 내밀었던 늑대가 도망치면서 울부짖자 라곤이 혀를 찼다. 원래부터 영악한 고블린 중에서도 특별하게 머리가 좋은 개체인 고블린 메이지는 잔머리가 잘 돌아가는 편이다. 습격당할 때를 대비해 자신이 부리는 늑대들을 경비견처럼 부리고 있는 모양이었다.

"어이가 없군. 작전 변경하고, 최대한 빠르게 높은 지대를 선점한다!"

적들의 본거지가 소란스러워지는 것을 본 라곤이 명령했다. 그리고 카알에게 눈짓해서 함께 비행 주문으로 날아올랐다.

"마, 마법?"

카알이라면 모를까, 기사인 줄 알았던 라곤까지 마법으로 날아오르자 단장이 당황했다. 하지만 그는 곧 정신을 차리고 부하들과 함께 목표 지점으로 빠르게 이동했다.

"칫. 벌써 전투태세로 들어갔잖아."

허공에서 적의 본거지를 내려다본 라곤이 투덜거렸다. 마력의 파동을 간파할 수 있는 그는 적들 중에 세 마리의 고블린 메이지가 있는 것을 간파했다.

카알이 말했다.

"세 마리라니, 생각보다 수가 많은데요? 한 마리는 원거리 공격에 대비해서 결계도 치고 있고."

"그래 봤자 결계가 커버하는 범위가 좁으니까 상관없어. 일단 선제공격으로 혼을 빼놔주지. 간다."

"알겠습니다."

카알이 고개를 끄덕이고는 곧바로 주문을 외웠다. 잠깐 주문을 외우나 싶었더니 곧바로 파이어 볼이 완성, 허공에 직경 1미터의 불덩어리가 떠올라서 적들을 향해 날아갔다.

화아아악!

거침없이 달려오던 오크들이 화염에 휩쓸려서 나가떨어졌다. 그리고 그다음에 라곤에게서 연속적으로 발사된 섬광이 다른 오크들을 강타했다.

파파파파팡!

포스 볼트였다. 그것은 놀라울 정도로 빠르게, 그러면서도 정확하게 오크들을 강타해서 쓰러뜨렸다. 오크들 중 몇 마리는 정확한 각도로 머리를 맞아서 두개골이 부서져서 즉사해버렸다.

"대단하군요!"

신기에 가까운 그 솜씨에 카알이 놀라서 라곤을 바라보았다. 포스 볼트는 시야에 들어온 목표를 지정하고 날리면 되는 주문이지만, 몸을 단련하지 않는 마법사의 특성상 정확하게 급소를 노리고 치는 것은 쉽지 않았다. 그냥 몸 전체를 목표로 잡고 날리면 아무 데나 맞고 나가떨어지는 정도다. 그런데 라곤은 아예 오크들의 머리만 노리고 날려서 거의 대부분을 정확하게 명중시킨 것이다.

"뭐, 이 정도는 해야지. 파이어 볼."

라곤은 어깨를 으쓱하고는 파이어 볼을 날렸다. 파이어 볼도 그새 수백 번도 넘게 연습해서 다른 주문은 필요도 없이 마법식에 따라 마력을 배치, 시동어를 외치는 작업만으로도 발동되었다.

카알의 그것보다 두 배는 큰 파이어 볼이 날아가서 작렬했다. 호박색 불길이 퍼져 나가면서 오크들과 고블린들을 쓸어 버린다.

그 위로 용병들 중 궁사들이 쏘는 화살들이 쏟아지고, 용병 마법사들의 주문까지 더해지자 어이가 없을 정도로 쉽게 오크들과 고블린들이 쓸려 나갔다. 그렇게 적들을 학살하던 라곤이 문득 손을 들어 앞으로 내밀었다.

파아아앙!

날아든 섬광이 그 앞에 쳐진 방어막에 맞고 흩어졌다. 고블린 메이지들이 날린 공격 주문이었다.

"쯧. 나도 빨리 방어막을 펼친 채로 날면서 공격 마법까지 구사할 수 있어야 하는데."

라곤이 혀를 찼다. 아직까지는 비행 주문을 사용하는 와중에는 다른 마법 하나를 사용하는 것이 고작이었다. 그에 비해 카알은 위력은 라곤보다 떨어질지언정 하늘을 날면서 전 방위를 감싸는 방어 주문 디펜시브 필드까지 펼쳐 놓은 채 마음 놓고 마법을 날려대고 있었다.

크아아아아아!

그때 흉포한 괴성이 공기를 뒤흔들었다. 4미터가 넘는 거대한 몸집을 가진 오우거가 움막을 부수면서 밖으로 나온 것이다. 그 뒤로 몸집이 조금 작은, 흉측한 유방이 덜렁거리는 암컷이 일어나서 따라서 포효했다.

"두, 두 마리?"

용병들이 동요했다. 정찰했을 때는 한 마리밖에 발견하지 못했는데, 이제 보니 움막에 틀어박혀 나오지 않았던 암컷이 있었던 것이다.

"드디어 나왔군."

라곤은 씩 웃으며 지상에 내려섰다. 그리고 검을 뽑아 들었다.

"라, 라곤 경! 설마!"

"바로 그 설마지."

라곤은 위험한 미소를 지은 채 주문을 외웠다. 아직까지 완전히 숙련하지 못한 주문이었기에 발동까지 7초나 되는 시간이 걸렸다.

"스피릿 액셀."

나직하게 내뱉은 시동어와 함께 그의 정신이 가속하기 시작했다. 상대시간이 세 배 이상으로 빨라지면서 주변의 움직임이 느려진 것처럼 느껴진다.

그 감각에 적응하는 순간, 라곤은 곧바로 적들을 향해 돌격했다. 달리면서 포스 볼트를 연사해서 오크들과 고블린들을 닥치는 대로 쓰러뜨리고, 그 섬광 사이를 빠져나온 오크들을 향해 검을 내질렀다.

스칵!

지금 이 순간, 라곤에게는 오크들의 움직임이 하품 나도록 느려 보였다. 원래부터 오크들을 속도 면에서 압도하는데 정신까지 가속되자 아예 멈춰 있는 것처럼 허점을 파악하고 가볍게 베어 넘길 수 있게 된 것이다.

"세상에! 어떻게 저럴 수가 있지?"

용병들이 입을 쩍 벌렸다. 기사인 줄 알았던 양반이 마탑의 정식 전투마법사와 비교해도 지지 않는 화력으로 마법을 퍼붓나 싶더니, 이번에는 엄청난 움직임과 검술로 적들을 풀 베듯이 베어나가다니 놀라지 않을 수가 없었다.

"오우거를 잡는다! 놀고 있지 마!"

라곤이 외치자 용병들은 그제야 정신을 차리고 뒤를 따랐다. 우왕좌왕하고 있던 오크, 고블린 병력과 용병들이 격돌하자 카알을 비롯한 마법사들은 그들을 내버려 두고 오우거들을 향해 마법을 집중했다.

퍼버버벙!

용병 마법사들의 공격이 오우거들에게 작렬했다. 포스 볼트와 라이트닝 볼트, 파이어 볼트 등의 마법이 명중하면서 오우거의 기세가 주춤했다. 그 위로 카알이 파이어 볼을 때려 넣었다.

화아아아악!

하지만 다음 순간, 오우거가 불길을 뚫고 달려나왔다. 놀랍게도 파이어 볼을 피할 수 없다고 생각한 순간, 양팔로 머리를 가리면서 돌진해서 그것을 돌파해 버린 것이다. 다소 화상을 입기는 했지만 한순간에 용병들과 몬스터들이 싸우고 있는 지점까지 접근해 왔다.

"이런!"

오우거가 손에 든 곤봉을 들어 올렸다. 그것을 본 라곤은 오우거가 자기 부하들까지 한꺼번에 쳐 날리려고 한다는 것을 알고 혀를 찼다.

"파이어 볼!"

라곤이 앞으로 달려들며 파이어 볼을 날렸다. 지근거리에서 날아든 파이어 볼에 오우거가 불길에 휩싸여서 휘청거렸다. 그 여파로 가까이 있던 용병 일부도 화상을 입었지만, 그것 갖고 투덜거릴 때가 아니었다. 다들 겁에 질려서 정신없이 뒤로 물러났다.

크아아아아아!

오우거가 울부짖었다. 라곤의 파이어 볼은 정확히 오우거가 곤봉을 쥔 손을 노렸기 때문에 손이 완전히 새카맣게 타버렸다. 화상을 입은 부위에서 끔찍한 고통이 엄습해 오자 오우거가 완전히 광란하기 시작했다.

게다가 오우거는 수컷만 있는 게 아니었다.

쿠쿠쿵!

뒤쪽으로부터 갑자기 커다란 바위가 날아들어서 용병들을 덮쳤다. 예기치 못한 공격에 언어맞은 용병들이 그대로 즉사해서 쓰러졌다.

암컷 오우거가 바위를 들어서 던진 것이다. 덩치가 수컷보다 작다곤 해도 역시 무시무시한 힘을 가진 오우거다웠다. 오크들의 움막을 부순 다음 그 자재를 닥치는 대로 던지기 시작하니 오크들과 고블린, 용병들도 대책없이 거기에 맞고 쓰러질 수밖에 없었다.

"마, 막아!"

단장이 당황해서 외쳤다. 하지만 암컷과의 거리가 너무 멀었고, 수컷은 바로 코앞에서 난동을 부리고 있었다. 수컷이 오크의 시체를 들어서 집어 던지자 그것에 맞은 용병들이 그대로 나가떨어졌다.

"큭, 갈고리를 어서!"

단장이 외쳤지만 갈고리를 사용하는 용병들은 이미 날아드는 움막의 파편들과 오크 시체에 맞고 쓰러져 버린 상태였다. 상황을 파악한 단장은 정신이 아득해지는 것을 느꼈다.

'틀렸어! 이대론 전멸이야!'

오크들과 고블린을 쓸어버린 것까진 좋았는데 오우거를 상대하는 과정이 완전히 꼬였다. 특히 두 마리라는 것을 파악하지 못한 것이 치명적이었다.

"파이어 볼."

그때 라곤이 수컷 오우거의 뒤로 돌아가서 파이어 볼을 날렸다. 정신없이 날뛰던 오우거가 무방비로 파이어 볼에 얻어맞고 그대로 쓰러진다.

"파이어 볼."

그 위로 또 한 방의 파이어 볼이 작렬했다. 이번 파이어 볼은 정확히 오우거의 머리통을 중심으로 작렬, 불길을 흩뿌렸다.

크아아아아아아!

모골이 송연해지는 끔찍한 비명이 울려 퍼졌다. 오우거는 안구가 타버리고 머리통 전체가 시커멓게 그을린 채 불타오르고 있었다. 고통을 못이긴 오우거가 쓰러진 채로 주변을 부술 듯이 몸부림쳤지만 라곤은 냉정하게 주문을 외웠다.

"파이어 볼."

화아아아악!

또다시 오우거의 머리통에 파이어 볼이 작렬했다. 두 방 연속으로 파이어 볼을 머리에 얻어맞자 오우거도 버텨내지 못했다. 안구는 물론이고 호흡기를 통해 안쪽으로 들어간 불길이 체내를 태워 버리자 움직일 힘이 사라져 간다.

그때 암컷 오우거가 라곤을 향해 바위를 집어 던졌다. 하지만 정신이 가속된 라곤은 냉정하게 그 궤도를 파악하고 옆으로 피해 버렸다. 그리고 암컷 오우거를 노려보며 주문을 외웠다.

"파이어 볼."

파이어 볼이 날아들자 암컷 오우거는 놀랍게도 움박의 파편을 들어서 막았다. 화염이 자재를 부숴 버리고 암컷 오우거에게도 가벼운 화상을 입혔다. 암컷 오우거가 흉성을 폭발시키며 달려오기 시작했다.

"카알!"

잠시 넋 놓고 있던 카알은 라곤의 부름에 퍼뜩 정신을 차렸다. 그리고 곧바로 주문을 발동시켜서 암컷 오우거가 달려드는 진로 앞쪽을 가리켰다.

"디그!"

푸확!

순간 땅이 폭발하면서 사람 하나쯤 들어갈 것 같은 구덩이가 생겼다. 정신없이 달려오던 암컷 오우거가 거기에 걸려서 균형을 잃고 그대로 쓰러진다. 달려오던 기세가 어찌나 강했는지 몇 바퀴나 구르면서 흙먼지가 피어올랐다.

"파이어……."

그런 암컷 오우거를 향해 파이어 볼을 날리려던 라곤은 갑자기 섬뜩한 감각을 느꼈다. 뒤를 돌아보는 순간, 시야를 가득 메우며 거대한 주먹이 날아들었다.

쾅창!

아슬아슬하게 그것을 피하자 어깨 보호구가 박살 나서 날아가 버렸다. 그 충격으로 몸이 균형을 잃고 팽이처럼 빙글빙글 돌았다.

"라곤 경!"

카알이 비명처럼 외쳤다.

라곤을 공격한 것은 새카맣게 타서 쓰러져 있던 수컷 오우거였다. 숨통을 끊었다고 생각했던 수컷 오우거가 놀라운 생명력으로 몸을 움직여서 라곤을 공격한 것이다.

'젠장. 왼팔이 부러졌어.'

겨우 쓰러지지 않고 균형을 잡은 라곤이 입술을 깨물었다. 정타로 맞은 것도 아니고 스쳤을 뿐인데 이 정도 파괴력이라니, 역시 괴력의 대명사 오우거답다.

다행히 수컷 오우거는 겨우 상체를 일으켜 팔을 휘둘렀을 뿐, 그 이상의 행동은 하지 못하고 있었다. 그 위로 카알의 마법이 작렬해서 완전히 숨통을 끊어놓았다.

그러나 그것으로 끝난 게 아니었다. 비틀거리고 있는 라곤에게, 그새 몸을 일으킨 암컷 오우거가 달려들었다. 간신히 그 움직임을 잡아낸 라곤이 급히 몸을 날렸다.

쾅!

암컷 오우거의 주먹이 땅을 두들겨서 부숴 버렸다. 간발의 차로 그 공격을 피한 라곤이 포스 볼트를 발동시켰다.

파파파파팟!

섬광이 연발로 날아가서 암컷 오우거의 머리를 두들겼다. 그 와중에도 라곤은 하나의 각도가 아니고 다각도에서 급소를 정확히 노렸고, 암컷 오우거의 머리가 크게 흔들렸다.

'이 정도면 오우거라고 해도 균형 감각이……'

정확히 턱과 관자놀이, 인중을 노려서 날렸으니 정신이 없을 것이다. 하지만 그것이 안이한 생각이었음은 곧바로 알 수 있었다. 암컷 오우거가 정신을 차리지 못하면서도 라곤이 있는 방향을 대충 어림잡고 발차기를 날려온 것이다.

후우우웅!

통나무가 앞을 스쳐 가는 듯한 느낌이 라곤을 엄습해 왔다.

제대로 맞으면 그대로 몸이 분쇄된다는 것을 알고 있기에 전신의 털이 곤두선다.

하지만 라곤은 물러나지 않았다. 오히려 암컷 오우거를 향해 전진하며 파이어 볼을 날렸다.

화아아악!

캬아아아아!

얼굴에 파이어 볼을 얻어맞은 암컷 오우거가 비명을 질렀다. 비틀거리며 얼굴을 감싸 쥐는 순간, 라곤이 그 가랑이 사이를 통과하면서 검을 휘둘렀다.

파학!

정확히 발뒤꿈치를 가르는 일격!

반사적으로 뒤를 돌아보려던 암컷 오우거가 날카로운 통증에 비명을 삼키며 주저앉는다. 그 뒤통수에 라곤이 다시 파이어 볼을 한 방 때려 넣었다.

화아아아악!

"파이어 볼!"

라곤은 끝을 보겠다는 듯 연달아서 파이어 볼을 때려 넣었다. 두 방, 세 방, 네 방, 다섯 방…… 마침내 암컷 오우거가 꿈틀거리지도 못하게 되었는데도 계속해서 파이어 볼을 날려댄다. 평범한 마법사라면 마력이 고갈되어서 멈췄겠지만, 마력이 넘쳐 나는 라곤은 제어에서 벗어난 마력 때문에 마법 회로가 과열되었는데도 계속해서 공격을 날려대고 있었다.

다들 숨을 죽인 채 광기에 젖은 그 행동을 지켜보고 있었다.

말려야겠다는 생각이 드는데 도저히 그럴 엄두가 나지 않는
다. 가까이 가는 순간 자신이 공격받을 것 같은 위압감이 들었
기 때문이다.

"하아……."

열 발이나 파이어 볼을 때려 넣은 라곤이 퍼뜩 정신을 차리
고 그 자리에 주저앉았다. 반사적으로 땅을 짚은 왼팔에서 날
카로운 통증이 전해져 왔다.

"으, 으아……."

비명조차 나오지 않을 정도로 아프다. 라곤은 눈물을 찔끔
흘리며 몸을 뒤틀었다. 그런 그에게 조심스럽게 다가온 카알
이 물었다.

"라, 라곤 경, 괜찮은 겁니까?"

"벼, 별로 괜찮지는 않은 것 같아."

라곤은 울상을 지으며 대답했다.

결국 라곤은 곧바로 신전으로 실려가서 치료를 받았고, 그
후유증 덕분에 사흘 동안이나 훈련 중에 대련을 쉬게 된 알렉
스는 뛸 듯이 기뻐했다고 한다.

8

리할드 왕국력 356년 3월.

시에나는 신혼이 뭔지 모르는 생활을 하고 있었다. 결혼해

서 유부녀가 된 몸이건만 남편하고 지낸 기간이 다 합쳐서 열흘 정도밖에 안 되는 것이다.

이번에도 근 한 달 동안 왕도에서 열심히 일하다가 겨우 시간이 나서 클란드 영지로 내려온 참이었다. 그녀가 도착했을 때, 라곤은 한창 알렉스와 검을 들고 대련을 하고 있었다.

"이야아아아아!"

알렉스가 발악적으로 검을 휘둘렀다. 검이 거칠지만 강한 기세로 라곤을 노린다.

죽기 살기로 휘두르는 검격은 분명 위협적이었지만 라곤은 여유만만했다. 전혀 동요하지 않고 검을 최소한의 궤도로만 움직여서 그 검격을 모조리 비껴 버린다.

어느 순간 공격하던 알렉스 측의 균형이 무너졌다. 이쪽에서 치는 것을 힘으로 받는 대신 조금씩 비껴내는 라곤에게 말려들다가, 결국 자기가 내지르는 힘을 이기지 못한 것이다.

순간 라곤의 눈이 번뜩였다. 섬광처럼 내질러진 검이 알렉스의 헬멧을 후려갈겼다.

쾅창!

"카악!"

알렉스가 비명을 지르며 비틀거렸다. 라곤의 검격은 알렉스와 비교하면 너무도 빨라서 어떻게 날아오는지 잘 보이지도 않는다. 그럼에도 불구하고 매일매일 두들겨 맞다 보니 이제는 어느 정도 반응할 수 있게 되었다. 공격이 들어온다고 생각한 순간, 잽싸게 목을 비틀어서 충격을 줄였다.

하지만 거기까지였다. 비틀거리는 알렉스의 옆구리에 라곤의 검격이 인정사정없이 꽂혔다. 알렉스는 숨이 턱 막히는 걸 느끼며 그대로 쓰러졌다.

"오, 지금 반응은 꽤 괜찮았어. 만날 나랑 대련하니까 이제 리듬은 좀 알겠냐?"

"으으으… 어, 어깨의 움직임을 보면 각도는 어렴풋이 알 것 같, 같아요."

알렉스가 통증으로 덜덜 떨면서도 대답한 것은 성실한 마음가짐 때문이 아니었다. 아프다고 훌쩍대고 있으면 라곤이 꼭 한 대씩 더 쥐어박기 때문에 한 대라도 덜 맞고자 하는 필사적인 마음으로 대답한 것이다.

"그래, 상대방의 눈을 똑바로 보면서 전체적인 움직임을 시야 안에 넣고 있는 게 중요해. 역시 그만큼 두들겨 패면 알아먹긴 하는구만."

"하아."

만족스럽다는 듯 고개를 끄덕이는 라곤을 보며 시에나가 어이없다는 듯 한숨을 쉬었다. 매번 내려올 때마다 생각하는 것인데, 지금까지 응석받이였던 동생에 대한 불만이 눈 녹듯이 사라질 정도로 힘들어 보였다.

"훈련 끝난 건가요?"

"뭐, 한 2, 30분 남긴 했지만 오늘은 이걸로 종료하지."

"진짜요?"

알렉스가 반색을 했다. 매일매일 반복되는 훈련의 마무리,

라곤과의 대련 한 시간은 정말 지옥과도 같았다. 요즘 알렉스
는 정말 살고자 하는 의지로 충만해서 필사적으로 공격하고
방어하는 자세가 몸에 배었다. 그런데 그 시간이 일찍 끝난다
니 지옥에서 구세주를 만나는 기분이 바로 이런 것 아니겠는
가!

"누나한테 감사해 둬라. 오늘은 가서 쉬어."

"네, 넷! 누나, 고마워!"

알렉스는 라곤의 마음이 변할까 두려워서 얼른 보호 장구를
벗어두고는 비틀거리며 걸어나갔다. 그런 동생의 모습을 본
시에나가 투덜거렸다.

"도대체 애를 얼마나 팼으면 저 지경이 된 거예요?"

"저 지경이라니, 어디가 어때서? 당신한테 인사도 잘하는
좋은 동생이 됐잖아."

"쟤가 절대 저럴 애가 아니거든요?"

"여태까지 자기가 얼마나 축복받은 인생을 살았는지 깨달
은 거지. 좋은 일 아냐?"

라곤은 어깨를 으쓱하고는 보호 장구를 벗었다. 그리고 시
에나와 함께 복도를 걸으며 말했다.

"그런데 진짜 오랜만에 오긴 했네. 아무리 그래도 우리는 신
혼부부인데 좀 너무하는 거 아냐?"

"요즘 얼마나 바쁜지 알기나 하세요? 크루세스 쪽에서 요구
하는 물품이 많아서 진짜 정신이 없어요."

"크루세스? 아아, 군수 물자인가?"

"그렇죠. 그쪽에서 소모하는 물량이 엄청나요."

왕국이 전력을 집중시키고 있는 크루세스는 상인들에게 엄청난 돈벌이가 되고 있었다. 왕국 10대 상단 중 하나를 거느린 블랑크스 가문은 당연히 그쪽에 상당한 물량을 공급해 주고 있었고, 그 건으로 시에나는 잠도 못 자고 격무에 시달려야 했다. 상단에서 그녀가 차지하는 비중이 결코 작지 않기에 더더욱 처리해야 할 일이 많았다.

그녀의 설명을 들은 라곤이 고개를 끄덕였다.

"그렇군. 크루세스 쪽의 전황은 어때? 들은 이야기 좀 있어?"

"일진일퇴인 모양이에요. 사실상 고착상태라고 들었어요. 그리고…….."

"그리고?"

"지금까지 포착된 오크 히어로의 숫자가 40마리가 넘어갔다고 하더군요."

"40마리라고?"

그 말에는 라곤도 깜짝 놀라고 말았다. 만약 그게 정말이라면 보통 일이 아니다. 왕국의 소드 마스터는 여섯 명밖에 안 되고, 실제로 전장에 투입될 수 있는 것은 고작해야 네다섯 명 정도뿐인 것이다.

그런 그의 걱정을 읽은 시에나가 덧붙였다.

"그렇게 걱정할 일은 아니에요. 마법 전력과 신전의 전력들 덕분에 어떻게든 커버가 된다고 하니까요."

"아아, 하긴 그렇겠군."

소드 마스터라는 초인의 숫자가 달린다고 하더라도, 오크에게는 마법사가 거의 없다. 거기에 베날디 교를 필두로 한 각 교단에서도 전력을 차출하고 있으니 충분히 맞설 수 있으리라.

시에나가 말을 이었다.

"그리고 40마리라는 것은 여태까지 발견된 모든 오크 히어로의 숫자라고 하더군요. 지금까지 일곱 마리를 해치웠다고 들었어요."

"이쪽의 피해는 없고?"

"네. 질리언 바르빌드 경이 크게 부상을 당한 이후로 소드 마스터를 운용하는 방식이 바뀌어서 문제없다고 하던데……자세한 것은 모르겠어요. 되도록 많고 자세한 정보를 요구해서 보고 있기는 하지만 전략전술은 모르니까요."

"하긴. 그래도 그 정도로 상황을 이해하고 있는 것만으로도 대단한데?"

"그야 상인이니까요. 전장의 상황을 제대로 파악해 두지 않으면 제대로 장사를 할 수 없어요."

그녀가 어깨를 으쓱하며 웃어 보였다. 단순히 저쪽에서 요구하는 것만이 아니고 앞으로 무엇이 필요해질 것인지 한 수 앞을 읽지 않으면 큰 이윤을 올릴 수 없다. 시에나는 그런 생각으로 크루세스의 상황을 이해하기 위해 노력하고 있었다.

"아, 그리고 당신이 이번에 부탁한 사람들, 보름 안에 이쪽으로 올 거예요."

"빨라서 좋군."

"모두 스무 명이에요. 그 정도면 되겠죠?"

"충분해. 뭐, 앞으로 돈이 얼마나 깨질지는 알렉스가 잘하느냐 못하느냐에 달렸으니까, 그 부분은 동생이 힘내길 기대하라고."

"지원을 약속하긴 했지만 정말 인정사정없이 뽑아먹는군요."

시에나가 한숨을 쉬었다.

결혼 이후 라곤이 써댄 돈은 상당했다. 하지만 그중 절반은 라곤 자신을 위한 것, 그리고 또 절반은 알렉스를 훈련시키기 위한 것이라 뭐라고 불평할 수도 없었다. 단기간에 소드 마스터를 만드는 데 돈이 적게 들어갈 거라는 생각은 안 했으니까.

라곤이 어깨를 으쓱했다.

"그야 그런 약속이었으니까."

"그런데 비약은 안 쓰는 건가요?"

시에나가 의아해하며 물었다.

소드 마스터 속성법에는 월영초를 이용해 만든 비약을 복용하는 것도 있었다. 훈련 때마다 마나를 인지시킴으로써 보다 빠르게 소드 마스터의 경지를 완성할 수 있게 하는 것이다.

"아직 때가 아냐. 좀 더 시간이 지나면 쓰게 될 테니까 미리미리 준비해 두면 좋지. 그거 월영초만으로 만드는 것도 아니니까 돈이 꽤 많이 들어가잖아?"

"그건 가문에 꽤 재고가 많아요. 하지만 더 준비해 두도록 하죠."

"좋은 마음가짐이야."

"하지만… 당신이 보기에 알렉스는 어떤가요? 재능이 있나요?"

그 말에 라곤이 피식 웃었다.

"재능이라, 어떤 재능을 말하는 거지?"

"그야 소드 마스터가 될 수 있는 재능을 말하는 거죠. 그걸 위해 당신에게 맡긴 거니까요."

"그거라면 글쎄, 확신은 못하겠어. 검술의 재능이라면 상당히 괜찮은 편이야. 어려서부터 검술을 익혔기 때문에 몸은 단기간에 빡세게 굴린 것만으로도 제법 괜찮게 만들어져 가고 있고. 이제부터는 내가 계획한 진도를 따라올 수 있느냐 아니냐에 달렸지."

"그러면 정말 소드 마스터가 될 수 있는 건가요?"

"몰라."

"뭐라고요?"

라곤의 무책임한 대답에 시에나의 눈썹이 꿈틀거렸다. 라곤이 어깨를 으쓱했다.

"이봐, 누구도 소드 마스터가 될 것을 확신하면서 가르칠 수는 없어. 이름난 무가에서 엄청난 돈과 노력을 들여 소드 마스터 속성법으로 어려서부터 인재를 걸러내고 걸러내서 훈련시켜도 될 수 있을지 없을지 모르는 게 소드 마스터야. 결국 당신들도 그걸 알고 도박을 하는 것 아닌가?"

"그야 그렇지만……."

"그럼 일단 자신의 선택을 믿고 지켜보도록 해. 난 약속한 만큼은 최선을 다하고 있으니까."

소드 마스터는 인간의 한계를 넘어선 초인. 인간의 경지라면 노력으로 도달할 수 있다고 확신할 수 있겠지만 초인의 경지는 그럴 수가 없다.

하지만 라곤은 진지하게 알렉스를 소드 마스터로 만들기 위해 노력하고 있었다. 그로써 한 번 끝났던 자신의 인생을 되돌아보고 새로운 자신을 완성해 가기 위해서.

문득 라곤이 시에나를 보면서 물었다.

"아, 그러고 보니 난 지금부터 목욕할 건데……."

"땀 냄새가 풀풀 나는군요. 하세요."

"같이할래?"

"……."

예상치 못한 제안에 시에나가 얼굴을 붉혔다. 라곤이 피식 웃으며 덧붙였다.

"볼 거 다 본 사이인데 뭘 새삼 얼굴을 붉히고 그래."

"짐승 같으니."

시에나가 그를 향해 눈을 흘겼다. 하지만 싫다는 말은 하지 않았다.

9

시에나가 다시 왕도로 올라가고 나서 열흘쯤 지난 후, 라곤의 저택에는 스무 명이나 되는 손님이 생겼다. 그들은 모두 잘 단련된 몸을 가진 남자들이었다.

그들이 연무장에 와서 서자 알렉스가 당황해서 물었다.

"이, 이 사람들은 뭐죠?"

라곤이 대답했다.

"이제부터 너를 상대해 줄 사람들이다."

"저를 상대해요?"

"만날 나랑 상대하는데 나는 한 수, 아니지, 백 수 위에서 지도는 해줄 수 있어도 동격의 대련은 불가능하니까 그걸 위한 상대를 준비한 거지. 모두 실전 경험이 있는 사람들이니까 잘 해보자고."

"그럼… 오늘부터는 매형하고는 대련 안 해도 되나요?"

알렉스가 침을 꼴깍 삼키며 물었다. 그 눈에 기대감이 어려 있는 것을 보곤 라곤은 실소했다.

이래서 굳이 이 사람들을 준비한 것이다. 알렉스를 제대로 훈련에 임하게 하기 위해 자신에 대한 공포를 심어줬지만, 그 공포가 너무 지나쳐서 대련 때 상대를 보고 판단하는 냉정한 태도를 가르칠 수가 없었다. 그래서는 기술은 향상시킬 수 있어도 상대와 싸우는 마음가짐을 만들어주는 것은 불가능하다.

라곤이 대답했다.

"네가 전승을 거두고 나면 그래도 된다."

"전승이라고요?"

"한 번만 하고 끝나는 것은 아니지. 이 사람들을 연파해야 해. 하루에 열 명을 연파한다면 그날부터 며칠간은 아주 '온화한' 지도 대련 외에는 대련을 면제해 주마."

"여, 열 명을 연달아 이기라고요?"

"넌 소드 마스터를 목표로 하는 몸이니까 그쯤은 해줘야 하지 않겠냐? 이 사람들과는 나흘에 한 번씩 대련할 거다. 그리고 네가 질 때마다 이 사람들은 돈을 버니까 절대 인정사정 안 봐줄 거야."

"그건 또 무슨 소리예요?"

"일종의 보너스지. 이 사람들은 용병이야. 여기 와 있는 동안 돈을 지불하는 계약이지만, 그것과는 별도로 너를 쓰러뜨릴 때마다 추가금을 지불하는 거야. 물론 그 돈은 네 가문에서 내는 거고."

"……."

알렉스는 그 말에 용병들을 한 번 살펴보았다. 다들 알렉스를 보며 사나운 미소를 짓고 있었다. 당장 잡아먹을 듯한 그 눈빛에 왠지 오한이 들 정도였다.

'나 정말 괜찮을까?'

검술에는 재능이 있다는 말을 많이 들었고, 라곤에게 들들 볶이면서 스스로도 강해졌다는 것을 느끼긴 하지만 실제로 전쟁터에 나가본 인간들을 상대로 대련을 해야 한다니…….

하지만 그런 이들이라고 해도 라곤과 싸우는 것보다는 낫다. 그 사실이 알렉스에게 의욕을 불어넣어 주었다. 그런 알렉스를 보며 라곤이 말했다.

"아, 물론 형편없이 질 때마다 더 힘들어질 거고, 제대로 안 하면 더더욱 힘들어진다. 아주 잘 알고 있으리라 믿는다."

'이겨야 해! 반드시 이겨야 해!'

그 말에 알렉스는 공포를 느끼며 스스로에게 되뇌었다. 이겨야 한다. 이기면 천국은 아니지만 적어도 사람다운 시간을 보낼 수 있을 것이요, 지게 되면 지옥이 기다릴 것이다!

알렉스가 삶에 대한 의지로 이글이글 타오르는 눈빛으로 바라보자 용병들이 흠칫했다. 다들 실전 경험도 풍부했고 검술도 좀 한다는 인간들만 골라서 고용한 것이라 귀족 애송이 따위 가볍게 때려눕히고 돈을 챙길 수 있겠다 싶었는데, 어쩌면 만만치 않을지도 모르겠다는 생각이 든다.

그렇게 알렉스의 훈련은 새로운 국면으로 접어들었다.

"하아앗!"

알렉스는 기세 좋게 달려들었다. 그 직후 둔탁한 타격음과 고통 어린 신음이 흘러나왔다.

퍽! 쿠당탕!

"끄어어어어……."

첫날 알렉스는 한 명도 이기지 못하고 나동그라졌다. 계속 다른 사람이 나서면서 알렉스를 손쉽게 쓰러뜨렸다. 다들 실력있는 전사들이라 알렉스가 몇 개월 정도 훈련했다고 이길 수 있는 수준이 아니었다.

그 후 사흘간 알렉스는 지옥을 맛보아야만 했다. 물론 그 지옥이라는 게 그전까지 매일매일 라곤을 상대로 맛보던 그런 수준이긴 했지만, 그래도 익숙해진다고 해서 괴롭지 않은 것은 아니다. 사흘간 도대체 얼마나 두들겨 맞고 정신을 잃었는지 셀 수도 없을 정도였다.

그런 고통 속에서 알렉스는 다음번에는 이기고야 말겠다고, 아니, 정확히는 이기지 못하면 정말 죽을지도 모른다고 생각하며 필사적으로 훈련했다.

"으아아아아!"

두 번째는 좀 대련다운 대련이 연출되었다. 알렉스는 공격보다는 방어에 치중하면서 용병들과 꽤 긴 시간을 대결했다.

이기진 못했지만 쉽게 지지도 않는다. 각자 다양한 무기와 기술로 싸우는 이들을 상대로 필사적으로 버텨내며 승리의 길을 찾아내려고 노력했다. 첫 번째 대련 때와 비교하면 장족의 발전이었다.

용병들의 우두머리 격 되는 사내가 라곤에게 물었다.

"사흘 전하고 비교하면 사람 상대하는 법을 터득했군요. 백작님 가르치는 솜씨가 좀 되시나 봅니다?"

라곤이 딱딱하게 예의를 요구하지 않는 편이었기 때문에 용병들도 그를 비교적 편하게 대하고 있었다. 라곤이 씩 웃었다.

"두들겨 패면 다 되더라고. 체력이나 기술은 착실하게 늘어가고 있고, 원래 재능이 없는 녀석은 아니니까 요령만 알면 그 때부터는 당신들도 상대하기 어려울걸."

"그렇게 쉽게 될 리가 있겠습니까?"

"두고 보자고."

그사이 창, 아니, 연습을 위해 장봉을 쓰는 용병과 상대하던 알렉스가 결국 장봉의 긴 사정거리 때문에 접근조차 하지 못하고 밀리다가 찌르기에 맞고 나가떨어졌다. 쓰러져서 콜록콜록 기침을 하는 알렉스를 보며 라곤이 혀를 찼다.

"야야, 사정거리가 긴 창병 상대로 검사를 상대하는 거랑 똑같이 싸우면 어떡해? 서로 거리를 확정하고 싸우는 시점에서 네가 훨씬 불리하단 걸 알아야지."

"콜록콜록. 하, 하지만 창을 쓰는 사람이랑은 상대해 본 적이 처음이라서……."

"음. 그건 그렇군. 그 부분은 뭐… 앞으로 사흘간 또 즐겁게 배워보자꾸나."

라곤이 싱긋 웃으며 한 말에 알렉스는 정말 울고 싶어졌다. 사흘간 진짜 열심히 했는데, 필사적이라는 말이 어울릴 정도로 열심히 했는데 자신과 용병들 사이에 놓인 격차가 너무 컸다.

그때 장봉을 든 용병이 말했다.

"거 그러지 말고 백작님이 한번 시범 보여주시면 어떻습니까?"

"뭐?"

라곤이 눈살을 찌푸리며 그를 바라보았다. 그가 피식 웃으며 말했다.

"도련님한테 말로만 가르치지 마시고, 솔선수범해서 실력 좀 보여주시라는 거지요. 전에 무려 소드 마스터씩이나 되셨던 분 실력 좀 봅시다."

"맞아! 궁금하다!"

"백작님, 실력 좀 보여주시죠!"

당돌한 그의 제안에 다른 용병들이 호응했다. 라곤이 그를 보며 날카로운 미소를 지었다.

"호오?"

이제는 이것들이 알렉스를 쉽게 쓰러뜨리다 보니 라곤까지 만만하게 보고 있었다. 원래 용병들이 목숨을 걸고 돈을 버는 직책이다 보니 그 거침이 상상을 초월한다. 철저한 약육강식의 논리로 서열을 정하는 그들은 라곤이 딱딱하게 벽을 세우지 않고 사람처럼 대해준 시점에서 고마워하기보다 만만하게 보는 쪽을 택한 것이다.

그들의 속성을 잘 알고 있는 라곤은 재미있다는 듯 웃었다. 그리고 연습용 검을 들고 그 앞에 서며 말했다.

"좋지. 그럼 나도 알렉스하고 똑같이, 아니… 나는 가르치는 입장이니 좀 다르게 하지. 나는 너희들 스무 명하고 다 싸우겠다. 그리고 나를 쓰러뜨리면 알렉스를 쓰러뜨린 거랑 똑같이 보너스를 지급하지. 너희들은 하루에 두 배로 돈을 벌 수 있는 기회니까 사양하진 않을 테지?"

"헤에, 후회하지 않겠습니까?"

"안 해."

"그럼 보호 장구나 입으시죠."

"필요없어."

"뭐라고요?"

라곤이 잘라 말하자 용병이 눈을 동그랗게 떴다. 라곤이 말했다.

"좀 미안한 말인데, 너희들 정도 상대하면서 보호 장구씩이나 입을 이유가 전혀 없어. 아예 스치지도 못할 테니까."

"말을 너무 함부로 하시는군요. 나이도 젊으신 분이."

"내가 전장에서 산 시간이 네 두 배는 된다. 그리고 용병들이 언제부터 입담으로 강자를 정했지? 덤벼."

"그렇게까지 자신이 넘치신다면!"

도발에 넘어간 용병이 으르렁거리며 달려들었다. 긴 사정거리를 가진 장봉이 죽 뻗어와서 라곤을 노린다. 하지만 라곤은 슬쩍 물러나서 피해 버렸다.

후우우웅!

그 한 번으로 라곤의 반응을 본 용병이 몸을 슬쩍 낮추며 하단을 쓸어갔다. 이것이 바로 창병과 싸울 때의 무서움이다. 사정거리가 길어서 이쪽의 공격 거리를 확보하기 어렵고, 검에 비해 하단을 쉽게 공격해 올 수 있어서 대응하기도 어렵다는 점.

하지만 라곤은 전혀 당황하지 않았다. 아슬아슬하게 발을 들어서 피하더니 그대로 봉 끝을 밟아버리는 게 아닌가?

"어?"

용병이 당황하는 순간, 라곤의 검이 봉을 강하게 후려쳤다. 땅에 끝이 붙은 상태에서 중간을 내려치자 반대편에서 잡고 있던 용병의 몸이 흔들리며 주저앉는다.

그 순간 라곤이 아무렇지도 않게 한 걸음 슥 내디뎠다. 전혀 서두르는 기색이 없는 움직임. 그러나 그것만으로도 라곤과 용병 사이의 거리가 완벽한 검의 공격 거리로 변해 버렸다.

투학!

다음 순간 섬광이 번쩍하나 싶더니 용병의 머리가 흔들렸다. 투구를 강하게 두들겨 혼을 빼놓은 라곤은 복부를 한 대 쳐서 몸을 꺾어 놓고 올려차기로 왼팔을 걷어내듯이 튕겨낸다. 그리고 훤히 드러난 옆구리를 정확하게 후려갈겨서 용병을 옆으로 날려버렸다..

"크, 크헉……."

땅에 쓰러져서 데굴데굴 구른 용병은 잠시 동안 숨을 쉬지 못하고 몸을 꿈틀거렸다. 라곤은 그를 무심하게 내려다본 다음 용병들에게 말했다.

"다음."

무겁게 내려앉은 정적 속에서 용병들이 침을 꿀꺽 삼켰다. 어째 건드려서는 안 될 사람을 건드렸다는 생각이 그들의 뇌리를 스쳐 지나갔다.

그리고 그날, 용병들은 악몽 같은 시간을 경험하게 되었다.

그들을 한 번씩 격파한 라곤은 모처럼 자신도 좀 훈련을 해봐야겠다는 명목을 대고서 두 명씩, 세 명씩 한꺼번에 덤비게 하기까지 했는데도 묵사발이 났을 뿐 아무도 라곤을 건드려 보지 못했다.

　이후 그들이 라곤을 대하는 태도가 깍듯해진 것은 물론이다.

CHAPTER 10
엘프와 드워프의 참전

마검전생

리할드 왕국력 356년 5월.

카알 브리드는 요즘 하루하루를 정말 보람차게 보내고 있었다. 매번 블랑크스 가문의 힘으로 새로운 마법 주문서가 입수되어 오고, 그것을 공부할 권리가 주어지니 기쁘지 않을 수가 있겠는가? 작년까지만 해도 4서클을 수행하던 그였지만, 지금은 5서클의 주문을 세 개나 터득하고 6서클 주문도 제한적이나마 하나 터득한 상태였다. 마탑에 이 사실을 알리고 승급 시험을 보면 등급을 상당히 올릴 수 있을 것이다.

우우우우웅…….

그런 그의 앞에서 라곤이 마법 회로를 점검하고 있었다.

작년 7월에 처음으로 마법 회로를 개설하고 나서 약 10개월이 지났다. 놀랍게도 그동안 라곤의 혈관은 절반 이상이 마법 회로로 바뀌어 있었다. 양 손등의 '성흔'을 시작으로 팔 전체가, 그리고 머리를 뺀 상반신 전체의 혈관이 마법 회로가 된 것이다.

마법 회로의 양도 양이었지만 그 질도 대단히 높았기에 라곤이 발산하는 마력의 양은 무시무시했다. 같은 마법사인 카알 입장에서는 라곤이 마음잡고 마력을 최대 출력으로 개방하면 숨조차 쉴 수 없을 정도였다.

'이거, 진짜 마력만으론 할로드 경도 뛰어넘었을지도······.'

라곤이 마법 회로를 개설하는 속도는 역사상 유례가 없을 정도였다. 카알도 마탑에서 공부하면서 천재라 불리는 이들을 봐왔지만 그들 중에 라곤의 마법 회로 개설 속도를 10분의 1이라도 따라가는 자는 없었다.

물론 마법 그 자체에 대한 이해도는 완전히 별개의 문제다. 마력을 제외하면 라곤은 아직 자신의 힘도 완전히 다스리지 못하는 초보에 불과했다.

하지만 역시 몇몇 마법에 대한 숙련도는 굉장하다. 수백 번, 아니, 수천 번도 넘게 연습한 포스 볼트 같은 마법은 이제는 아예 시동어조차 외우지 않고 수십 발을 연달아 쏘아낼 수 있을 정도였다.

"이제 슬슬 라이트닝 볼트랑 윈드 워크도 검을 쓰면서 쓰는 데 문제가 없군. 파이어 볼에 도전해야겠어."

라곤은 다른 마법사들이 들으면 거품 물고 쓰러질 소리를
태연하게 중얼거렸다.

마검사.

그것은 마법사들에게 있어서 영원한 딜레마다. 마법에 대해
눈곱만큼도 모르는 무지몽매한 자들의 환상이 빚어낸 마검사
라는 존재는 사실상 현실에는 나타날 수가 없었다. 고작해야
몸에 일정한 마법식을 문신으로 새겨서 감각만으로 그것을 발
동시키고 마법의 무구를 사용하는 정도가 고작이다. 전설로
남은 마검사들은 모두 그런 존재들이다.

그런데 라곤은 정말로 마검사의 경지에 도달하려 하고 있었
다. 격렬한 검투를 벌이면서도 정신을 흐트러뜨리지 않고 마
법을 시전하는 데 성공한 것이다.

"스피릿 액셀과 소울 부스트의 지속 시간도 올라갔고……."

스피릿 액셀은 사람의 정신을 가속시키는 3서클의 주문이
다. 사용자의 마력과 운용 능력에 따라 3~5배 정도나 정신이
가속된다. 설령 육체 능력이 그대로라고 하더라도 주변을 빠
르게 살피고 마법 연산도 빠르게 할 수 있는 것이다. 고위마법
사들이 마법을 빠르게 연사할 수 있는 비밀이 이러한 가속 마
법들에 있었다.

소울 부스트는 생체 에너지와 마법 에너지를 격발시켜 활성
화시키는 4서클의 주문이다. 육체능력이 증폭되고 마법의 효
과까지 증가한다. 그만큼 몸에 부하가 걸리는 단점이 있지만
라곤은 그것을 여유있게 버텨낼 수 있었다.

피피피피핏!

라곤은 반응 훈련용 장비에 들어가서 현란한 검투를 벌였다. 알렉스라면 전혀 반응할 수 없을 것 같은 속도와 각도로 연사되는 섬광을 전부 검격으로 잘라 버린다. 그러는 한편 간간이 포스 볼트와 라이트닝 볼트를 시전해서 몇 개는 정확히 요격해 버리기까지 했다.

'정말 소름 끼치는군. 인간이 할 수 있는 일이 아니야.'

그런 그를 보면서 카알은 전율할 수밖에 없었다. 자신의 눈앞에서 괴물이 탄생하고 있다는 느낌이 들었다.

라곤이 숨을 골랐다.

"후우."

"라곤 경."

20분으로 설정한 반응 훈련이 끝나고 나자 카알은 라곤에게 수건을 건네주었다. 땀을 닦는 그를 보며 카알이 물었다.

"제가 보기에는 지금도 굉장한데 스스로 생각할 때 지금 완성도가 어느 정도라고 생각하십니까?"

"지금? 음, 앞으로 익힐 마법의 난이도를 아직 감 잡지 못해서 확실하게 대답할 수는 없지만 아마도 2할 정도는 되지 않을까? 아, 이건 내가 생각한 전체적인 완성도에 비해 그렇다는 거지, 시간적으로 앞으로 얼마만큼 더 걸릴 것이라는 이야기는 아냐."

"이게 겨우 2할이라고요?"

생각했던 것보다 훨씬 박한 대답에 카알이 눈을 동그랗게 떴다. 라곤이 뭘 그렇게 놀라느냐는 듯한 표정으로 고개를 끄덕였다.

"응. 이 정도론 소드 마스터랑 상대하면 몇 초도 못 버티고 날아가 버릴 테니까."

"스피릿 액셀에 소울 부스트까지 쓰고 있는데요?"

"어림없지. 최소한 게일 스피릿까지 중첩해야 그럭저럭 반응은 해볼 만해. 그런 의미에서 2할이라고 한 거지. 내가 보기에는 적어도 스피릿 액셀, 게일 스피릿, 소울 부스트, 에너지 스킨, 아머 오브 파워, 윈드 워크, 스트라이크 소드, 사이트 포제션까지는 동시에 운용할 수 있어야 승산이 생길걸."

라곤이 태연스럽게 좔좔 늘어놓은 마법들에 카알이 입을 쩍 벌렸다. 세상에, 저 많은 마법을 동시에 운용한다고? 고위마법사라면 가능은 하겠지만 저걸 유지하면서, 간간이 변화를 주는 제어까지 하면서 검투를 벌인다면……

'아니, 잠깐. 라곤 경은 마력이 받쳐 주니까 아주 불가능하진 않나?'

라곤이 언급한 마법들은 전부 6서클 이하의 마법이다. 게다가 마법식이 어렵다기보다는 발동 시, 혹은 유지 시에 들어가는 마력량이 커서 고위급으로 분류된 마법들이 많았다.

물론 저걸 하나하나 머리로 연산해서 동시에 사용한다면 당연히 불가능할 것이다. 그러나 마법사는 여러 개의 마법을 동시에 돌리기 위한 다양한 편법들을 가진 존재였다. 대마법사인 할로드의 경우에는 전투 시에 적어도 17가지 이상의 보조

마법을 걸고 싸운다고 한다.

라곤도 그 점을 염두에 두고 말한 것이었다. 애당초 마법 이론을 열심히 공부하는 것 자체가 자신이 하려는 일이 가능한가, 불가능한가를 알고 계획을 조정하기 위한 것이니 라곤의 자기 계발 능력이 얼마나 뛰어난지 알 수 있었다.

"뭐, 생각보다 마력이 빠르게 늘어나는 덕분에 진도가 잘 나가서 다행이야. 5년에서 10년쯤 걸릴 거라고 생각했는데 잘하면 3년 안에도 해볼 만하겠는데?"

"……."

다른 사람이 이런 말을 했다면 오만함이 지나치다고 말하겠지만 라곤이 하니 굉장히 현실적으로 들렸다. 그는 수준 높은 마법사가 되려는 것이 아니라, 어디까지나 자신에게 필요한 것을 철저하게 숙련함으로써 원하는 전투력을 손에 넣으려 하고 있는 것이다.

"그동안 전선에서 잘들 버텨줘야 할 텐데 좀 걱정이군."

왕국의 전력이 투입되어 오크들과 맞서고 있는 크루세스. 문득 라곤은 질리언은 뭘 하고 있을까 궁금해졌다.

2

파아아아앙!

폭음이 울리며 섬광과 섬광이 교차한다.

푸른 섬광과 녹색 섬광이 서로를 잡아먹기 위해 사납게 달려들었다. 엄청난 속도로 허공에서 교차할 때마다 충격파가 터져서 주변을 휩쓸었다.

"크워어어어!"

붉은 섬광의 주인 오크 히어로가 포효했다. 단단하게 응집된 오러 블레이드가 한계를 모르고 가속한다. 이미 일반 병사들은 그 궤적을 파악할 수 없고, 오로지 허공에 남은 잔상만을 눈으로 쫓을 뿐이었다.

그에 맞서는 것은 검보랏빛 머리칼에 푸른 눈동자를 가진 기사였다. 시야를 확보하기 위해 투구를 벗어 던진 채 오크 히어로와 맞서고 있는 그는 바로 바르빌드 후작가의 질리언이었다.

휘리리리릭!

오크 히어로와 격렬한 공방을 벌이던 질리언의 오러 블레이드가 변화를 일으켰다. 세 줄기로 갈라지면서 채찍처럼 변화무쌍한 궤도로 오크 히어로를 후려갈긴다.

오크 히어로가 검을 크게 휘둘러 그중 두 개를 끊어버렸다. 하지만 나머지 하나가 오러 디펜더를 후려치자 충격으로 몸이 흔들렸다.

"하앗!"

질리언은 그 틈을 놓치지 않았다. 오크 히어로의 눈을 똑바로 쳐다보면서 검격을 날리고, 오크 히어로가 흐트러진 자세로 그것에 대응하려는 순간 재빠르게 거두면서 오러 디펜더를 변형, 저공으로 죽 펼쳐서 하반신을 후려갈겼다.

오크 히어로의 오러 디펜더가 그것과 맞부딪쳐 상쇄시키긴 했지만 충격이 전해지면서 균형이 완전히 무너진다. 바로 그 순간 질리언의 오러 블레이드가 죽 늘어나면서 날아들었다. 무방비 상태로 드러난 오크 히어로의 가슴이 깊숙이 베어져 나갔다.

"크, 크르르륵……."

그 일격으로 몸의 절반이 뜯겨져 나간 오크 히어로가 피거품을 물었다. 그 직후 오크 히어로의 몸이 산산조각 나면서 붉은 폭풍이 휘몰아쳤다.

콰아아아아아…….

그 상황을 예측한 질리언은 당황하지 않고 몸을 뺐다. 그리고 곧바로 그 자리에서 빠져서 성벽을 향해 후퇴하기 시작했다.

"파이어 볼!"

그런 질리언을 향해 커다란 불꽃의 구체가 날아들었다. 사람 하나를 가볍게 삼켜 버릴 만한 그 불덩어리는 여느 마법사가 쓰는 파이어 볼과는 격이 다른 위력을 갖고 있었다.

"칫! 오크 주제에!"

질리언은 혀를 차며 오러 블레이드를 뻗어내서 그것을 요격했다. 불꽃이 폭발하면서 그 너머에 떠 있는 오크 메이지의 모습이 드러났다. 질리언은 그를 노려보면서 후퇴했고, 그 뒤쪽에서 마법사들이 인정사정없이 마법을 퍼부어서 그를 지원했다.

"후우."

성벽에 올라선 질리언은 머리를 쓸어 넘기면서 숨을 골랐다. 그에게 기사들이 다가와서 환호성을 질렀다.

"질리언 경! 굉장했습니다!"

"저놈들, 잘난 척하더니 꼴좋다!"

당장 성벽 아래쪽에는 오크들이 달라붙어 있었고, 병사들이 그들이 올라오지 못하게 하느라 필사적으로 싸우고 있었다. 하지만 질리언이 오크 히어로를 쓰러뜨린 사실은 잠깐이나마 그런 상황을 잊고 환호할 만한 일이었다.

'라곤 경에게 감사해야겠군.'

질리언은 미소를 지으며 생각했다.

그는 크루세스에서 오크들과 싸워오면서 그동안 다섯이나 되는 오크 히어로를 베어 넘겼다. 현재 왕국의 여섯 소드 마스터 중 네 명이 투입된 이 전장에서, 질리언의 오크 히어로 격퇴 숫자는 최고를 달리고 있었다. 그야말로 크루세스의 영웅이다.

그것이 가능했던 것은 라곤과의 만남을 통해서 다른 가능성을 모색했기 때문이다. 이전의 라곤만큼은 아니더라도 실전 속에서 단련된 질리언의 힘은 다른 소드 마스터들을 확실하게 능가했다.

"크워어어어어!"

붉은 폭풍 너머에서 또 다른 오크 히어로가 울부짖었다. 성벽에 올라 있던 마법사 중 하나가 안색을 바꾸며 말했다.

"오러 패턴 블루 4호! 새로운 오크 히어로 개체입니다!"

"뭐?"

다들 깜짝 놀라서 그를 바라보았다.

지금까지 확인된 오크 히어로의 숫자는 45개체. 그중에서 라곤이 쓰러뜨렸던 것들을 포함해 14개체가 소드 마스터들에 의해 쓰러지고 31개체가 번갈아가면서 전장에 모습을 드러내고 있는 형국이다.

그런데 이제 또 새로운 녀석이 모습을 드러낸 것이다. 다들 어이없어했다.

"큭, 저놈들은 오크 히어로를 빵틀로 찍어내기라도 하나?"

"하나를 쓰러뜨렸다 하면 또 하나가 튀어나오고. 망할 것들."

오크 병사들은 강하고 오크 히어로의 숫자는 많으니 얼핏 보면 절망적인 상황으로 보인다. 그럼에도 불구하고 리할드 왕국군이 그들과 맞설 수 있는 것은 마법 전력이 압도적으로 위이기 때문이다. 마탑에서 크루세스로 파견한 마법사의 숫자는 자그마치 80명에 달했고, 오크들의 빈약한 마법 전력으로는 감히 이에 대항할 수 없었다. 거기에 각 교단에서 파견된 사제들의 지원이 더해지니 초인의 숫자가 모자라는 것도 충분히 커버가 된다.

지금도 전장에는 네 마리의 오크 히어로가 나와 있었다. 하지만 마법사들과 신관들이 그 네 마리를 각기 다른 위치에 몰아넣고 남은 한 마리만 질리언과 맞서 싸울 수 있도록 유도했던 것이다. 그런데 그렇게 해서 하나를 처치하자마자 새로운 놈이 등장하다니?

"젠장. 진짜 짜증 나네. 게다가 요즘 저놈들 마법사도 수가 늘어나는 것 같은데. 이거 내 기분 탓인가?"

다른 소드 마스터와 교대한 질리언이 지휘부로 돌아와서 투덜거렸다. 이골이 나도록 전쟁이 계속되다 보니까 이젠 앞마당에서 격렬한 전투가 벌어지고 있어도 쉴 때는 쉬는 여유가 생겨 버렸다.

"아니, 맞을 걸세. 요즘 오크 메이지들의 숫자가 늘어나고 있는 건 사실이야."

질리언의 혼잣말에 대답한 것은 그의 뒤를 따라 막사 안으로 들어선 노인, 대마법사 할로드 데이커였다. 질리언이 흠칫 놀라서 말했다.

"아, 할로드 경. 결계 보수는 끝났습니까?"

"그래. 오늘은 하라두쿰이 안 나와서 좀 쉽게 끝났지. 하지만 정말 저놈들은 어떻게 오크 히어로와 마법사를 만들어내는 건지 모르겠군."

"만들어낸다고요?"

"말하자면 그렇다는 말이네. 원래 오크들 대가리가 워낙 형편없다 보니 마법을 터득할 수 있는 개체가 별로 없어. 인간들 중에 간혹 뛰어나게 머리 좋은 인간이 태어나는 것처럼 오크 중에도 그런 놈들이 나타나는 거고, 그런 놈들이 오크 메이지가 되는 거거든?"

"그거야 잘 알고 있습니다만."

"그런데 지금 나타나는 놈들은 별로 머리가 좋아 보이지도 않는단 말씀이야. 근데 마력은 강하고, 일정한 마법만 죽어라 사용하고 있어. 비행 마법으로 날아다니면서, 디펜시브 필드를 펼쳐서 요격당하는 것만 막고 죽어라고 파이어 볼, 파이어 볼, 파이어 볼."

"머리가 안 좋은데 마법을 세 가지나 동시에 쓸 수 있나요?"

원래 마법이라는 것은 머리가 좋아야 익힐 수 있는 것이다. 하물며 두 개 이상의 마법을 동시에 쓰려면 머리도 좋고 요령도 좋고 센스도 있어야 되지 않겠는가?

하지만 할로드는 고개를 저었다.

"마력만 충분하면 별문제는 없네. 편법은 많이 있거든. 자네가 알아들을 수 있을지는 모르겠네만, 자기 마법 회로 일부에 술식을 점유시켜 놓고 마력만 공급하면 발동되게 하는 거지. 그렇게 해서 세 개를 동시에 쓴다면, 두 개를 점유시켜 놓는 만큼 마력에 여유가 없어지긴 하지만 하나만 술식 연산을 해서 써도 세 가지를 동시에 쓸 수 있는 거지."

"…죄송합니다. 무슨 소린지 잘 모르겠어요."

"아무튼 마력만 넘쳐나면 어떻게든 된다는 이야기일세. 그왜 문신 마법 같은 게 있잖나. 몸에 문신으로 술식을 새겨두었다가 마력만 흘려 넣으면 발동한다던가, 아니면 마법이 걸린 도구의 경우도 똑같지. 대충 그 비슷한 원리로 할 수 있는 것일세."

할로드는 그럴 줄 알았다는 듯 혀를 차며 말했다. 질리언은 끄웅 하고 머리를 긁적였다.

"뭐, 대마법사께서 가능하시다고 하니 가능한 거겠지요. 근데 그게 뭐가 그렇게 이상한 겁니까?"

"마법을 그런 식으로 터득하는 것도 머리가 나쁘면 안 되는 일이거든. 몇 가지 마법만 들이파는 것까지는 문제 될 게 없어. 특정한 마법에 대한 숙련도가 높아지면 그 마법을 남들보다 효율적으로 운용할 수 있으니까, 전투를 목적으로 하면 속성으로 그렇게 하는 것도 나쁘진 않지."

"그런데요?"

"하지만 그것도 최소한 마법에 대한 이해는 있어야 가능한 것 아니겠나? 그런데 그럴 대가리가 없어 보이는 놈들이 그러고 있단 말씀이야."

마탑의 마법사들 중에도 전투를 중심으로 하는 전투마법사들은 그런 식으로 마법을 익힌다. 다른 학구파 마법사에 비해 익힌 주문의 숫자는 절반도 안 되지만 대신 그것들을 빠르고 강력하게 사용할 수 있도록.

하지만 그런 자들은 결코 대마법사의 경지에 도달할 수 없었다. 마법 전반을 관통하는 이론의 깊은 이해가 있어야 그것을 바탕으로 다양한 마법을 익힐 수 있고, 다양한 마법을 익혀야 그것을 토대로 높은 경지에 도달할 수 있는 것이니까.

할로드가 말했다.

"물론 이건 확신은 못하는 문제니까, 질리언 경, 자네가 다음에 여유 나면 한 마리만 산 채로 잡아와 보게."

"그, 그게 말처럼 쉬운 게 아닌데요?"

"이건 단순히 내 호기심으로 말하는 게 아닐세. 중요하단 말이야. 저놈들의 비정상적인 상황을 파악하는 것이."

"노력은 해보겠습니다."

질리언이 한숨 섞인 목소리로 대답했다. 그렇게까지 말한다면 또 안 들어줄 수가 없다.

할로드가 담뱃대를 물면서 투덜거렸다.

"빨리 엘프와 드워프들이 와줘야 할 텐데, 오래 사는 것들이라 그런지 너무 엉덩이가 무겁단 말야."

"그 양반들 오긴 옵니까?"

"아마도. 왕실 측에서는 확신을 갖고 있더군. 물자 지원 조금씩 하면서 생색내는 동맹국들에 비하면 그래도 확률이 높다 이거지."

할로드가 후, 하고 하얀 담배 연기를 토해내며 말했다.

엘프와 드워프의 참전은 이미 몇 개월 전부터 추진되고 있는 사항이었다. 이미 한 국가의 싸움을 넘어 오크와 인간의 종족 전쟁이 되어버렸건만, 주변 국가들은 섣불리 도움의 손길을 뻗지 않고 리할드 왕국의 국력이 소모되는 것을 구경만 하고 있었다. 고작해야 한다는 것이 물자 지원 정도다.

왕실에서 좀 더 많은 지원을 이끌어내기 위해 백방으로 노력하고 있었지만 그것도 쉽진 않은 듯했다. 그래서 왕실에서 꺼내 든 카드가 바로 이종족인 엘프와 드워프의 지원을 받는 것이었다.

　인간과 융화되지 않고 사는 그들이지만, 교류는 꾸준히 해오고 있었다. 그리고 반년 전쯤, 오팔리안 제국이 나타나면서 바렐의 숲 근방에 살고 있던 엘프와 드워프 근거지가 오크들에게 공격받는 사태가 벌어졌다. 오크들을 이끄는 하라두쿰은 아직 엘프와 드워프를 적대할 마음이 없었으나, 전 대륙에서 오크들이 모여드는 과정에서 그런 사태가 벌어진 것이다.

　그 결과 엘프와 드워프들의 난민이 발생했는데 리할드 왕국에서는 그들을 적극적으로 받아들이고, 다른 이종족 주거지로 이동할 수 있도록 최선을 다해 도와주었다. 그리고 그 일을 명분으로 삼아서 엘프들과 드워프들에게 참전을 요청한 것이다.

　하지만 원래 인간들이 싸우든 죽든 별 관심이 없는 이종족들은 쉽게 움직이려고 하지 않았다. 아니, 정확히는 자기 종족들이 피해를 입었으니 움직일 생각은 있는데 내부에서 의견 통합이 빠르게 되질 않는 것 같았다.

　일단 평균 수명이 인간의 세 배 이상 되는 종족들이고, 대륙 각지에 흩어져 살다 보니 각 부족의 장들이 한곳으로 모여서 의견을 정하는 데 그만큼 오랜 시간이 걸렸던 것이다.

　할로드가 담뱃재를 털며 말했다.

　"그들이 빨리 와줘야 역전의 기회가 생기네. 지금은 오크 히어로들을 상대하기가 점점 벅차지고 있으니 그들의 조력이 필요해."

　"그들이 참전한다고 해도… 오러 테이커와 엑서 하이어가

올까요?"

엘프의 오러 테이커, 드워프의 엑서 하이어.

그들이 강력하다는 기록은 많이 남아 있었지만 실제로 모습을 드러낸 적은 별로 없었다. 그런데 그들이 굳이 인간을 돕기 위해 그런 중요한 전력을 노출할 것인가?

"물론이지. 올 걸세. 왜냐하면……."

그러나 할로드는 확신을 갖고 대답했다.

"프로토 오크는 그들에게 있어서도 오래된 대적이기 때문이지."

그로부터 열흘 후, 마침내 드워프 전사들이 크루세스에 도착했다.

3

크루세스에 도착한 드워프 전사들의 숫자는 300명 정도였다. 지원이랍시고 보낸 게 고작 300명이냐고 실망할 수도 있겠지만, 그들의 숫자가 인간에 비해 훨씬 적다는 것을 생각하면 불평할 수는 없는 일이었다.

게다가 그들 중에는 인간으로 치면 소드 마스터에 해당하는 초인 엑서 하이어가 섞여 있었다.

"엑서 하이어 자서스 디디 쿰일세."

드워프는 그 이름처럼 난쟁이 부족으로, 평균 신장이 1미터 20센티 정도밖에 안 된다. 굴곡이 거의 없는 땅딸막한 체형의 드워프 전사들은 풍성한 수염을 기르고 등에는 커다란 쌍날도 끼를 매고 있었다.

그중에 자서스는 강렬한 붉은 수염을 기르고 이상한 신발을 신고 있었다. 발에 비해 두 배는 커다란 것 같은 그 신발은 가죽과 금속을 합쳐서 만들어졌고, 밑에 여러 개의 바퀴가 달려 있어서 그가 한 걸음 내디딜 때마다 위이잉 하는 소리와 함께 주르륵 앞으로 미끄러져 나갔다.

"윌로우 에레스요."

크루세스의 소드 마스터 중 최연장자인 윌로우가 나서서 자서스와 악수했다. 최연장자라고는 해도 57세의 나이에 비해 겉보기로는 30대 초반 정도로밖에 보이지 않는다.

자서스가 말했다.

"소드 마스터로군."

"그렇소. 잘 부탁하오."

"나도 잘 부탁하지. 일단 나는 우리 전사들에게 쉴 곳을 마련해 주었으면 좋겠군."

"그러지요. 자서스 경께서는……."

"경이라, 그건 인간의 경칭이군. 우리에게는 그런 경칭이 없네. 그냥 자서스라고 부르게."

"알겠습니다. 자서스 당신은 전술회의에 참석해 주셨으면 합니다."

"그러지. 그럼 다넬 자네가 인솔해서 쉬고 있게."

"알겠습니다."

다넬이라 불린 드워프 전사가 고개를 끄덕였다.

회의장에는 사령관과 부관, 각 지휘관들이 모두 모여 있었다. 물론 대마법사 할로드와 소드 마스터들도 함께였다.

자서스가 들어서자마자 할로드가 피식 웃으며 인사를 건넸다.

"오랜만이군, 자서스. 여전히 피부가 탱글탱글한데 그래?"

"어이쿠, 할로드 당신은 벌써 영감탱이가 다 됐군. 인간은 너무 빨리 늙는다니까."

두 사람은 안면이 있는 사이 같았다. 친밀하게 농담을 주고받는 모습에 다른 이들은 조금 당황했다. 하지만 곧 자서스가 자리에 앉자 실무에 대한 이야기가 오고 가기 시작했다.

일단 자서스가 데려온 드워프 전사들에 대한 것을 설명했다.

"사제가 열 명, 마법사가 열 명, 마법전사가 이백 명, 일반 전사가 1백 명."

"마법전사… 는 뭡니까?"

"마법을 쓰는 전사지. 그렇다고 당신들이 생각할 수 있는 마법과 무기를 동시에 쓰는 그런 전사는 아니고, 우리 쪽의 무기를 다루는 데 필요한 마력 운용이 가능한 전사들이야. 우리 무기는 기본적으로 마력을 쓰는 것들이니까."

드워프들의 마법 기술은 천하일품으로 알려져 있었다. 인간이 마법을 직접 사용하는 데 뛰어나다면 그들은 마법을 부여한 물건을 만드는 데 뛰어나다. 오늘날 명품으로 알려진 마법의 무구는 모두 드워프들에 의해 만들어진 것이다.

자서스가 드워프 전사들에 대한 설명을 마치자, 크루세스 사령관의 부관이 나서서 브리핑을 시작했다. 현재 크루세스의 상황, 오크들이 투입해 오고 있는 오크 히어로들과 마법사들의 숫자, 오크들의 전술에 대한 것까지.

그것을 가만히 듣고 있던 자서스가 물었다.

"오크 놈들 실력은 어떻지?"

그 말에 브리핑을 하고 있던 부관이 조금 당황해하며 물었다.

"오크 병사들을 말씀하시는 겁니까?"

"아니, 그런 잔챙이들 말고 내가 상대해야 할 것들 말이지. 오크 히어로라는 것들. 오크 놈들 목은 많이 따봤지만 오러를 쓰는 것들하곤 상대해 본 적이 없어."

"개체의 실력은 우리 측 소드 마스터보다는 떨어집니다. 보통 둘이나 셋과 붙어도 동수를 이루죠."

"흠. 소드 마스터 측이 우위라는 건가?"

"그렇습니다."

그때 소드 마스터 중 하나인 아르센드가 나서서 말했다.

"저분께선 소드 마스터를 기준으로 설명해도 감이 잘 안 잡히시지 않을까 싶은데. 우리끼리 말한다면 몰라도."

"아, 그, 그렇군요. 죄송합니다."

"아니, 그렇지 않아. 소드 마스터의 실력은 잘 알고 있지."

"음?"

다들 의아해하며 그를 바라보았다. 엑서 하이어가 인간들 앞에 모습을 드러낸 적은 거의 없었다. 그런데 그런 그가 소드 마스터의 실력이 어느 정도인지 알고 있단 말인가?

"50년 전쯤에 같은 전장에서 싸워본 적이 있어. 아, 혹시 그 동안 소드 마스터들의 실력이 획기적으로 늘어나거나 했나?"

"50년? 혹시 나이가 어떻게 되시오?"

"내 나이? 올해로 백예순여덟 살이네만."

자서스가 태연하게 대답하자 다들 깜짝 놀랐다. 세상에, 드 워프가 인간의 세 배 이상을 산다고 하더니 백예순여덟 살이 라는 나이를 태연하게 말할 정도라니!

자서스가 다시 물었다.

"내 질문에도 대답해 줬으면 좋겠군. 50년 전하고 비교하면 소드 마스터의 실력이 변했나? 물론 개개인의 강함을 묻는 게 아니고 평균치를 묻는 걸세."

"아, 아마 변하지 않았을 겁니다."

"그럼 문제없군. 내일은 곧바로 오크 히어로 하나를 격파해 보이도록 하지. 리리디카 그 재수없는 작자가 오기 전에 전과 를 올려두고 싶으니까."

"리리디카?"

"엘프 측에서 보내올 오러 테이커일세. 좀 재수없는 작자 지. 나는 여기서 그리 멀지 않은 곳에 있었으니 일찍 도착했지 만 그쪽은 대륙 끄트머리에 있으니 오는 데 좀 시간이 걸릴 거 야."

"그렇지도 않지 않나?"

문득 할로드가 끼어들었다. 자서스가 그를 바라보자 어깨를 으쓱하며 물었다.

"리리디카 보르드누스라면 포스 트리(Force Tree)와 함께 날아오지 않겠나?"

"엘프 전사단도 같이 오는데 그렇게 할지는… 아니, 그 작자라면 충분히 그러고도 남지. 워낙 화려한 것을 좋아하는 작자니까."

"그렇지. 잘하면 리리디카 보르드누스도 내일쯤엔 볼 수 있을 거라고 생각하는데."

"홍. 오기 전에 내가 오크 놈들 목을 죄다 따주지. 그 작자가 활약할 건덕지를 남겨줄 것 같나?"

"아무리 자서스 당신이라도 오크 히어로들 상대로 그러긴 힘들걸. 슬슬 현역에서 은퇴해야 할 나이 아닌가?"

"난 아직 50년은 더 싸울 수 있으니 쓸데없는 소리는 지껄이지 말고. 내일은 드워프 전사의 실력을 유감없이 보여주겠네."

자서스가 의욕을 불태우며 말했다.

이후 내일의 방침과 전술 등에 대해서 결정이 나자 다들 휴식을 위해 해산했다. 자서스는 안내역으로 붙은 기사의 뒤를 따라서 복도를 미끄러져 갔다. 그의 신발이 위이이잉 소리를 내면서 복도 저편으로 멀어져 갔다.

"저 신발, 굉장히 신기하네요."

그 모습을 보던 질리언이 할로드에게 말했다. 할로드가 히죽 웃었다.

"저거 말인가? 대쉬 롤러라고 하지. 아마 전투가 시작되면 진짜 재미있는 광경을 볼 수 있을 걸세."

"재미있는 광경이라고요?"

"저 대쉬 롤러는 철저하게 전장에서 쓰이기 위해 만들어진 것이라네. 드워프들은 쓸모없는 것을 많이 만들지만 그중에 투입해서 사용되는 것은 반드시 쓸모있지. 저것은 엑서 하이어들을 위해 특별히 만들어진 것이니 그들이 소드 마스터와 어떻게 다른지 적나라하게 보여줄 거야."

"대마법사께서 그렇게 말씀하시니 기대해 보겠습니다."

질리언은 드워프 전사들에 대한 기대감을 품은 채 숙소로 돌아갔다.

4

그러나 다음날에는 오크들의 공격이 없었다. 하긴 어제 잔뜩 몰려와서 오크 히어로 하나를 잃었으니 당연하다면 당연하다. 넓게 깔아둔 정찰대들이 오크 정찰대와 충돌하긴 했지만 대병력의 움직임은 없었다.

"시시하군."

잔뜩 투지를 불태우고 있던 자서스가 맥 빠진 기색으로 투덜거렸다. 이래서야 활약해 보기도 전에 엘프들이 도착하게 생겼다.

다음날도, 그다음 날에도 오크들의 움직임이 없자 그의 투덜거림은 점점 더 심해져 갔다. 그때쯤 엘프들에게서 지원 병력을 출발시키겠다는 소식이 도착했기 때문에 그런 마음은 더더욱 강해져 갔다.

그리고 도착한 지 나흘째 되는 날, 마침내 오크들의 대병력이 모습을 드러내자 그가 환호성을 질렀다.

"으하하하! 기다리고 있었다!"

다들 황당해하며 그를 바라보았다. 전선이 교착상태에 빠진 것은 오래된 일이라 다들 오늘도 내일도 전투가 없기만을 바라고 있었다. 그런데 이 작자는 대놓고 좋아하고 있으니 고운 시선을 보내줄 수가 있겠는가?

하지만 자서스는 뻔뻔하게 그런 시선들을 무시하고 투지를 불태웠다. 그가 오크들의 접근을 기다리는 동안 크루세스의 방어 결계가 임전 태세로 전환되고, 궁수들이 성벽에 올라와서 일제히 사격을 시작했다. 수백 발의 화살이 허공을 가르며 오크들의 머리 위로 쏟아져 내렸다.

"쯧. 하라두쿰이 나왔군."

다음 순간 그 화살이 죄다 허공에서 멈춰 버리는 것을 보면서 할로드가 투덜거렸다. 초반에 궁수들이 화살을 쐈을 때 적이 어떻게 나오는가가 바로 하라두쿰의 유무를 파악하는 관례처럼 되어버린 것이다.

하라두쿰이 나오면 사실상 할로드의 힘은 그를 상대하기 위해 묶여 버리게 된다. 혼자서도 오크 히어로 서넛을 잡아두거나 격퇴할 수 있는 그의 부재는 커다란 손실이었다.

곧 할로드가 투덜거리며 허공으로 두둥실 떠오르자 오크들 측에서도 하라두쿰이 두둥실 떠올랐다. 할로드가 하라두쿰에게 물었다.

"거 내정 다지기도 바쁠 양반이 왜 이렇게 전장에 나오길 좋아하시나?"

"무능한 너희들과는 달리 나는 유능하기 때문이지. 전장에 서는 것은 지배자의 사명!"

하라두쿰은 코웃음을 치며 대꾸하고는 곧바로 주문을 발동시켰다. 허공에 빛의 마법진이 떠오르면서 섬광이 할로드를 향해 쏘아져 가고, 할로드가 그것들을 받아낸 다음 반격하면서 현란한 마법전이 벌어지기 시작했다. 하지만 하늘이 현란하게 빛나고 있을 뿐, 둘 다 상대의 대규모 마법이 아군을 향해 발동하는 것을 견제하고 있었기 때문에 실속은 없는 싸움이었다.

"크워어어어!"

그동안 오크 히어로들이 앞으로 달려나왔다. 섬광을 뿌려대며 돌진해오는 그들의 숫자를 본 질리언이 혀를 찼다.

"오늘은 열다섯 놈이나 나왔어? 젠장."

요 몇 개월간 보지 못한 숫자였다. 오크들은 이상할 정도로 파상공세만 계속할 뿐, 전력을 다 보내서 한꺼번에 승부를 볼 생각을 안 하고 있었는데 오늘은 상당한 숫자가 나온 것이다. 오크 히어로가 열다섯에 오크 병사들의 숫자만 해도 삼천은 넘어 보였다.

"목숨을 걸어야겠군. 마법병단, 사제단, 서포트 잘 부탁합니다."

아르센드가 마법사들과 사제들에게 말한 다음 먼저 성벽 아래로 뛰어내렸다. 그에 이어 비번이라 쉬고 있는 한 명을 제외한 소드 마스터들이 하나씩 하나씩 뛰어내려서 오크 히어로들을 맞이해 간다.

"그럼 나도 가볼까? 드워프 전사단 출격! 저놈들, 비명을 쥐어짜 내라!"

자서스가 호기롭게 외치며 성벽에서 뛰어내렸다. 그러자 드워프 전사들이 성벽에 올라와서 분주하게 뭔가를 설치하기 시작했다.

"그, 그게 뭡니까?"

병사들을 지휘하던 기사가 묻자 드워프 전사가 대답했다.

"라이트닝 파이어요."

"라이트닝 파이어?"

"그쪽에서 쓰는 발리스타와 비슷한 거요. 이걸로 오크 놈들 혼백이 나가게 만들어줄 테니 잘 보시오."

그가 가슴을 탕탕 치며 호언장담했다. 기사는 신기해하며 라이트닝 파이어라는 것을 바라보았다. 확실히 기본적으로는 활의 형태를 하고 있긴 한데 크기가 사람도 쏘아 보낼 수 있을 것처럼 크고 구조가 엄청 복잡해 보였다. 금속으로 만들어진 파츠가 수십 개나 맞물려 있었고, 활대 앞쪽으로는 긴 통이 뻗어 나가 있는 게 도대체 무슨 용도인지 알 수가 없었다.

기이이잉!

일정한 속도로 달려나가던 질리언은 옆에서 울리는 소리에 놀라서 돌아보았다. 자서스가 흙먼지를 피워 올리며 엄청난 속도로 지면을 달려오고 있었다. 그의 신발, 대쉬 롤러가 빛을 뿜어내면서 그의 몸을 화살보다도 빠르게 앞으로 달려가게 한다.

질리언이 잠시 그 광경에 시선을 빼앗긴 순간, 마주 달려오던 오크 히어로가 그 틈을 찌르듯이 돌진 속도를 확 높였다. 숲에 드리워진 어둠처럼 짙은 암녹색을 띤 섬광의 칼날이 질리언의 목을 노리고 날아들었다.

"큭!"

질리언은 한눈을 판 자신을 질책하며 방어에 들어갔다. 달려가던 기세 그대로 옆으로 몸을 빼면서 검을 뿌린다. 하지만 그의 검격이 오크 히어로의 오러 블레이드와 격돌하는 것보다 먼저, 그 앞에 끼어드는 그림자가 있었다.

"크하하! 더러운 오크 놈들아, 내가 왔다!"

자서스였다. 질리언을 앞질러 나간 그가 급격하게 방향을 틀면서 도끼를 내려쳤던 것이다. 청백색 섬광이 광포하게 뿜어져 나오며 암녹색 오러 블레이드를 가르고 대지에 격돌했다.

쾅!

폭음과 함께 오크 히어로의 몸이 휘청거렸다. 측면에서 가해진 자서스의 일격이 워낙 강렬했기 때문이다. 그리고 그런 그의 앞에서 자서스가 내려친 지면이 산산조각 나면서 돌조각이 사방으로 날렸다.

"어?"

순간 질리언이 눈을 크게 떴다. 자서스가 내려친 지점으로부터 푸른 오러의 파문이 그려지는가 싶더니, 허공으로 날아올랐던 돌조각들이 죄다 빛에 휘감기며 멈춰 버리는 게 아닌가?

그 직후 자서스의 외침이 터져 나왔다.

"먹어랏!"

콰콰콰콰콰!

자서스가 쌍날도끼를 크게 휘두르는 것과 동시에 오러에 휘감긴 돌조각들이 오크 히어로를 향해 쏘아져 나갔다. 수십 발의 마법 탄환이 쏘아지는 것 같은 공격에 오크 히어로가 경악했다. 검을 들어 올리면서 오러 디펜더를 강화하고 그것을 받아내자 오러가 연속적으로 폭발하면서 그 몸을 뒤로 날려 버렸다.

그 앞으로 자서스가 돌진했다. 대쉬 롤러의 바퀴들이 맹렬하게 회전하면서 그의 몸이 급가속, 오크 히어로를 따라잡는다. 그리고 그 작은 몸을 내던지는 듯한 기세로 쌍날도끼가 내리찍혔다.

쾅!

폭음과 함께 오크 히어로의 몸이 대지에 내리꽂혔다. 그 순간에도 검을 들어 공격을 막아냈지만 완벽하게 힘에서 밀린 것이다. 내장이 진탕하는 충격에 오크 히어로가 비명을 토했다. 하지만 그것보다 더 빠르게 자서스의 몸이 한 바퀴 회전하며 두 번째 일격을 내리찍었다.

콰아앙!

그것으로 승부가 났다. 오크 히어로의 몸이 땅에 찍힌 채로 그대로 두 동강 나버렸다. 대지를 타고 달려간 충격에 지면이 터져 나가면서 흙먼지가 치솟아오른다.

그리고 자서스가 그것을 뚫고 달려나왔다. 그 뒤에서 오크 히어로의 오러가 폭주하면서 녹색 섬광이 휘몰아쳤다.

'대, 대단한데?'

질리언은 감탄하고 말았다. 확실히 소드 마스터와는 전혀 다른 전투법이다. 게다가 짧은 다리 때문에 기동력이 제약된다는 약점도 대쉬 롤러 덕분에 완벽하게 극복해 내고 있었다. 그렇게 되면 오크 히어로 입장에서는 오히려 낮은 궤도에서 빠르게 움직이는 그를 상대하기가 더 까다로울 것이다.

"흥!"

자서스는 곧바로 다음 상대와 격돌했다. 성의 마법사들과 사제들이 갖가지 마법을 퍼부어 오크 히어로들을 분산시키는 것을 뚫고 두 마리의 오크 히어로가 그에게 달려들었다.

창을 든 오크 히어로의 붉은 오러 블레이드가 7미터 거리를 격하고 날아들었다. 그러나 자서스는 고개를 슬쩍 틀어서 그것을 피하면서 옆에서 달려드는 오크 히어로의 검격을 받아냈다.

파아아아앙!

청백색 섬광과 적자색 섬광이 교차하면서 스파크가 퍼져 나갔다. 하지만 그 순간 자서스의 몸이 얼음 위를 달리듯 자연스럽게 미끄러져 갔다. 적과 격돌했을 때 발생하는 반발력을, 대쉬 롤러를 이용해서 지면을 미끄러지는 힘으로 전환시킨 것이다. 몸을 옆으로 한 바퀴 돌리면서 오크 히어로의 옆으로 빠져나가는 움직임은 정상적으로 두 발을 땅에 딛고 서 있는 자는 흉내조차 낼 수 없는 것이었다.

"받아랏!"

그리고 이어지는 혼신의 일격이 오크 히어로의 뒤통수를 찍어버렸다. 너무나도 어이없게 두 마리째의 오크 히어로를 격파!

기이이이잉!

빠른 움직임으로 섬광의 폭풍을 유유히 벗어나면서 창을 든 오크 히어로와의 격전으로 들어갔다. 그러나 이번에는 조금 전처럼 쉽게 쓰러뜨리진 못했다. 일단 사정거리의 차가 상당한데다가, 전혀 예측하지 못한 비상식적인 움직임에 허를 찔린 두 마리와는 달리 이번에는 그것을 보고 경계하고 있었기 때문이다.

"큭, 멀리서 쩨쩨하게 굴 테냐!"

자서스가 신경질을 냈지만 오크 히어로는 철저하게 거리를 유지하면서 찌르기를 퍼부었다. 초당 수십 발씩 퍼부어지는 창격을 자서스가 묵직한 움직임으로 막아내자 그 충격파만으로도 주변이 초토화되었다.

어느 순간 자서스가 대쉬 롤러를 정지시켰다. 동시에 찌르기를 날리던 오크 히어로가 흠칫했다. 자신이 발 딛고 서 있는 땅을 통해서 뭔가 이상한 파동이 감지되었기 때문이다.

"이미 늦었다!"

자서스가 사자처럼 포효했다. 동시에 그가 오크 히어로와 싸우면서 발 디딘 지점들이 일제히 빛을 발하기 시작했다. 어떻게 방비할 새도 없이 지면이 폭발하면서 섬광과 무수한 돌조각들이 오크 히어로를 덮쳤다.

콰콰콰콰콰!

그리고 자서스가 그 사이로 뛰어들었다. 솟구치는 돌조각도, 칼날 같은 섬광도 모두 오크 히어로를 공격할 뿐 그의 오러 디펜더 위를 자연스럽게 미끄러져 간다. 완벽하게 불공평한 그 현상은 오크 히어로에게는 공포였다.

"하아!"

자서스가 기합을 내지르며 도끼를 내리찍었다. 무방비 상태로 그것을 얻어맞은 오크 히어로는 그대로 두 동강 나고 말았다.

"세상에……!"

그것을 바라보던 리할드 왕국군은 다들 경악을 금치 못했다. 자서스는 출격하고 나서 단 1분 만에 세 마리의 오크 히어로를 해치워 버린 것이다. 너무나도 압도적인 실력이었다.

"크하하하! 더러운 오크 놈들아! 드워프 전사의 위대함을 보여주마!"

자서스는 박장대소하며 오크 병사들에게로 달려들었다. 그가 도끼를 한 번 휘두를 때마다 그 표면을 감싸고 뻗어나간 섬광이 5미터 이내에 있는 모든 것들을 날려 버렸다. 오크 히어로들은 장난감 병정이라도 된 것처럼 박살 나고 허공을 날면서 비명을 지를 수밖에 없었다.

"파이어 볼!"

그때 오크 메이지들이 움직였다. 다섯 마리가 허공으로 솟구치더니 아군이 밀집해 있는데도 불구하고 거침없이 파이어 볼을 날리는 게 아닌가? 사람 하나를 가볍게 삼켜 버릴 만한 파이어 볼이 다섯 발이나 날아들자 자서스도 오러 디펜더를 전개해서 받을 수밖에 없었다.

화아아아악!

불꽃이 퍼져 나가면서 폭심지에 있던 오크들이 한순간에 숯덩이가 되어서 쓰러졌다. 하지만 자서스는 도끼를 든 채 멀쩡하게 서 있었다.

"오크 주제에 마법인가! 어디 한번 해보자!"

"파이어 볼!"

오크 메이지들은 말이 필요없다는 듯 연달아서 파이어 볼을 날려댔다. 한두 번은 그냥 코웃음을 치며 받아냈던 자서스지만 그것이 수십 발도 넘게 계속되자 당황할 수밖에 없었다.

"뭐, 뭐야, 이것들? 마력이 끝이 없나?"

오러 디펜더 덕분에 완벽하게 막아내고 있긴 했지만 계속 뒤로 밀려나는 것만은 어쩔 수 없었다. 도저히 파이어 볼이라고 생각할 수 없을 정도의 위력으로 연사를 해대고 있는 것이다.

그렇게 초인들이 서로 전장을 결정하고 싸우는 동안, 오크 병사들이 성벽을 향해 달려갔다. 성 쪽에서 쏘아대는 화살과 마법에 수십 마리가 죽어나갔지만 광전사처럼 포효하며 달려온다. 곧 그들이 성벽에 도달하면서 성벽을 타고 오르려는 자들과 막으려는 자들 사이에 격렬한 공방이 벌어지기 시작했다.

퍼버버버벙!

자서스는 그때까지도 오크 메이지들의 집중포화에 묶여 있었다. 끝도 없이 쏟아지는 파이어 볼의 향연을 버텨내다 못한 자서스가 성벽에다 대고 외쳤다.

"라이트닝 파이어는 아직이냐!"

"갑니다! 일제 사격 들어간다! 조준하고 마력 충전 개시!"

드워프 전사단이 힘차게 대답했다. 동시에 성벽에 설치된 그들의 비밀 무기, 라이트닝 파이어에 여섯 명의 드워프 전사가 달라붙었다. 그들 중 세 명의 손에서 빛이 일어나며 마력이 흘러들어 가고, 한 명은 목표를 조준, 그리고 한 명이 송곳처럼 생긴 커다란 화살을 넣고 크랭크를 돌려서 장전, 나머지 한 명은 커다란 해머를 들고 뒤에 서 있었다.

"마력 충전 완료된 조부터 발사!"

명령이 떨어지는 것과 동시에 해머가 휘둘러졌다. 인간이라면 들어 올리는 것조차 힘들 것 같은 무게의 해머였지만, 그 작은 몸을 보고는 상상할 수 없는 근력을 가진 드워프 전사는 강맹한 기세로 그것을 휘둘러서 라이트닝 파이어의 뒷부분에 있는 공을 후려갈겼다.

쾅!

폭음이 울리며 푸른 스파크가 사방으로 퍼져 나갔다. 동시에 장전되었던 화살이 기다랗게 뻗어나간 원통을 타고 달려나갔다. 해머로 두들기는 에너지를 변환해서 화살에 부여, 그리고 원통에 새겨진 가속 마법에 의해 보통 화살의 다섯 배 이상까지 가속된 화살이 소드 마스터의 투창 공격에도 지지 않을 기세로 허공을 관통했다.

"크워?"

열심히 자서스를 향해 파이어 볼을 쏟아붓던 오크 메이지 중 하나가 섬뜩함을 느끼며 고개를 들었다. 눈앞에 뭔가 번쩍인다고 생각한 순간, 한줄기 섬광으로 화한 라이트닝 파이어의 화살이 그 몸을 관통하고 지나갔다.

파아아앙!

정확하게 가해진 라이트닝 파이어의 사격에 오크 메이지들이 피 박살이 나서 우수수 떨어져 내렸다. 화살 공격이나 마법 공격에 대비해서 디펜시브 필드를 쳐서 스스로를 보호하고 있었는데, 그것을 종잇장처럼 꿰뚫고 그들을 즉사시킨 것이다.

덕분에 그들의 화력에서 해방된 자서스가 외쳤다.

"행동이 너무 굼뜨잖아!"

"대장이 너무 빠른 거라고요!"

성벽 쪽에서 부관이 지지 않고 소리쳤다. 자서스는 코웃음을 치며 다시 오크들 사이로 달려들었다. 그러나 오크 병사들은 그를 상대하지 않고 빠르게 흩어지고, 대신 그 사이로 튀어나오는 이가 있었다.

"오오, 오크 히어로라면 환영……."

뻗어 나오는 오러 파동을 감지하고 투지를 불태우던 자서스의 눈이 휘둥그레 떠졌다. 오크들 사이에서 나온 녀석은 그가 아는 오크라는 존재와는 상당히 다른 무언가가 아닌가?

"뭐야? 오우거의 피라도 이어받았나?"

그 오크는, 대단히 컸다.

드워프인 자서스 입장에서 보면 오크는 원래 큰 존재다. 하지만 이 오크는 월등히, 심지어 다른 오크들보다 머리 하나는 큰 오크 히어로들과 비교해도 훨씬 더 컸다. 그 키가 2미터 40센티에 달하는 오크가 말총머리를 한 채 인간의 키만큼이나 커다란 검을 들고 있으니 어찌 당황스럽지 않겠는가?

그가 자서스 앞에 서서 히죽 웃었다.

"오우, 이거 참. 오늘은 크루세스 성벽쯤은 무너뜨릴 생각으로 나온 건데 예상외의 방해꾼이 있었군. 귀중한 우리 병력을 그렇게 작살내다니 너무하잖아."

"네놈은 뭐냐?"

"나는 하이오크 라카둠."

유창한 인간어를 구사하는 오크가 검을 들며 대답했다. 그 말에 자서스가 호오, 하고 흥미로워하는 기색을 보였다.

"네놈도 그 프로토 오크를 수호하는 하이오크 삼귀장 중에 하나란 말이냐?"

"잘 아네? 나는 신에게 선택받은 오크의 대전사! 도끼질 좀 하는 드워프 양반, 한번 신나게 놀아볼까?"

"바라는 바다! 나는 엑서 하이어 자서스 디디 쿰! 더러운 오크 놈, 드워프 전사의 실력을 보여주마!"

자서스의 푸른 오러와 라카둠의 붉은 오러가 엄청난 기세로 전개되며 전력을 다해 격돌했다.

5

질리언은 두 마리의 오크 히어로를 상대로 잘 싸우고 있었다. 다른 소드 마스터들이 오크 히어로 하나씩을 붙잡고 싸우는 반면, 그에게는 두 마리가 달라붙는 바람에 시종일관 방어태세로 싸워야 했다. 하지만 그럼에도 불구하고 밀리지 않고 공방을 주고받는 것이 그의 실력을 증명해 주고 있었다.

콰아아아앙!

한창 싸우고 있던 그의 감각에 섬뜩한 파동이 걸려들었다. 오크 히어로들도 느꼈는지 흠칫 놀라서 집중력이 흐트러지고 있었다.

콰아앙!

별로 시간도 지나지 않았는데 두 번째 폭음이 울려 퍼졌다. 폭음이야 마법이 작렬하고 오러 블레이드가 날아가면서 계속해서 발생하고 있는 것이었지만, 그 소리는 차원이 달랐다. 전장을 압도하는 힘과 힘의 격돌이다.

콰아아앙!

게다가 소리가 날 때마다 점점 질리언 쪽으로 가까워지고 있었다. 결국 질리언은 크게 한 번 베어서 오크 히어로들을 물러나게 한 다음 잠깐 소리가 들려온 쪽으로 시선을 주었다. 그리고 바로 그 순간, 예상치 못한 일이 벌어졌다.

콰아아앙!

"헉!"

또다시 폭음이 울려 퍼지더니, 뭔가가 그를 향해 휙 날아든 것이다. 그의 눈에 포착된 그것은 분명 사람의 모양을 한, 아니, 정확히는 드워프의 엑서 하이어 자서스였다.

질리언은 오러 디펜더를 넓게 전개하면서 그를 받아냈다. 그가 날아오는 기세가 어찌나 강렬했는지 그를 받아내면서 그 힘을 상쇄시키는 순간, 질리언의 몸이 뒤로 10미터 가까이 날아가 버렸다.

"큭, 자, 자서스?"

"으으으윽……."

자서스가 온몸에서 연기를 피워 올리며 신음하고 있었다. 그의 붉은 수염이 얼굴에서 흘러내린 피로 인해서 섬뜩한 색깔로 물들어 있는 것이 보였다.

그리고 저편에서 거대한 오크가 걸어오고 있었다. 사람만한 크기의 검을 붕붕 돌리면서 걸어오는 말총머리의 오크는 유쾌한 기색으로 유창한 인간어를 구사했다.

"이야, 드워프 상대는 오랜만인데 정말 끝내주는데! 암석공명의 힘은 역시 폼 난단 말야. 부러워."

'암석공명?'

그가 언급한 말이 걸렸지만 지금은 그런 걸 신경 쓸 때가 아니었다. 잠깐 의식을 잃은 채 신음하던 자서스가 끄응 하고 몸을 일으켰다.

"빌어먹을 오크 놈이……."

"오, 아직 힘이 남았어? 터프한걸?"

"네놈을 쓰러뜨리기 전에 쓰러질 것 같으냐?"

그가 으르렁거리는 소리로 대답하는 순간, 성벽 쪽에서 드워프 전사들이 라이트닝 파이어를 발사했다. 수십 발의 화살이 강맹한 기세로 라카둠에게로 날아들었다.

"흥!"

그러나 라카둠은 코웃음을 치며 검을 휘둘렀다. 그의 검으로부터 10미터에 달하는 어마어마한 오러 블레이드가 뿜어져 나오면서 라이트닝 파이어의 공격을 모조리 날려 버렸다.

'세상에. 뭐야, 저건?'

질리언은 라카둠에게서 느껴지는 오러 파동에 전율했다. 10미터의 오러 블레이드는 그도 만들려고 하면 만들 수 있다. 하지만 그는 힘을 모으는 기색조차 없이 한순간에 그것을 뿜어낸 데다가, 그 속에서 뿜어지는 오러 파동의 강력함이 상상을 초월하는 수준 아닌가?

라카둠이 히죽거렸다.

"역시 드워프들은 재미난 장난감들을 만든다니까. 다른 애들 상대로는 재미 많이 봤겠지만 날 상대론 어림도 없지."

"라카둠! 장난치지 말고 눈앞에 있는 것들부터 끝장내! 그리고 성벽을 돌파해라!"

그때 위에서 한창 할로드와 치고받고 있던 하라두쿰이 외쳤다. 그 말에 여유를 잔뜩 부리고 있던 라카둠이 재미없다는 듯 어깨를 으쓱했다.

"모처럼 즐기고 있는데 형님도 너무 깐깐하시구만."

"남은 지금 힘들어 죽겠는데 네놈은 놀고 싶어서 안달이 났냐?"

"예, 예. 알겠습니다. 형님의 지엄하신 명인데 무식한 동생은 닥치고 따라야지요."

라카둠은 성큼 한 걸음 내디디면서 검을 휘둘렀다. 머리 위에서 마치 풍차처럼 휘두르자 그로부터 붉은 오러 블레이드가 뻗어 나와서 소용돌이치기 시작했다. 휘두르는 기세가 점점 가속, 점입가경으로 빨라져 가면서 그를 중심으로 한 거대한 폭풍이 몰아치기 시작했다.

후우우우우우!

"이걸로 끝내주마!"

그가 호기롭게 외치며 회전을 마치고 검을 강맹하게 내질렀다. 그러자 초가속되어 궤적을 따라서 뭉쳐졌던 에너지가 그대로 빛의 폭풍이 되어 질리언과 자서스를 향해 날아들었다.

'이런 말도 안 되는……!'

콰콰콰콰콰!

질리언은 세상을 끝장낼 것 같은 오러의 폭풍을 보며 경악했다. 하지만 그것과는 별개로 그의 대응은 기민했다. 오러의 폭풍이 해방되는 순간, 질리언의 오러 블레이드가 세 줄기로 갈라져서 채찍처럼 주변을 후려갈겼다. 해양생물의 촉수 같은 그 움직임에 그와 그에게 안겨 있는 자서스의 몸이 허공으로 솟구쳤다.

질리언은 곧바로 땅에 박힌 오러 블레이드에 탄성을 주어 휘둘렀다. 그 반동을 교묘하게 이용하자 그의 몸이 화살처럼 뒤쪽을 향해 쏘아져 나갔다.

콰콰콰콰콰콰!

그가 있던 자리를 붉은 섬광의 회오리가 쓸어버렸다. 한순간에 100미터 가까이 물러나 그것을 피한 질리언이 식은땀을 흘렸다. 저 정도면 궁극 주문에 필적하는 파괴력이다. 일격의 파괴력으로, 아니, 정확히는 파괴의 규모에서 궁극 주문을 따라잡을 수 있는 존재가 있을 줄은 상상도 못했다.

"어?"

바짝 얼어붙었던 질리언의 눈이 크게 떠졌다. 자신이 있던 자리를 휩쓸어 버린 섬광의 폭풍, 그것이 어처구니없을 정도로 빠르게 흩어져 스러지는 것이 아닌가? 흙먼지만 남겨놓고

스러진 그 너머에서 라카둠이 멋쩍은 듯 머리를 긁적이고 있었다.

"끄응. 역시 방출 공격은 이렇게 되는군. 지속 시간이 너무 짧아서 못써먹겠어."

'도대체 무슨 꿍꿍이지?'

질리언은 당황했다. 일부러 흩어버린 건가, 아니면 다른 요인이 작용한 건가?

하긴, 어느 쪽이든 무슨 상관일까? 저놈을 막지 않으면 안 된다는 사실만은 분명한데. 그렇게 생각한 질리언은 자서스를 땅에 내려놓고 그를 향해 다가갔다. 라카둠이 그를 보며 씩 웃었다.

"제법인데, 인간 애송이."

"애송이라니, 오크가 지껄일 만한 소리는 아닌걸."

"큭큭, 그거 혹시 우리 평균 수명이 너희보다 짧아서 하는 말이냐?"

"그렇지. 네놈도 다른 놈들보다 크긴 하지만 나이는 얼마 안 되는 것 아니냐?"

오크의 평균 수명은 인간의 절반 정도밖에 안 된다. 그 대신 그들은 네다섯 살 정도면 인간의 성인과 같은 수준으로 성장하는 것이다. 번식력도 인간 못지않게 뛰어나기 때문에, 그들이 지능이 떨어져서 문명을 발달시키지 못하고 원시부족적인 생활을 하고 있지 않았다면 인간에게 뒤지지 않는 숫자로 번성했을지도 모른다.

라카둠이 코웃음을 쳤다.

"유감스럽게도 나는 네놈을 애송이 취급해도 될 정도로 나이가 많단다, 꼬마야. 다시 소개하자면 나는 프로토 오크께서 선택하신 대전사 하이오크 라카둠! 내 힘이 온전했다면 네놈은 벌써 죽어서 누웠을 거라는 것만 알아두고 얌전히 저승으로 가라!"

동시에 라카둠이 달려들었다. 그 거구라고는 생각할 수 없을 정도로 빠른 속도로 돌격, 한순간에 거리를 좁히며 거대한 검을 휘두른다. 놀라울 정도로 군더더기없는 움직임이라 한순간 질리언은 그의 검격이 어떤 궤도로 날아들지 전혀 파악할 수 없을 정도였다.

그의 오러 블레이드가 10미터 길이로 타오르며 공간을 갈랐다. 그러나 그 끝에는 아무것도 걸려들지 않았다.

"호오!"

라카둠이 재미있다는 듯 눈을 치켜떴다. 질리언이 아슬아슬하게 그의 공격을 피해내면서 반격을 가해왔기 때문이다. 질리언의 오러 블레이드가 여러 줄기로 갈라지더니 그의 상, 중, 하단을 동시에 노려왔다.

파바밧!

그러나 라카둠은 오러 디펜더를 단단히 굳히고 그걸 몸으로 받아내면서 전진했다. 적의 공격을 전혀 개의치 않고 자연스럽게 검을 내려치니 공격을 가하느라 빈틈이 노출된 적으로서는 대응할 수 없을 것이다.

그랬어야 했다.

파앙!

"아니?!"

라카둠의 몸이 크게 휘청거렸다. 검격을 내지르느라 몸의 무게중심이 앞으로 쏠리는 순간, 전혀 예상치 못한 각도에서 공격이 날아들었던 것이다. 단단한 오러 디펜더 때문에 막아내긴 했지만 격중당한 지점이 목 바로 옆이라는 것은 그를 섬뜩하게 만들었다.

"놀랍군!"

라카둠이 감탄하며 질리언을 바라보았다. 질리언은 오러 블레이드를 네 줄기로 나누어서 그의 상, 중, 하단을 동시에 공격하는 한편, 다른 하나는 채찍 같은 성질을 부여하여 크게 돌아서 날아들도록 휘두른 것이다. 게다가 오러 디펜더를 전개해서 그의 감각을 교란시키기까지 했으니 그 궤도를 파악하지 못할 수밖에!

'칫. 정통으로 먹였는데.'

질리언은 식은땀을 흘렸다. 노렸던 지점을 약간 비껴가기는 했지만 분명 정통으로 가격했는데 아무런 타격도 입지 않은 것으로 보인다. 오러 디펜더가 얼마나 단단하기에 저럴 수 있는지 모르겠다.

라카둠이 흥이 난다는 듯 거검을 붕붕 돌리며 말했다.

"허어! 이 시대의 소드 마스터들은 모두 힘을 잃고 바보가 된 줄 알았더니 제법 하는 놈도 있었잖아? 으하하하! 유쾌한

데, 이거?"

"이 시대의 소드 마스터?"

질리언의 눈썹이 꿈틀거렸다. 그는 라카둠의 말이 무엇을 의미하는지 아주 잘 알고 있었다. 라곤을 통해서 확실하게 배웠고, 꾸준히 정진한 끝에 지금의 실력을 갖게 된 것이니까.

라카둠이 유쾌한 목소리로 대답했다.

"그렇다. 애송이, 나는 너희들이 우리 애들만큼이나 바보가 된 줄 알았더니 그렇지는 않구나. 오로지 마법만이 발달하고 검을 든 자들은 우둔해졌나 싶었으나 너 같은 자가 남아 있으니 이 시대의 인간들도 아직 싸울 가치가 있는지도 모르겠군."

라카둠은 감회가 새롭다는 듯 먼 곳을 바라보았다. 마치 천 년 전, 그들이 패했던 전쟁을 회상하듯이. 곧 그가 다시 질리언을 바라보며 말을 이었다.

"하지만 너는 모른다. 오크 히어로의 진정한 힘이 어떤 것인지!"

후우우우우우!

라카둠의 오러 블레이드가 잠잠해진다. 길이는 10미터 그대로인데 뭔가 달라졌다는 느낌이 든다. 이상할 정도로 불길한 정적이 질리언의 심장을 쿵쾅거리게 만들었다.

'침착해, 질리언.'

질리언은 이를 악물었다. 절망적인 힘을 가진 적이지만 겁 먹어서는 안 된다. 어차피 싸워야만 한다면 이길 방법을 생각한다. 자신이 가진 모든 것을 총동원해서 승리를 쟁취해야만 한다.

라카둠이 외쳤다.

"조금은 재미있었다. 애송이, 죽어라!"

길이 10미터의 오러 블레이드가 호쾌한 기세로 공간을 쪼갰다. 질리언이 그에 맞서 검을 휘두르는 순간, 섬뜩한 예감이 뇌리를 스쳐 지나갔다. 자신은 이 격돌이 부를 결과를 알고 있다.

'피해!'

본능이 그렇게 외친 것 같았다. 질리언은 검을 마주 날려가다 말고 급격하게 몸을 뒤로 뺐다. 결과적으로 그 선택이 그를 살렸다.

콰콰콰콰!

라카둠의 오러 블레이드가 휘둘러지는 궤도에 남아 있던 질리언의 오러 블레이드가 종잇장처럼 찢겨져서 흩어졌다. 그것을 본 질리언은 자신의 예감이 들어맞았다는 사실을 깨닫고 눈을 부릅떴다.

'이놈… 베이런 크로네스라는 작자와 똑같은 힘을 쓰고 있어.'

라카둠의 오러 블레이드가 발하는 파동은 그때, 오디어가 함락당했을 때 블란드를 죽이고 라곤을 쓰러뜨렸던 그 남자가 발했던 것과 똑같았다. 질리언은 회전과 진동의 원리에 대해서는 아직 모르고 있었지만 그때의 그 이질적인 느낌만은 기억하고 있었던 것이다.

물러난 질리언을 보며 라카둠이 비아냥거렸다.

"현명하군. 상대의 힘을 알아보는 눈은 있는 모양이야."

"큭……."

질리언은 승산이 없다는 사실을 깨달았다. 출력에서 좀 차이가 나더라도 똑같은 오러 블레이드끼리의 싸움이라면 어떻게든 해볼 만하다. 하지만 한쪽이 한쪽을 압도적으로 짓이길 수 있다면 도저히 이길 수 없다.

우우우웅…….

그때 질리언과 라카둠의 고개가 동시에 휙 돌아갔다. 그들의 시선이 닿은 곳에서는 비틀거리며 일어난 자서스가 엄청난 기세로 빛을 뿜어내고 있었다.

청백색 섬광이 그를 중심으로 빠르게 회전한다. 그의 손에 들린 도끼가 미칠 듯이 흔들리면서 믿을 수 없는 변화를 보이고 있었다. 끝부분부터 시작해서 벌겋게 달구어진 채로 녹아서 허공으로 사라져 가는 것이 아닌가?

질리언이 눈을 크게 떴다.

'뭐지, 저건?'

"큭, 어스 스트라이크인가! 귀찮은 기술을……."

라카둠은 저 기술을 알고 있는지 표정을 일그러뜨리며 자서스를 향해 달려들었다. 그것을 본 질리언은 어떻게든 자서스에게 기술을 발동할 시간을 줘야 한다는 사실을 깨닫고 라카둠을 측면에서 기습했다.

쾅!

다채로운 각도에서 쏟아지는 질리언의 오러 블레이드가 라카둠의 몸을 흔들었다. 라카둠의 오러 디펜더가 초고속으로 진동하면서 그것을 막아내긴 했지만 힘의 방향이 다른 이상 충격 그 자체를 완전히 상쇄시킬 수는 없었다.

"이 애송이가!"

라카둠이 신경질을 내면서 검을 휘둘렀다. 질리언은 오러 블레이드를 이용, 하늘로 솟구쳐서 그것을 막아낸 다음 몸을 회전시켰다. 그러자 그로부터 다섯 개의 채찍 같은 오러 블레이드가 뻗어 나와서 제멋대로 허공을 가르며 가속해서 날아들었다.

파바바바밧!

라카둠이 이를 갈며 그것을 받아냈다. 그리고 그 위로 하늘에서 날아온 섬광이 내리꽂혔다.

쾅!

"크악!"

라카둠이 비명을 토하며 뒤로 주르륵 밀려났다. 질리언이 섬광이 날아온 방향을 올려다보았다. 한참 하라두쿰과 마법전을 벌이고 있던 할로드가 능청스럽게 마법을 한 방 날린 것이다. 할로드는 씩 웃으며 엄지손가락을 척 들어 보인 다음, 그러느라 노출된 허점으로 쏟아지는 하라두쿰의 마법을 허겁지겁 막아내기 시작했다.

"좋았어!"

그리고 그와 동시에 자서스의 기술이 완성되었다. 그의 도끼날 중 한쪽이 완전히 녹아서 없어져 버리고, 대신 그의 오러가 엄청난 기세로 뿜어져 나갔다. 라카둠 이상으로 어마어마한 규모의 오러였다.

자서스가 외쳤다.

"더러운 오크 놈, 감히 내 아끼는 도끼를 희생시키게 만들었으니 그 대가를 치르게 해주마!"

콰아아아아아아!

자서스의 오러 블레이드와 오러 디펜더가 하나로 맞물려서 회전하고 있었다. 주변의 지면을 완전히 갈아버릴 정도로 빠르게 회전하는 그 오러의 힘이 그의 도끼 위에 뭉쳐서 거대한 폭풍이 된다. 20미터 이상의 길이로 뻗어나가 회오리치는 그 기세에 라카둠도 위기감을 느꼈다.

"젠장!"

라카둠의 오러 블레이드가 진동하는 속도가 가속되었다. 에너지의 양이 같을 경우 회전과 진동이 맞붙으면 승리하는 쪽은 진동. 하지만 지금 자서스가 전개한 오러는 어마어마한 규모였다. 목숨을 걸고 어그레시브 오러 모드를 전개한 것도 아니건만 저 정도 에너지를 끌어내다니, 자신이 평소 길들인 금속이나 암석과 공명해서 힘을 이끌어내는 엑서 하이어니까 가능한 일이다.

콰아아아아앙!

전장의 시선을 집중시킨 자서스와 라카둠이 격돌했다. 청백색 폭풍과 붉은 벼락이 격돌하며 충격파가 엄청난 기세로 달려나갔다. 수십 미터 이상 떨어져 있던 오크들조차 그 충격파에 날아가 버리고, 오러 디펜더를 최대 출력으로 전개해서 자신을 보호했던 질리언도 버티지 못하고 날아가서 땅을 나뒹굴었다.

쿠구구구구…….

쓰러졌던 질리언이 정신을 차리고 고개를 들자 장대하게 일어 올랐던 흙먼지가 꿈틀거리고 있었다. 궁극 주문이 서로 맞부딪친 것인가 싶을 정도의 엄청난 파괴력이었다.

"큭, 자, 자서스는…….."

그가 비틀거리며 일어났을 때 흙먼지 속에서 돌풍이 일어났다. 그 속에서 오러가 전개되면서 그 기세로 흙먼지가 사방으로 흩어진다.

라카둠이 비틀거리며 걸어나오고 있었다.

"와, 완전히 부활하기도 전에 죽을 뻔했군. 빌어먹을 땅딸보 녀석! 제법이었어!"

"자서스!"

질리언이 비명을 질렀다. 초토화된 대지 위에 자서스가 피투성이가 되어서 쓰러져 있었던 것이다. 어느 쪽이 이겼는지는 너무나도 분명했다.

라카둠이 호흡을 고르며 자서스에게 다가갔다. 자서스는 아직 살아서 꿈틀거리고 있었다. 그러니 이 기회에 완전히 끝장을 낼 속셈인 것이다.

질리언은 이를 악물고 그 앞으로 달려갔다. 여기서 자서스를 잃어서는 안 된다. 설령 크루세스가 함락될지라도, 그라는 전력을 살려서 앞으로의 일을 대비해야만 한다.

파파파파파!

그때 성벽 쪽에서 드워프 전사들이 라이트닝 파이어를 발사하기 시작했다. 그러나 라카둠은 코웃음을 치면서 검을 휘둘러서 그것들을 모조리 쳐내 버린다. 자서스와의 격돌로 인해서 타격을 받긴 했지만 그의 힘은 건재했고, 그것은 초인이나 대마법사가 아닌 한 범접할 수 없는 것이었다.

대신 그 공격은 질리언이 그 앞으로 달려들 수 있는 시간을 벌어주었다. 질리언은 라카둠의 빈틈을 노려서 오러 블레이드를 뿌려냈다. 기력이 쇠한 탓인지 두 줄기밖에 나오지 않았지만 그래도 주의를 흐리기엔 충분하다. 라카둠이 그것을 받아내는 순간, 질리언은 자서스를 잡아 들고 냅다 성 쪽으로 달리기 시작했다.

"어, 어이! 이 자식이 비겁하게 도망갈 생각이냐!"

거기에 대한 질리언의 대답은 원거리 공격이었다. 달려가다가 바닥에 쓰러진 오크의 시체로부터 창을 강탈, 오러를 실어서 그에게로 집어 던진 것이다. 뒤늦게 추격을 시작하려던 라카둠이 그것을 막아내자 이번에는 성벽 쪽의 마법사들이 그를 향해 집중포화를 퍼부었다.

콰콰콰쾅!

"빌어먹을 것들! 감히 나를 열 받게 해?"

마법까지 받고 뚜껑이 열린 라카둠이 전력질주로 그 뒤를 따라갔다. 아니, 따라가려고 했다.

10미터 정도 앞으로 나가던 라카둠의 신형이 급격하게 멈췄다. 동시에 검을 정신없이 휘둘러서 주변을 빛의 태풍으로 뒤덮었다.

파파파파파파!

그 위로 뭔가가 날아와서 부딪쳤다. 가느다란 녹색 섬광이 하늘 저편으로부터 날아와서 라카둠의 방어 위를 때리고 있었다. 그런데 보이는 것과는 달리 그 파괴력이 상당해서 일격 일격을 받아낼 때마다 라카둠의 몸이 조금씩 뒤로 밀려나고 있었다.

라카둠이 하늘 위를 올려다보며 이를 갈았다.

"개자식! 깔끔 떠는 엘프 주제에 감히!"

그의 시선이 닿은 곳에는 1천 미터 상공을 나는 거대한 나무의 실루엣이 있었다.

6

[리리디카 보르드누스. 목표 지점에 도착했습니다. 강하를 시작합니다.]

반수면 상태로 들어가 있던 리리디카는 뇌를 울리는 정신파에 눈을 떴다. 그녀는 헝클어진 검은 머리칼을 쓸어 넘기며 하품을 했다.

"아음. 벌써 다 왔나? 생각보다 빨리 왔군. 위쪽을 열어."

[알겠습니다.]

기이이잉.

대답과 함께 그녀의 위쪽이 열리기 시작했다. 동시에 파란 하늘로부터 눈부신 빛, 그리고 격렬한 바람이 쏟아져 들어왔다.

휘이이이잉!

"윽. 하여튼 배려가 부족하다니까. 이 정도는 미리 정령으로 막아뒀어야지."

그녀가 휘날리는 검은 머리칼을 잡으면서 투덜거렸다. 하지만 바람은 여전히 멈추지 않았다. 그녀는 자기 혼자뿐이라는 사실을 깨닫고는 멋쩍은 표정으로 중얼거렸다.

"아하하! 그러고 보니 나 혼자 왔지, 참."

[탑승자는 리리디카 보르드누스 당신뿐입니다. 마법 사용자는 없습니다.]

"깜빡했어. 빨리 날아오느라 다른 녀석들 안 태웠지. 투덜거릴 처지가 못 되네. 그럼 가볼까?"

그녀는 지금 나무로 만들어진, 아니, 정확히는 나무뿌리들이 복잡하게 얽혀 있는 것 같은 공간 속에 있었다. 그 뿌리들 사이에 몸을 묻은 채 잠이 들어 있다가 깨어나고, 그 직후 위쪽을 덮고 있던 부분이 움직여서 하늘이 열린 것이다.

리리디카의 말과 함께 몸을 고정시키고 있던 나무뿌리들이 꿈틀거리면서 풀려났다. 그녀는 기지개를 한 번 켜고는 훌쩍 뛰어서 바깥으로 나갔다. 미칠 듯한 바람 때문에 일반인이라면 그대로 날아가 버렸을 것 같은 상황이지만 그녀는 놀라운 균형 감각으로 그 위에 자리 잡았다.

그곳은, 구름 위였다.

아래쪽에 펼쳐진 끝도 없는 운해 위를 한 그루의 거대한 나무가 날고 있었다. 길이가 20미터에 달하는 그 나무는 양팔, 양다리에 해당하는 두드러지게 굵은 가지와 뿌리를 펼치고 미칠 듯이 휘몰아치는 바람 속에서 나뭇잎들을 붙잡아두면서 하늘을 나는 중이었다.

그 위에 리리디카가 서 있었다. 이마에는 금색의 서클릿을, 엘프 특유의 길고 가녀린 몸 위로는 특수한 마법이 각인된 방어구를 걸친 그녀의 검은 머리칼이 미친 듯이 휘날렸다. 휘날리는 머리칼 사이로 뾰족 솟아난 귀가 그녀가 엘프라는 사실을 증명한다.

외모상으로는 20대 초반 정도로 보이는 그녀는 숲을 연상케 하는 녹색 눈동자로 아래쪽으로 펼쳐진 운해를 내려다보며 물었다.

"아래쪽 상황은?"

[대규모 전투가 벌어지고 있습니다. 적의 숫자가 대단히 많은 것 같습니다. 그 이상은 좀 더 아래쪽으로 강하해 봐야 알 수 있습니다.]

"강하하지. 오러 디펜더 전개."

그녀의 읊조림과 동시에 진녹색 빛이 뻗어나갔다. 구체 형으로 전개된 오러 디펜더가 20미터의 거대한 나무를 남김없이 감싸고, 상공의 격렬한 기류를 막는다.

바람이 멎자 리리디카는 나무빗을 꺼내서 헝클어진 머리칼을 빗었다. 그리고 발로 바닥을 툭툭 치며 말했다.

"칼로디엄, 활과 검을."

[알겠습니다.]

칼로디엄이라 불린 나무의 정령이 몸을 열고 리리디카가 요구한 것들을 꺼내주었다. 그녀의 키만큼이나 큰 커다란 활과 화살 통, 그리고 칼날이 얇은 세검(細劍)이 튀어나와서 그녀의 손에 쥐어졌다.

"시야 공유에 들어간다."

[시야 공유, 개시.]

정신파를 통해서 칼로디엄과 리리디카의 시야가 공유되었다. 리리디카는 운해를 뚫고 지상의 상황을 살폈다. 한창 인간과 오크가 격렬하게 싸우는 중이었다. 그녀가 휘파람을 불었다.

"이런 대규모 전쟁판도 오랜만인걸. 한 70년 됐나?"

리리디카는 자서스 이상으로 오래 살아온 존재였다. 오러 테이커 중에서도 마스터의 칭호를 받은 존재이기에 사실 이런 곳에 나서기에는 격이 너무 높았지만, 정적인 생활에 질린 나머지 평의회에 으름장을 놓아서 젊은 오러 테이커들을 제치고 참전하게 된 것이다.

"하나, 둘 셋…… 오크 히어로라는 잡것들도 꽤 많잖아? 근데 저 괴물은 뭐야?"

리리디카를 놀라게 한 것은 자서스와 격돌하기 직전인 라카둠이었다. 자서스의 어스 스트라이크가 대규모의 오러를 발생시키는 기술이라는 것은 익히 알고 있기에 놀랄 것이 없었지만, 그에 맞서는 라카둠의 오러 출력에는 놀랄 수밖에 없었다.

곧 둘이 격돌하고 승패가 갈렸다. 그 결과를 본 리리디카가 혀를 찼다.

"칫. 자서스 저 바보 같은 작자가."

고도가 천 미터 이하로 떨어지자 그녀는 칼로디엄의 몸 구석으로 가서 가지에 달라붙었다. 그러자 칼로디엄이 팔을 뻗어서 손에 그녀를 올리고 비스듬히 지상을 내려다볼 수 있게 해주었다.

그녀는 그 상태로 활을 당겼다. 화살을 걸지 않고 활줄만 당겼을 뿐인데, 그 위에 그녀의 진녹색 오러가 응집되면서 기다란 화살의 형상을 취했다.

"더러운 오크 놈, 어디 한번 먹어봐라!"

그녀가 시위를 놓자 빛의 화살이 공간을 관통했다. 그녀는 한 발에 그치지 않고 연속적으로 시위를 당겼다가 놓기 시작했다. 화살을 먹이지도 않았기 때문에 그 속도는 엄청나게 빨랐다. 전사가 검을 연달아 휘두르는 것보다 더 빠를 정도였다.

파파파파파!

고도가 낮아지면서 라카둠과 그녀의 거리가 계속 줄어들었다. 라카둠은 날아드는 빛의 화살을 잘 막아내고 있었지만 뒤로 밀려나는 것만은 어쩔 수 없었다. 그녀는 질리언이 자서스를 구해서 성벽을 넘어가는 것을 보고는 사격을 멈추었다.

"칼로디엄! 따로따로 내려간다! 난 저놈을 상대할 테니 너는 다른 오크들을 쓸어버려!"

[알겠습니다. 하지만 우측의 마법사는 방치합니까?]

칼로디엄은 거의 같은 궤도에 있는 할로드와 하라두쿰을 지적했다. 리리디카가 고개를 저었다.

"마법사 상대는 마법사에게 맡겨야지. 할로드 저 애송이가 잘하고 있는 것 같은데."

그녀는 그렇게 말하곤 훌쩍 뛰어내렸다. 동시에 칼로디엄도 몸을 쫙 펼치고 공기 저항을 이용해서 그녀와는 다른 궤도로 떨어져 내리기 시작했다.

"간다, 오크!"

리리디카는 떨어져 내리면서 연속적으로 사격을 가했다. 라카둠은 그것을 정신없이 쳐내면서도 주변에서 시선을 떼지 않았다. 그가 오로지 리리디카에게만 시선을 집중시킬 수 없는 것은, 엘프의 오러 테이커가 오러를 사용하는 방식을 잘 알고 있기 때문이었다.

라카둠의 움직임을 통해 그 사실을 간파한 리리디카가 눈살을 찌푸렸다.

'설마 저게 하이오크인가?'

정황상 그렇게 생각할 수밖에 없을 듯했다. 천 년 전에 엘프를 위기로 몰아넣었던 오크들의 수장 하이오크라면 오러 테이커의 힘을 잘 알고 있다고 해도 이상하지 않았다.

하지만 설령 그렇다고 하더라도 리리디카는 이길 자신이 있었다. 자신은 오러 테이커 중 최강! 인간의 소드 마스터들이 과거의 심오한 기술들을 모조리 잃어버린 데 비해 엘프의 오러 테이커들은 긴 수명과 평의회를 중심으로 조직된 빛의 전사단에서 서로 기술 교류를 하면서 그 실력을 더더욱 발전시켜 왔다. 그렇게 축적된 기술의 정수라고 할 수 있는 리리디카가 저런 냄새 나는 오크 따위를 당하지 못할 리가 없었다.

쿠우우웅!

그때 전장의 다른 곳에 칼로디엄이 먼저 내려섰다. 20미터에 달하는 거대한 나무가 내려서자 그 충격만으로도 수십 마리의 오크가 박살 나고, 주변에 있던 놈들도 비명을 지르며 나가떨어졌다.

그워어어어어!

칼로디엄의 줄기에 달린 얼굴이 눈을 뜨고 포효했다. 엘프들의 숲을 수호하는 비밀병기 포스 트리. 천 년 이상 살아온 성령수에 정령이 임하여 탄생한 그 존재가 오크들을 향해 이를 드러냈다. 거대한 몸에 각인된 마법들이 빛을 발하고, 그 몸이 앞으로 전진하며 팔을 휘둘러댈 때마다 오크들의 몸이 박살 나서 허공을 날기 시작했다.

"세, 세상에⋯⋯."

성벽 위에서 그 광경을 본 질리언은 놀라서 입을 쩍 벌렸다. 도대체 저 괴물은 뭐란 말인가? 저 정도면 소드 마스터와 비교해도 전혀 떨어지지 않는 파괴 능력이다.

그동안 리리디카는 허공에서 오랫동안 머물면서 계속해서 활을 쏘아대고 있었다.

파파파파파!

날아드는 섬광과 휘몰아치는 섬광, 거리를 둔 그 격돌이 이어지는 가운데 마침내 리리디카가 땅에 가까워졌다. 그녀는 사격을 멈추고 허공에 손을 뻗었다. 그러자 그로부터 원반 형태를 띤 오러의 파편이 떠오르더니 그녀의 몸을 휘돌아서 발밑에 자리 잡았다. 그것이 그녀의 몸을 받치면서 허공에 머무를 수 있게 해주었다.

20미터 상공에서 자신을 내려다보는 리리디카를 본 라카둠이 이를 갈았다.

"건방진 엘프 년이!"

"누가 할 소릴! 냄새 나는 오크 주제에 감히 내 화살을 일흔 여덟 발이나 막아냈겠다? 그것만으로도 죽어 마땅하다!"

"헛소리는 너희 숲에서나 지껄여라!"

라카둠이 노성을 지르며 달려들었다. 하지만 리리디카는 코웃음을 치며 활시위를 당겼다. 세 발 쏴서 라카둠의 돌진을 저지한 다음, 이번에는 활시위를 당기고 잠깐 힘을 집중시킨다. 그러자 활시위에 걸린 빛의 화살이 맹렬하게 회전하며 쏘아져 나갔다.

"먹어라!"

콰앙!

폭음과 함께 라카둠의 몸이 뒤로 주르륵 밀려 나갔다. 그리고 그가 걱정했던 변화가 일어나기 시작했다.

우우우우웅!

주변에서 무수한 빛이 떠오르기 시작했다. 모두 진녹색을 띤 그것들은 리리디카가 일정 거리 이상 접근한 상태에서 쏘아낸 오러의 화살들이었다. 라카둠이 쳐냈을 때 완전히 상쇄되지 않고 남아 있던 에너지가 사방에서 집결했던 것이다.

"큭!"

그가 신음하는 순간 빛무리가 달려들기 시작했다. 방대한 공간에 걸쳐 자신의 오러를 원격 제어하고 있던 리리디카의 눈동자가 기이한 빛을 발하면서 화살에 집중되는 에너지가 커졌다.

파파파파!

라카둠이 오러 블레이드를 폭풍처럼 휘둘러서 날아드는 섬광을 쳐냈다. 근거리에서 맞붙는 대신 자유자재로 하늘을 누비며 먼 거리에서 공격을 가하는 오러 테이커는 그가 천 년 전에도 가장 상대하기 까다로워했던 적이다.

인간의 오러는 변화무쌍하다.

오크의 오러는 강건하다.

드워프의 오러는 대지와 공명한다.

그리고 엘프의 오러는 원격으로 제어되며 적을 격살한다!

"알아봤자 막을 수 없어. 죽어라!"

리리디카가 차갑게 쏘아붙였다. 수십 발의 빛의 탄환이 주변을 점령한 채 라카둠을 두들겨 댄다. 압도적인 오러 출력으로 무장한 라카둠조차 그 공격을 모두 막아낼 수는 없었다. 오러 디펜더에 의지해서 버텨내는 수밖에 없지만 타격 횟수가 늘어나자 점차 몸에 충격이 쌓여가기 시작했다.

그리고 리리디카에게 제어된 무수한 오러의 파편에 정신없이 두들겨 맞는 그를 향해 강력한 힘이 담긴 화살이 겨누어졌다. 지금까지와는 달리 통째로 나무를 깎아서 만든 화살이었다. 그 나무가 그녀의 오러에 호응해서 더더욱 큰 힘을 끌어내고 있는 것이다.

정신없는 와중에도 그것을 본 라카둠의 안색이 변했다.

'진동! 이 빌어먹을 년이 저것까지!'

리리디카의 오러가 집결된 화살은 초고속으로 진동하고 있었다. 아까 전에 고속 회전시켜서 쏘아냈던 빛의 화살과는 힘의 집중력이 다른 일격이 오는 것이다. 정통으로 격중되면 아무리 그라고 해도 버텨낼 수 없었다.

"흠!"

리리디카가 시위를 놓자 화살이 공간을 꿰뚫으며 날아들었다. 음속에 가까운 그 공격은, 한창 빛무리에 두들겨 맞고 있던 라카둠으로서는 도저히 방어할 수 없는 것이었다.

그러나 다음 순간 생각지도 못한 방향에서 발생한 힘이 그의 몸을 옆으로 확 떠밀었다. 리리디카의 화살이 아슬아슬하게 그의 몸을 스쳐 지나가면서 오러 디펜더와 방어구가 종잇장처럼 찢겨져 나갔다.

"뭐야?"

리리디카가 경악했다. 원거리 오러 공격으로 잡아놓고 최대 출력으로 결정타를 날리는 완벽한 상황이었다. 그런데 그녀의 감각이 잡아내지 못한 뭔가가 라카둠을 밀쳐서 그 공격을 피하게 한 것이다.

"형님, 자살할 때는 미리 말씀해 주십시오. 대전사가 죽어버리면 후임 구하는 게 보통 일이 아니니까."

능숙한 인간어로 그렇게 말하며 나선 것은 검은 천 위에 금실로 복잡한 문양을 수놓은 화려한 법복을 걸친 오크였다. 다른 오크와 별로 다르지 않은 체구였지만 전신에서 발하는 기운이 범상치 않았다. 그 기운의 정체를 파악한 리리디카가 혀를 찼다.

"신성 마법? 오크 사제라니 이게 무슨……."

"이거 실례했군요. 나는 하이오크 파라둠, 위대한 프로토 오크를 모시는 제사장입니다."

그가 리리디카를 보며 우아하게 인사했다. 흡사 인간 귀족처럼 보이는 세련된 몸짓이었다.

그리고 저편에서 밀려서 쓰러졌던 라카둠이 끄응, 하고 몸을 일으켰다.

"면목없군. 설마 엘프까지 나올 줄은 몰랐어."

"아직 힘도 회복되지 않았으니 무리하지 말자고 했잖습니까."

파라둠이 이럴 줄 알았다는 듯 혀를 찼다. 이번 공격은 원래 계획에 없는 것이었으나, 라카둠이 소드 마스터들의 기량을 만만하게 보고 더 기다릴 것 없이 쳐들어가자고 주장해서 이루어진 것이다. 소드 마스터들이 만만해 보이는 것도 사실이었기 때문에 파라둠도 어쩔 수 없다는 듯 허락한 것이었는데 설마 드워프와 엘프가 참전해 올 줄이야.

"이번에는 부족함을 시인하고 물러가도록 하죠."

"어쩔 수 없군."

파라둠의 말에 라카둠이 혀를 찼다. 확실히 힘이 완전히 부활하지도 않은 상황에서 상성이 나쁜 오러 테이커까지 상대하기는 벅차다. 분하지만 파라둠의 의견에 따르는 수밖에 없을 듯했다.

"누구 맘대로 물러나?"

리리디카가 발끈해서 활을 겨누었다. 순간 그녀의 앞으로 섬광이 달려들었다.

퍼버버벙!

기민하게 펼쳐진 그녀의 오러 디펜더가 섬광을 막아냈다. 그 너머에서 파라둠이 손을 든 채로 말했다.

"오크의 대전사와 오크의 제사장을 한꺼번에 상대하고 싶다면 말리진 않겠습니다만?"

"큭… 교황급 마력인가?"

파라둠의 마력을 파악한 리리디카가 이를 갈았다. 파라둠은 리리디카를 공격하는 한편 치유의 힘을 일으켜 라카둠을 회복시키고 있었다. 라카둠의 부상이 급속도로 치유되어 가며 그의 오러마저도 충만해지는 것이 느껴졌다.

궁극의 신성 마법을 사용하는 교황급의 마력을 가진 성직자를 상대하는 것은 대마법사를 상대하는 것과 같다. 그들은 신이 내려준 지혜를 이용해 마력이라는 힘을 연마한 끝에 궁극에 도달한 존재이니까.

"형님, 후퇴 명령을."

파라둠이 하라두쿰을 보며 말했다. 하라두쿰은 미련없이 뒤로 물러나며 명령을 내렸다.

"전군 퇴각한다!"

"그럼 다음에 다시 뵙겠습니다. 그때는 우리의 진면목을 보여 드리도록 하죠."

파라둠이 정중하게 고개를 숙였다. 동시에 라카둠의 몸이 희미한 안개에 휩싸여 가속되더니 무시무시한 기세로 뒤로 물러나기 시작했다. 오러 테이커인 리리디카조차 따라갈 엄두가 안 나는 엄청난 속도였다.

썰물 빠지듯이 빠져나가는 오크 군단을 보며 사령관이 망설였다. 과연 그들을 추격해야 할지 말아야 할지 고민에 빠진 것이다. 하지만 적들에게 아직 충분한 여력이 남아 있고, 특히 엄청난 화력을 가진 하라두쿰과 라카둠, 파라둠의 존재 때문에 추적은 포기하기로 했다.

"젠장, 있는 대로 두들겨 대고 질렀다고 싹 물러가 버리다니."

리리디카가 투덜거리면서 성벽 위로 떠올랐다. 동시에 열심히 라카둠을 두들겼던 오러의 파편 중 상쇄되지 않고 남아 있던 것들이 그녀의 의지에 호응하여 회수되었다.

"칼로디엄! 일단 성벽으로 후퇴!"

[알겠습니다.]

철수하는 오크들을 계속 학살하던 칼로디엄이 성벽 쪽으로 달려오기 시작했다. 20미터의 거체가 쿵쿵거리며 달려오니 그 위압감이 보통이 아니다. 성벽에 있던 자들은 저도 모르게 화살을 날려 버릴 뻔했다.

칼로디엄이 도착하자 리리디카가 물었다.

"자서스의 상태는?"

7

라카둠과의 격돌에서 패배한 자서스는 중태에 빠져 있었다. 하지만 다행스럽게도 이 자리에는 드워프 사제들만 열 명이 있었고, 그 외에도 각 교단에서 파견된 인간 사제들이 잔뜩 있었다. 힐링 포션을 먹여가면서 사제들이 치유술을 쏟아붓자 금세 위험한 상황을 넘기고 회복세로 접어들 수 있었다.

"으윽……."

곧 자서스가 신음하며 눈을 떴다. 그 옆에 팔짱을 끼고 서 있던 리리디카가 코웃음을 치며 말했다.

"어이구, 무모하게 달려들더니 꼴좋다."

"리, 리리디카 보르드누스."

그녀를 본 자서스가 눈썹을 부르르 떨었다. 그가 불쾌한 기색을 드러내며 물었다.

"내가 정신을 잃은 사이에 도착한 건가?"

"오호호, 당신 목숨을 구해준 게 나라는 사실도 알아줬으면 좋겠는데."

"뭐, 뭐라고?"

자서스가 믿을 수 없다는 듯 눈을 부릅떴다. 그가 다른 드워프들을 돌아보며 눈빛으로 진위 여부를 묻자 그들이 한숨을 푹 쉬며 상황을 설명해 주었다. 설명을 다 들은 자서스가 코웃음을 쳤다.

"흥! 그럼 나를 구한 건 당신이 아니고 여기 질리언 경이로구만! 당신의 도움 따위 없었어도 문제없었을 거야!"

"어머나, 하여튼 쓸데없이 자존심은 높아서 억지를 부리네. 뭐, 좋아. 중요한 것은 당신이 꼴사납게 깨진 오크를 내가 격퇴했다는 거 아니겠어? 이게 바로 역량의 차이지."

"뭐라고? 말 다 했나?"

리리디카와 자서스의 치졸한 말다툼을 보고 있던 사람들은 고개를 절레절레 저었다. 엘프와 드워프를 처음으로 보게 되었는지라 그들의 신비감에 대해 기대를 걸고 있었건만 그 실체가 이럴 줄이야.

문득 리리디카가 고개를 휙 돌려서 질리언을 바라보았다. 그녀의 진녹색 눈동자를 마주한 질리언은 흠칫 놀랐다. 검은 머리칼을 휘날리는 그녀가 놀랄 정도로 아름다웠기 때문이다. 확실히 인간과는 다른 이질적인, 하지만 홀릴 듯한 아름다움의 소유자였다.

"아, 그러고 보니 인사를 해야지. 당신, 소드 마스터지? 나는 리리디카 보르드누스. 엘프 평의회의 인가를 받고 당신들을 돕기 위해서 온 빛의 전사단 소속 오러 테이커야."

"아, 네. 만나뵈어서 영광입니다. 저는 바르빌드 후작가의 질리언입니다."

"그렇군. 위에서 봤는데 당신도 제법 하던걸? 앞으로 잘 부탁해. 아, 근데 인간은 겉으로 봐서는 나이 알기가 힘든데, 혹시 몇 살이지?"

"스물두 살입니다."

"스물두 살? 우와, 어리네. 역시 인간은 굉장히 빨리 오러의 힘을 얻는구나."

리리디카가 눈을 휘둥그레 뜨며 놀랐다. 질리언은 조금 기가 막혔지만 자서스의 전례가 있었기에 따지는 듯한 느낌이 들지 않도록 조심하면서 물었다.

"리리디카 경……."

"경은 빼고. 우리한테는 그런 경칭 없어."

"그러죠. 리리디카 당신은 나이가 어떻게 되시는지?"

"나? 올해로 백여든여덟 살."

"……."

순간 쥐 죽은 듯한 정적이 퍼져 나갔다. 인간 기준으로 치면 20대 초반 정도로밖에 안 보이는 아름다운 여성이거늘, 자서스보다도 더 나이가 많다고 하니 놀랄 수밖에.

리리디카가 피식 웃었다.

"뭐, 당신들하곤 시간관념이 많이 다르니까 너무 불편해하지 말고. 아, 그렇지. 우리 전사단은 아마 사흘 후쯤에는 도착할 거야."

"사흘 후라고요?"

"응. 내가 칼로디엄하고 같이 날아왔기 때문에 먼저 도착한 거거든. 하지만 다들 바람의 정령과 물의 정령으로 고속 이동할 테니까 빨리 도착할 거야."

"바람의 정령과 물의 정령으로 고속 이동을 해요?"

질리언이 눈이 휘둥그레져서 물었다. 정령은 인간 마법사 중에서는 부리는 이가 거의 없는 존재였다.

그 말에 리리디카가 눈살을 찌푸렸다.

"당신, 우리에 대해서 아무것도 모르는구나?"

"아, 그, 그게……."

"요즘 젊은이들은 당연히 당신들에 대해서 잘 모르지, 리리디카."

당황한 질리언을 구해준 것은 불쑥 끼어든 할로드였다. 리리디카가 입술을 삐죽이며 투덜거렸다.

"칫. 나는 인간에 대해서 잘 안단 말야. 요즘 바이더스 제국에서 최신 유행하는 드레스 양식과 유행가도 알고 있다고. 한 10년 전쯤 것이긴 하지만."

"그거야 당신이 몸서리쳐지도록 심심해서 인간의 문화에 관심을 두어서 그런 거고. 우리 쪽에서는 당신 종족과 교류가 철저하게 차단되어 있으니 오래된 기록들을 뒤지지 않는 한 좀처럼 알 수가 없는 거라오. 덤으로 10년 전이면 이미 유행이 지나간 지 한참 오래이니 최신은커녕 케케묵은 취향이겠군. 그러니 마법사도 아닌 젊은이를 너무 괴롭히지 마시오."

"웃, 말 참 예쁘게 하네. 그런데 할로드 당신, 얼마 안 본 사이에 폭삭 늙었다?"

"…내가 당신을 보는 게 아마 15년 만 아니던가?"

"그랬던가? 하여튼 인간은 너무 빨리 늙는다니까."

"장수하셔서 좋겠수다."

자서스에 이어 리리디카에게도 늙었다는 소리를 들은 할로드가 못마땅한 표정으로 투덜거렸다. 그와 몇 마디 더 대화를 나눈 리리디카가 말했다.

"그럼 칼로디엄한테 물 좀 주고……."

"물?"

"나무니까. 성벽 안쪽에 뿌리를 내리게 할 테니까 물을 듬뿍 줘."

"……."

다들 반사적으로 칼로디엄을 바라보았다. 그 거대한 몸에 내장된 마법을 이용, 허공에 두둥실 떠올라서 성벽을 넘어온 칼로디엄은 다리 역할을 하는 뿌리를 땅에다 박아 넣고 있었다. 확실히 얼굴이 있는 부분만 아니면 거대한 나무로만 보이기도 한다.

리리디카가 말했다.

"그리고 사람들 소개도 좀 받고, 상황도 브리핑받고 싶은데. 지금 바로 될까?"

"바로 준비하겠습니다. 일단 숙소를 안내해 드릴 테니 잠시 기다려 주시지 않겠습니까?"

"그러지."

"리리디카님을 숙소로 안내해 드리게."

사령관이 기사 하나를 불러서 명령했다. 하지만 리리디카가 고개를 저으며 질리언을 가리켰다.

"아, 숙소는 됐고. 난 기다리는 동안 질리언 경에게 여기 안내를 좀 받고 싶은데."

"저, 저요?"

"그래, 당신."

리리디카가 흥미가 담긴 눈으로 질리언을 바라보았다. 왠지 도발적으로 보이는 그 눈에 질리언은 가슴이 두근거리는 것을 느꼈다.

'아, 아름답다.'

옛 전설들을 보면 하나같이 엘프의 아름다움을 칭송하곤 하는데, 실제로 보니 괜히 그런 게 아님을 알 수 있었다. 리리디카를 눈앞에서 본다면, 인간 여성과는 확연히 다른 개성을 가진 그 아름다움을 접하게 된다면 어떤 음유시인도 칭송하는 노래를 부르지 않을 수 없으리라.

질리언이 머뭇거리고 있자 리리디카가 물었다.

"싫어?"

"아, 아니, 아닙니다."

"질리언 경, 땡잡았군. 얼굴 빨개진 거 봐."

아르센드가 휘파람을 불며 야유했다. 질리언이 그를 바라보며 반격했다.

"아르센드 경, 지금 그 말 사모님한테 이릅니다?"

"이크, 이거 젊은이 놀리지도 못하겠구만. 그것만은 참아주게나."

그의 애처가다운 반응에 사람들이 다들 웃음을 터뜨렸다. 질리언은 피식 웃고는 리리디카를 이끌고 요새 안을 거닐었다.

질리언이 물었다.

"어디가 궁금하신가요? 일단 성벽을 한번 둘러보시겠습니까?"

"그럴까? 하지만 뭐, 소개는 천천히 해줘도 돼."

"네?"

"사실은 당신하고 좀 이야기를 하고 싶어서 구실을 붙인 거니까."

"저, 저하고요?"

예상치 못한 말에 질리언이 당황해서 물었다. 리리디카가 고개를 끄덕이며 대답했다.

"웅. 하늘에서 전장을 살펴보면서 느낀 건데… 당신만 좀 다르더라고. 그래서 흥미가 생겨서."

"다르다니 뭐가 말이죠?"

"소드 마스터 중에 당신만 다르더군. 인간은 자신의 오러가 가진 가능성을 모두 잃어버린 줄만 알았는데… 당신은 어설프나마 사용법을 알고 있었어."

"……."

질리언은 흠칫해서 그녀를 바라보았다. 그녀는 야생동물 같은 미소를 지은 채 질리언을 응시하고 있었다. 머리부터 발끝까지 그 속내를 파헤쳐 맛보고 싶다는 듯이.

질리언이 물었다.

"…그 말씀은, 엘프는 그런 기술을 잃어버리지 않았다는 말씀입니까?"

"내 말뜻을 알아들은 것을 보니 조상의 위업에 대해서 알고 있나 보군. 좋아, 먼저 대답해 줄게. 우리 엘프는 예전의 기술을 잃어버리지 않았을뿐더러 더더욱 발전시켰어. 모든 오러 테이커들은 빛의 전사단에 소속되어 기술을 교류하고 계승하지. 만약의 때를 대비해서 기록을 남기는 것도 게을리하지 않아. 그렇기에 우리의 기술은 단절되는 일 없이 발전되어 올 수 있었지."

"소드 마스터가 옛 힘을 잃어버렸다는 건 어떻게 확신하십니까?"

"그건 이미 오래된 이야기니까. 우리는 우리 자신에 대한 것만이 아니라 다른 종족에 대한 것도 기록해 두고 있어. 예전의 소드 마스터들이 어떤 식으로 오러를 운용했는지 역시 참고의 대상이지. 오러의 성질이 달라서 그대로 재현할 수는 없지만,

그것을 참고하고 연구함으로써 다양한 기법을 만들어낼 수 있었지."

"확실히 당신의 기술은 놀랍더군요."

질리언은 리리디카의 전투를 되새기며 고개를 끄덕였다. 수백 미터 바깥에서 적을 격멸하고, 그것으로도 모자라 쏘아낸 오러의 파편을 원격으로 제어해서 적을 공격하는 그 수법은 정말 기적 같았다.

리리디카가 말했다.

"대충 궁금해하는 건 다 대답해 줬지? 그러니까 내 궁금증도 좀 채워주지그래?"

"좋아요. 물어보시죠."

"왜 당신만 다른 사람하고 다른 방식으로 오러를 사용하지? 난 처음엔 인간들이 내가 안 보는 새 다시 옛 기술을 되찾았나 싶었는데 다른 소드 마스터들을 보니까 그건 아니더라고?"

"당신 말대로 나는 다른 소드 마스터들과는 다르니까요. 다른 인식을 갖고 다른 방식으로 기술을 연마했기 때문에 그런 겁니다."

"다른 인식이라……. 당신 후작가의 자식이라며? 그럼 다른 사람들하고 같은 방식으로 소드 마스터가 된 것 아닌가?"

그 말에 질리언이 눈살을 찌푸렸다. 그녀가 말하는 투를 보니 소드 마스터 속성법에 대해서도 알고 있는 눈치가 아닌가?

"그렇습니다."

"그런데 어떻게 다른 인식을 갖는 게 가능했지?"

"어떤 사람을 만났기 때문이죠. 우리의 선입견을 산산조각으로 부숴준 사람을."

"호오, 그도 소드 마스터인가?"

"소드 마스터… 였죠."

"음?"

과거형을 띤 질리언의 대답에 리리디카가 고개를 갸웃했다. 질리언이 덧붙였다.

"지금은 소드 마스터가 아니라는 의미입니다. 우리가 싸우는 적 중에 모습을 드러내지 않은 베이런 크로네스라는 남자가 그에게서 오러의 힘을 강탈했으니까요."

"오러의 힘을 강탈?"

리리디카가 눈을 휘둥그레 떴다. 질리언이 고개를 끄덕였다.

"네. 그래서 그는, 우리를 놀라게 할 정도의 힘을 갖고 있었지만 이젠 더 이상 소드 마스터가 아니죠."

"잠깐. 그게 가능한가? 팔다리를 잘라낸다고 해도 오러의 힘이 사라질 리가 없는데? 도대체 어떻게 그렇게 된 거지?"

"그건 저보다는 할로드 경에게 물어보는 게 나을 겁니다. 저는 구체적으로 어떻게 그렇게 된 것까지는 모르니까요."

"할로드? 알겠어. 아, 그럼 미안하지만 할로드에게 가볼게."

"그, 그러시죠."

리리디카가 곧바로 흥미의 대상을 바꾸자 질리언은 아쉬움을 느끼면서 대답했다. 그런 그의 마음은 모르는 리리디카는 온 길을 되돌아가다가 문득 뒤를 돌아보며 물었다.

"아, 그런데 혹시 그 오러의 힘을 빼앗겼다는 소드 마스터…
그의 이름이 뭐지?"

질리언은 쓴웃음을 지으며 대답해 주었다.

"라곤 클란드입니다."

8

"오크 메이지 양산은 순조로운 것 같습니다."

베이런은 오랜만에 얼어붙은 성으로 돌아와서 보고했다. 성
의 한구석에 있는 거대한 방, 갖가지 크기의 톱니바퀴가 맞물
려 돌아가는 방에서 뭔가를 열심히 만지작거리고 있던 아이오
네스가 그를 돌아보았다.

"성공적이었나?"

"네. 한 스무 마리 중에 하나 정도는 오크 메이지가 되니까
요. 오크 히어로보다 훨씬 안정적으로 만들어낼 수 있으니까
저쪽에서도 좋아하는 기색입니다."

"그렇군. 뭐, 꽉꽉 실험해서 만들어주면 줄수록 나는 데이터
가 많아지니까 좋지."

"그런 식으로 마법 전력까지 보충되면 조만간 크루세스 요
새는 뚫어버리겠죠."

"그건 지금도 좀 무리하면 가능하지 않겠나? 하이오크 삼귀
장이 몸을 사리고 있어서 그렇지 전력을 모두 투입해서 사생

결단을 내자면 낼 수 있겠지."

"그렇긴 합니다. 인간들 측은 어떻게 생각하고 있는지 모르지만, 하라두쿰은 어디까지나 지금을 자신들의 전력을 시험하는 단계로 보고 있으니까요. 꽤나 신중하게 양산된 오크 히어로와 오크 메이지의 '성능'을 파악해 보고 효율성을 따져 보고 있는 거겠죠."

"그도 오크로서는 꽤나 심계가 깊으니까. 내가 준 마법들도 신중하게 검토해 본 후에야 익히고 있겠지."

"그런 것 같습니다."

"하지만 곧 그도 확신을 갖게 될 거야. 내가 준 마법들이 자신을 괴롭히는 천 년의 공백을 메워주는 완벽한 것들이라는 것과 자네와 내가 만들어주는 오크 히어로와 오크 메이지는 완벽한 전력이니 믿고 써도 된다는 것을."

"그렇겠죠. 실제로 완벽한 전력이고."

오크들의 전력이 지금처럼 강성해진 것은 모두 아이오네스와 베이런 덕분이다. 두 사람은 오크들에게 오크 히어로라는 강력한 무력과 오크 메이지라는 마법 전력을 양산할 수 있는 수단을 제공했다. 그 결과 인간들은 전례없이 강력한 오크 군대를 맞이하여 사투를 벌여야 했던 것이다.

하지만 지금까지는 전초전에 불과했다. 이제까지의 모든 공격은 하라두쿰에게는 모여든 오크 부족들이 일으키는 불협화음을 정리하고, 신뢰하기 어려운 협력자들로부터 받은 강력한 병기의 성능을 검토해 가는 과정이었던 것이다. 하지만 그도 곧 자신에게 제공된 것들에 대한 신뢰를 굳히게 될 것이고, 그때가 바로 인간들에게 진정한 위기가 닥치는 때였다.

아이오네스가 물었다.

"프로토 오크의 부활은?"

"아직 깨어나지 못하는 것 같습니다. 파라둠은 '신앙이 부족하다'고 하더군요."

"오크들이 프로토 오크를 믿는 마음이 부족하다 이 말인가? 하긴, 프로토 오크는 오크의 신이니 오크들에게 섬겨지는 것이 가장 중요하겠지."

아이오네스는 바렐의 숲에 봉인되어 있던 프로토 오크와 하이오크 삼귀장을 현세에 부활시켰다. 하지만 자신의 백성들인 오크들에게조차 잊힌 프로토 오크는 좀처럼 의식이 깨어나지 못하고 있었다. 하이오크 삼귀장의 힘이 완전치 않은 것은 그들에게 초월적 권능을 부여하는 프로토 오크가 깨어나지 않았기 때문이다.

하라두쿰이 신중한 행보를 보이고 있는 것에는 그런 이유도 작용하고 있었다. 전장의 활약을 통해 내부의 불만을 없애고 그들을 하나로 모으는 한편, 상식적으로 있을 수 없는 이적들을 통해 오크들에게 프로토 오크에 대한 신앙심을 주입시키고 있는 것이다.

아이오네스가 말했다.

"그가 깨어날 때까지 얼마나 시간이 필요할지 모르겠군. 나는 이미 준비를 마쳤으니 더 이상 기다릴 필요가 없는데."

"신이 기다리게 한다고 해서 인간이 짜증을 내는 것도 좀 문제가 있지 않습니까?"

"무슨 상관인가? 인간의 신도 아니고, 나의 신은 더더욱 아닌 것을."

아이오네스가 미소 지었다. 소름 끼칠 정도로 차갑고 아름다운 미소였다.

CHAPTER 11
마검현신(魔劍現身)

①

리할드 왕국력 356년 9월.

사납기까지 했던 여름이 순식간에 지나가고, 단풍이 알록달록하게 물드는 가을이 찾아왔다. 대지는 언제 뜨겁게 달아올랐냐는 듯 시원하게 식어가고, 농부들은 황금 들판을 거닐며 점점 다가오는 수확의 때를 기다렸다.

그리고 라곤은 마침내 긴 은둔을 깨고 세상에 나갈 준비를 하고 있었다.

"아, 크루세스가 멀긴 멀어."

필요한 짐을 챙긴 라곤이 지도를 보면서 투덜거렸다. 왕도에서 크루세스까지는 정말 멀었다. 말을 타고 달려간다고 해도 일주일 정도는 걸릴 거리였다.

예전에는 천공의 궤적을 사용해서 단숨에 날아갈 수 있었지만, 이제는 소드 마스터가 아니니 그럴 수도 없다. 차분하게 지도를 봐가면서 이동해야만 했다.

그 옆에서 알렉스가 조심스럽게 물었다.

"언제까지 다녀오시는 거예요?"

감추려고 애쓰고는 있었지만 얼굴에 희색이 만연하다. 입이 양옆으로 찢어지는 것을 주체할 수가 없는 것 같았다.

이유는 물론 라곤이 저택을 비우기 때문이다. 지금까지 하루가 멀다 하고 지옥 같은 훈련이 계속되어 왔는데, 라곤이 한동안 자리를 비우니 어찌 좋아하지 않을 수 있겠는가?

그런 알렉스를 라곤은 한심해하며 바라보았다. 마음 같아서는 전장으로 끌고 가고 싶었지만 그러기에는 이놈이 아직 너무 미숙했다.

그래도 라곤에게 반년이나 지옥훈련을 받으면서 실력이 많이 좋아지긴 했다. 요즘은 용병들 상대로 평균적으로 5, 6연승 정도는 거두게 되어서 용병들도 바짝 긴장하고 있었다. 하지만 소드 마스터가 목표라는 생각을 하면 정말 갈 길이 멀다.

"글쎄, 뭐 오고 가고 하는 시간에, 전장에서 머무는 시간까지 생각하면 적어도 한 달 정도는 있겠지."

"하, 한 달이나요?"

알렉스가 눈을 반짝 빛냈다. 그 표정은 정말 지옥에서 구세주를 만난 사람의 그것이었기에 라곤이 눈썹을 치켜올렸다.

"너무 좋아한다?"

"아니, 저는 어디까지나 매형에게 가르침을 받는 소중한 시간이 한 달 동안이나 사라질 것을 생각하니 마음이 아파서……."

"말은 잘한다. 뭐, 그동안 짜놓은 훈련 스케줄대로 잘해라. 다녀와서 내가 생각한 만큼 늘었는지 확인할 거니까 만약 게으름 부렸다간……."

라곤이 위험한 미소를 지었다. 알렉스는 등골이 오싹해지는 것을 느끼며 고개를 끄덕였다.

"물론이죠! 걱정 마시라고요. 돌아오셨을 때는 완전히 달라진 저를 보실 수 있을 겁니다!"

"기대하마."

라곤은 배낭에 필요한 것들을 다 쑤셔놓고는 방을 나섰다. 바깥에서 기다리고 있던 카알이 불안해하는 기색으로 물었다.

"정말 괜찮으시겠습니까?"

"아, 몇 번이나 말했잖아. 괜찮다니까."

"하지만 너무 이른 게……."

"괜찮아."

라곤이 딱 잘라서 대답했다.

카알이 걱정하는 것은 라곤이 너무 성급하게 전장으로 나선다는 점이었다. 라곤이 카알과 만나 본격적으로 마법을 터득한 지는 이제 고작 1년 2개월이 지났을 뿐이다. 지금으로부터 4개월 전만 해도 라곤은 아직 자신이 생각하는 완성도를 2할

이라고 말하며, 오크 히어로와 싸웠을 때 전혀 승산이 없다고
했다. 그런데 고작 4개월 만에 몇 가지 마법을 더 완성하더니
전장으로 떠나 지금의 기량을 확인하고 오겠다고 결정한 것이
다.

　라곤이 말했다.

　"나도 무리는 안 해. 당장 오크 히어로하고 싸울 생각도 없
고. 다만 실전에서 내가 머릿속으로 판단한 게 맞는지 확인해
볼 필요가 있으니까 가는 거라고."

　"절대 무리는 하지 마세요. 약속해 주시지 않으면 못 갑니
다."

　"원 참. 알았어. 절대 무리는 안 할게."

　"약속까지 하셨으니 믿고 기다리죠."

　"그동안 다음에 가르쳐 줄 주문들이나 공부해 둬. 요즘 많이
밀렸잖아."

　"그러죠."

　카알이 한숨을 쉬었다. 확실히 시에나가 구해다 갖다주는
주문들은 카알의 수준을 넘어서는 것들이 있어서 그것을 해석
하고 터득해서 라곤에게 가르쳐 주는 과정에서 생각보다 시간
이 많이 낭비되고 있었다.

　이렇게 되면 라곤은 그냥 다른 고위마법사를 초빙하면 그만
이겠지만 굳이 카알을 믿고 맡겼다. 그러니 카알로서는 마법
사로서의 탐구심과 향상심을 넘어서 어떻게든 그 믿음에 보답
하기 위해 필사적이 될 수밖에 없었다.

라곤이 말했다.

"그럼 다녀올게. 알렉스, 잘하고 있어야 된다."

"네. 무사히 다녀오세요."

알렉스는 힘차게 대답했다. 물론 속으로는 라곤 따위, 전장에서 죽어버리라고 욕하고 있었다. 라곤이 죽어버린다면 자신은 더 이상 지옥의 시간이 돌아올 것을 걱정하지 않아도 될 테니까.

두 사람에게 작별을 고한 라곤은 비행 마법을 써서 두둥실 날아올랐다. 그리고 빠른 속도로 크루세스 쪽을 향해 날아가기 시작했다.

말을 타고 길을 따라 달리는 것보다 지형을 무시하고 날아가는 게 빠르다고 판단했고, 또 가면서도 계속 마법을 연마할 생각으로 비행 마법을 선택한 것이다. 라곤의 경우 지금 마력이 고위마법사들을 초월하는 수준이었기 때문에 비행 마법으로 날아가는 속도도 굉장히 빨랐다.

멀어져 가는 라곤을 보던 카알이 한숨을 쉬며 투덜거렸다.

"라곤 경, 분명히 무모한 짓을 할 것 같은데……."

그동안 곁에서 지켜보며 파악한 그의 성품으로는 뭔가 큰일을 벌일 것만 같다. 카알은 불길함을 지우지 못한 채 고개를 설레설레 저었다.

2

크루세스의 전황은 4개월 전이나 지금이나 별로 달라진 게 없었다. 산발적으로 오크들이 공격을 가해오고, 격퇴하고, 가끔은 이쪽에서도 쳐들어가는 식으로 지루한 소모전이 계속된다.

엘프와 드워프의 지원군이 도착한 후로 한번 대대적인 공격을 감행해서 오크들이 점령한 세 개의 개척도시 중 하나, 이제는 완전히 요새화된 카델을 탈환해 보려는 시도도 있었지만 결과는 완전히 실패. 거의 천 명에 가까운 병력을 잃고 물러나야만 했다.

"신경질 나네. 저것들은 도대체 무슨 수로 오크 히어로를 저렇게 찍어내는 거지?"

리리디카는 성벽 난간에 걸터앉은 채 투덜거렸다.

그녀는 크루세스에 합류한 이후 4개월간 오크 히어로를 열넷이나 격퇴했다. 자서스도 그에 지지 않겠다는 듯 활약했지만 아직 그녀에게 다섯 마리 뒤처지고 있었다.

그 기간 동안 오크 히어로 격퇴 수 3위를 달리고 있는 것은 질리언으로, 그도 다섯이나 되는 오크 히어로를 격퇴했다. 다른 소드 마스터들은 고작해야 둘이나 셋 정도씩 해치웠을 뿐이고, 최연장자였던 윌로우 에레스 같은 경우는 열흘 전에 중상을 입고 후방으로 후송되었다.

어쨌든 4개월간 격퇴한 오크 히어로의 숫자가 무려 서른다섯 마리다. 문제는 그 후에 계속 새로운 오크 히어로가 나타나서 아직도 활동 중인 녀석들이 스물이 넘어간다는 데 있었다.

이건 아무리 봐도 정상이 아니다. 마법사들이 매일같이 오크들의 동태를 살피며 상황을 분석하고 있었지만 답이 안 나왔다.

덕분에 왕국에서는 은퇴한 소드 마스터들을 복귀시키려는 움직임이 보이고 있었다. 바르빌드 후작가의 크루소를 비롯해서 몇몇 은퇴자들은 아직 현역에서 뛰어도 될 만한 전투력을 유지하고 있었으니 매달리고 싶어지는 것도 당연했다. 하지만 강제로 그럴 수는 없는 노릇이라 일단 국왕이 직접 요청을 넣은 상태고, 그들도 고민하고 있는 것 같았다.

할로드가 그 옆에서 한숨을 푹 쉬었다.

"오크 히어로만 찍어내면 다행이지. 오크 메이지도 찍어내니까 문제 아니겠소."

오크들의 전력은 점점 더 강해지고 있었다. 이쪽이 압도적으로 우위를 보였던 마법 전력조차도 강력한 마력을 기반으로 몇 가지 마법만 집중적으로 날려대는 변종 오크 메이지가 엄청난 속도로 불어나면서 점차 힘이 부치게 되었다. 이대로 가다간 몇 개월 내에 그들의 전력을 감당하지 못하고 무너지게 될 것이라는 암울한 예측이 지배적이었다.

리리디카가 투덜거렸다.

"다른 나라들은 여전히 움직여 줄 기미 없지?"

"그렇지. 연합을 해도 아마 우리나라가 망한 후에나 할 거요."

"인간들이란."

리리디카가 경멸 어린 목소리로 투덜거렸다. 오팔리안 제국은 이미 리할드 왕국만의 문제가 아니다. 이렇게 싸움이 계속되다가 리할드 왕국이 무너지면 그때는 인간이라는 종과 오크라는 종이 서로 패권 다툼을 하는 형국이 될 것이다.

그런 상황인데도 불구하고 주변 국가들은 자국의 이익을 생각하며 몸을 사리고 있었다. 그것은 아마도 인간이라는 종족이 엘프나 드워프에 비해 훨씬 수가 많고 이익에 민감하기 때문이리라.

리리디카가 고개를 갸웃했다.

"하지만 정말 이상해. 우리 기록에도 프로토 오크에게 오크 히어로나 오크 메이지를 찍어내는 권능이 있었다는 이야기는 없는데……."

"천 년이나 지났으니 저 더러운 것들의 신이 또 이상한 권능을 개발하기라도 한 모양이지. 마법도 발달하는데 신의 권능이 발달한다고 해서 이상할 것 같지는 않군."

"하긴."

리리디카가 고개를 끄덕였다. 할로드가 말했다.

"게다가 요즘 녀석들의 움직임이 변한 것도 신경 쓰이는 부분이오."

"확실히. 바보스러울 정도로 정직했던 녀석들 답지 않지."

요즘 오크들은 전술을 바꿔서 크루세스 수비군의 허를 찌르는 일이 많아지고 있었다. 이전까지 계속 지루할 정도로 정면으로 달려들어서 공성전을 벌이는 일만 계속하더니, 이제는 오크 히어로들을 중심으로 한 소수 병력으로 산악 지형을 우회해서 강습해 오는 작전들을 구사하고 있었던 것이다.

생각해 보면 오크 히어로라는 전술 병기가 남아도는 입장에서는 당연히 사용했어야 할 작전이다. 그런데 왜 이제야 그런 발상을 실천으로 옮기는 건지 의아할 지경이었다. 단순히 오크들이 머리가 나빠서 그렇다고 생각하기에는 하라두쿰을 비롯한 하이오크 삼귀장이라는 존재가 있지 않은가?

"뭔가 있긴 있어. 이놈들의 이해 안 가는 행동 뒤에는 우리가 읽지 못하는 큰 그림이 존재하고 있을 거야."

지휘관인 하라두쿰이 생각하는 것은 도대체 무엇일까?

그리고 프로토 오크는 어째서 모습을 드러내지 않는 것일까?

의문은 수도 없이 많았다. 꾸준히 정찰을 보내고, 마법으로 적들을 관측했지만 그 의문들은 풀릴 기미가 보이지 않는다.

리리디카가 먼 곳을 바라보며 말했다.

"슬슬 도착할 때군."

윌로우가 중상을 당한 전투 이후 열흘간 조용했던 오크들의 군대가 움직이는 것이 정찰대에게 포착되었다. 요새의 병력들은 이미 전투태세에 들어가 적이 다가오기만을 기다리고 있었다.

곧 망루에서 뿔나팔 소리가 울려 퍼지면서 숲을 헤치고 오크의 대부대가 다가오기 시작했다.

리리디카는 한숨을 쉬며 몸을 일으켰다.

"움직이는군. 그럼 가볼까."

이곳에 올 때만 해도 전장의 자극을 기대하고 있던 그녀지만 이제는 한시라도 빨리 벗어나고 싶었다. 그만큼 전투가 일상이 된 시간이 오래된다는 것은 끔찍한 일이었으니까.

"호기심은 고양이도 죽인다고 했던가?"

"갑자기 웬 인간의 속담을?"

"아니, 그냥. 내 처지가 그것과 같다는 생각이 들어서. 여기서 벗어날 수 있으면 라곤 클란드라는 녀석이나 만나보고 싶은데……."

"그러고 싶다면 일단 눈앞의 오크들이나 어떻게 해보시오."

"그러지."

리리디카가 어깨를 으쓱하며 대답했을 때다. 갑자기 오크들 사이에서 지금껏 보지 못한 뭔가가 고개를 쳐들었다.

크워어어어어!

섬뜩한 포효가 울려 퍼졌다. 리리디카가 깜짝 놀라서 그것을 바라보았다.

"저건 또 뭐야?"

3

오크들이 돌격용으로 사용하는 오우거나 미노타우로스와는 다른, 기괴한 뭔가가 고개를 쳐들고 포효하고 있었다. 갖가지 짐승을 열기로 녹여서 이어 붙인 것 같은 역겨운 모양새에 갑각류의 그것과 같은 껍질이 몸 여기저기 붙어 있었고, 특히 비정상적으로 크고 긴 양팔은 빈틈없이 그것으로 둘러싸여 있었다.

할로드가 투덜거렸다.

"키메라까지? 하라두쿰 이 작자, 정말 가지가지 하는군."

9서클의 궁극 주문을 사용하는 마법사이니만큼 무슨 일을 벌여도 이상하지 않긴 하지만, 지금까지 전혀 내보이지 않았던 키메라라는 카드를 들고 나올 줄은 몰랐다. 지금 열 마리 정도가 모습을 드러낸 키메라들은 거의 같은 형태를 하고 있었고, 몸에 갖가지 마법을 박아 넣어서 강력한 마력 파동을 발하고 있었다.

"엄청 큰 것들이군. 저것들부터 격퇴해야 하나?"

"그렇겠지. 저런 것들이 성벽까지 다가오면 곤란해질 거요."

"그럼 우선적으로 격퇴하지."

리리디카는 고개를 끄덕이고는 자신이 전개한 오러의 파편을 타고 허공으로 날아올랐다. 그사이 집결한 궁수들이 쏘아낸 화살들이 고스란히 오크들에게 떨어지는 것을 본 할로드가 눈을 빛냈다. 굳이 키메라라는 새로운 전력을 투입하면서도 하라두쿰은 전장에 나서지 않은 것이다. 그렇다면 저것이 제대로 위력을 발휘하기도 전에 자신이 마법으로 격퇴해 버리면 그만이다.

"리리디카! 좌측은 내가 맡겠소!"

할로드는 주저없이 궁극 주문의 영창을 시작했다. 다가오기 전에 미티어 스트라이크로 혼비백산하게 만들어줄 생각이었다.

곧 그의 주문이 완성되었다. 그가 마력을 전개하며 하늘을 가리키자 하늘이 불타며 거대한 불덩어리가 오크들에게로 떨어져 내렸다. 오크들이 비명을 질러댔지만 하라두쿰이 없다면 궁극 주문을 막아낼 수 있는 방법 따윈 없다.

그런데 그때였다. 키메라들이 몸을 숙이더니 양팔을 땅에 박아 넣었다. 그리고 몸을 둥글게 말자 등을 덮은 갑각류의 껍질이 갈라지더니 그 속에서 새파란 빛이 흘러나왔다. 그 위쪽 허공에 빛으로 그려진 입체 마법진이 떠오르면서 강력한 마력 파동이 퍼져 나간다.

"저건 뭐야?"

할로드가 눈을 크게 떴다. 그리고 다음 순간 미티어 스트라이크가 작렬하며 폭염이 사방을 휩쓸었다.

콰아아아아아!

장대한 불의 파도가 반경 수백 미터를 뒤덮었다. 단번에 수천의 병력을 새카맣게 불태울 수 있는 그 위력은 궁극 주문이라는 말을 듣기에 부족함이 없었다.

그러나 흩어지는 불꽃 속에서 드러난 광경은 크루세스의 병력을 경악시켰다. 할로드가 믿을 수 없다는 듯 중얼거렸다.

"말도 안 돼. 궁극 주문을 막아내는 결계를 발생시키는 키메라라고?"

키메라들의 몸 안쪽으로부터 발생한 방어막이 서로 공명하며 확장, 오크들의 머리 위를 덮고 미티어 스트라이크를 막아낸 것이 아닌가? 가장 피해가 끔찍했을 폭심지에 있던 오크들조차 거의 피해를 입지 않았다. 방어막이 미치지 않는 곳에 있던 오크들만이 죽어나갔을 뿐이다.

크워어어어!

키메라들이 방어막을 거두고 열렸던 등껍질을 닫으며 다시금 포효했다. 그러면서 땅에 박았던 양손을 뽑아서 앞으로 향하자 이번에는 팔을 타고 그려진 복잡한 마법의 문신이 빛을 발한다. 그 앞쪽에서 수십 발의 커다란 파이어 볼이 떠오르더니 지름 30센티 정도까지 응축, 엄청난 속도로 발사되었다.

"가속 파이어 볼?"

생각지도 못한 개량형 주문에 할로드가 눈을 크게 떴다. 화살만큼이나 빠르게 날아온 수십 발의 파이어 볼이 크루세스의 성벽을 두들겼다.

콰콰콰쾅!

열기가 끓어오른다.

크루세스의 방어막이 발동하면서 그것을 막아냈지만, 집중타가 가해지자 버티지 못하고 뚫리고 있었다. 성벽 위의 병력이 화염에 휩싸여 비명을 질렀다.

"큭, 빌어먹을 잡것들이 감히!"

"할로드! 똑바로 해! 일단 하나씩 해치운다!"

리리디카가 할로드에게 일갈하며 활을 들어 올렸다. 기세등

등하게 다가오는 오크 병력들 사이에서 오크 히어로들이 튀어나오자 소드 마스터들도 출격 준비를 했다. 마법사들과 사제들 역시 마력을 전개하며 오크 히어로들을 분산시킬 준비를 마쳤다.

먼저 나선 것은 엘프 마법사들이었다. 그들이 마법을 사용하자 전장에 정령들이 나타나기 시작했다.

화르르륵!

제일 먼저 불의 정령들이 출현했다. 불 그 자체로 만들어진 도마뱀의 형상을 띤 불의 정령들이 위협적인 열기를 가하며 오크들 사이를 누비기 시작했다. 오크들이 비명을 지르며 무기를 휘둘렀지만 불길이 약간씩 흩어졌다 다시 뭉쳐질 뿐, 전혀 타격을 입지 않는다. 오로지 오러와 마법만이 정령에게 타격을 줄 수 있었다.

쉬이이이!

뒤이어 바람의 정령들이 출현했다. 투명한 녹색 기류로 보이는 그것은 깔깔거리는 소리를 내며 오크들 사이에 돌풍을 일으켰다. 불의 정령이 그 바람 속으로 들어가자 화염의 소용돌이가 일어나 오크들을 사정없이 유린한다.

콸콸콸!

물의 정령은 물이 없는 이 전장에서는 다소 활약이 약한 존재였다. 하지만 곧 땅이 갈라지며 지하 수맥으로부터 끌어올려진 물이 솟구쳤다. 오크들이 흠칫하는 순간, 콸콸 솟구치는 물기둥에서 인간 여성을 닮은 얼굴이 나타나는가 싶더니 입을 벌리고 물줄기를 쏘아냈다. 그들이 난데없이 물벼락을 맞고 물러나자 갑자기 기온이 급격하게 내려가면서 그 물이 얼음으로 화했다. 오크들이 얼어 터지는 몸을 보면서 비명을 질렀다.

쿠르르릉!

땅의 정령은 흙과 암석이 한데 모여 거대한 괴물의 형상을 이루고 있었다. 처음에는 작은 것들에 불과했으나 엘프 마법사들이 자신이 불러낸 정령들을 하나로 모으자 오우거 이상으로 거대한 덩치를 가진 괴물로 화해서 오크들을 유린하기 시작했다.

물론 이런 정령들의 기세도 마냥 계속되지는 않았다. 오크 히어로들이 전면에 나서서 오러 블레이드를 전개하자 제대로 저항조차 하지 못하고 쓸려 버리고 만다. 거기에 오크 메이지들의 마법이 연속적으로 격중되자 비명을 지르며 흩어져 갈 수밖에 없었다. 하지만 그때는 이미 오크들이 충분히 타격을 입은 후였다.

뿌우우우우!

그때 후방에서 뿔나팔 소리가 울려 퍼졌다. 할로드가 깜짝 놀라서 뒤를 돌아보았다.

"설마! 양동작전인가?"

뿌우우우우!

그렇게 생각한 순간 또 다른 방향에서 뿔나팔 소리가 울려 퍼졌다. 마법 통신을 통해 상황을 파악한 할로드가 신음했다.

"주력을 앞에 두고 양쪽에서 동시에 치는 건가? 우리 소드 마스터들을 분산시킬 생각이군. 젠장!"

오크 히어로를 필두로 한 소수의 오크들이 산을 타고 돌아서 각기 다른 방향에서 급습해 온 것이다. 이렇게 되면 이쪽은 가뜩이나 적은 초인 전력을 분산시켜서 그들에게 맞서야만 했다. 최악의 사태였다.

질리언이 나섰다.

"제가 가겠습니다."

그때 할로드가 그를 말렸다.

"잠깐! 한쪽만 가면 될 것 같군."

"한쪽만? 무슨 말씀입니까?"

의아해하는 질리언에게 할로드가 한쪽을 가리켜 보였다.

"저쪽에는 정체가 식별되지 않은 마법사가 와서 오크 히어로와 잘 싸우고 있다고 하니 잠깐 믿고 맡겨도 좋을 것 같네. 일단 다른 쪽으로 가서 싸우게."

"마법사?"

질리언은 어리둥절해하며 중얼거렸다.

4

라곤이 크루세스에 도착했을 때는 한창 전투의 소음이 울려 퍼지고 있었다. 하늘을 날면서 그것을 본 라곤이 피식 웃었다.

"이야, 이거 기가 막힌 타이밍에 왔는걸."

실전을 경험해 보기 위해 왔는데 마침 그를 기다린 것처럼 전투가 벌어지고 있는 게 아닌가?

그는 가슴이 두근거리는 것을 느꼈다. 얼마 만에 돌아오는 전장이란 말인가? 그토록 지긋지긋했던 전장에 돌아오니 가슴이 두근거렸다니, 그도 역시 무수한 전투 속에서 심성이 망가져 버린 전투 중독자에 불과한 모양이다.

"음?"

성의 병력에게서 공격을 받지 않도록 천천히 접근해 가던 라곤은 문득 이상한 기척을 느꼈다. 얼마 떨어지지 않은 곳에서 뭔가 익숙한 파동이 느껴지는 것이 아닌가?

'오크 히어로?'

모습은 보이지 않았지만 이 파동은 분명 오크 히어로가 발하는 오러의 파동이다. 순간적으로 자신의 감각을 의심했던 라곤은 주의 깊게 숲을 바라보다가 마침내 확신했다. 계속 주시하자 풀숲이 움직이는 뭔가에 밀려 흔들리는 것이 보였기 때문이다.

'투명화 마법이군.'

그것을 파악한 라곤은 즉시 그곳을 향해 손을 뻗었다. 그러자 그의 주변에서 다섯 발의 포스 볼트가 떠올라서 공간을 가로질렀다.

파바바바밧!

곧 아무것도 없는 공간에서 붉은 섬광이 번뜩이며 포스 볼트를 쳐 날렸다. 동시에 투명화 마법이 깨지면서 50마리 정도 되는 오크들이 모습을 드러냈다.

"크르르……."

그 선두에 선 오크 히어로가 험악하게 으르렁거리면서 라곤을 올려다보았다. 라곤은 식은땀이 흐르는 것을 느끼면서 웃었다.

"빙고. 이거 잘못하다가는 카알 경한테 한 약속을 일주일도 안 되서 깨게 생겼는걸."

오자마자 대뜸 오크 히어로와 마주하게 되다니 최악의 전개다. 붉은 오러 블레이드를 보니 호승심이 불같이 일어나기는 했지만, 라곤은 자신의 역량을 냉정하게 파악하고 있었다. 지금은 아직 오크 히어로와 정면대결을 펼칠 때가 아니다.

"크워어어어!"

오크 히어로가 울부짖으며 달려오기 시작했다. 라곤이 혀를 차며 손을 들어 올렸다. 주문은커녕 시동어조차 없이 파이어 볼이 떠올라서 날아들었다.

화아아아악!

아무런 조짐도 없이 발동한 파이어 볼을 오크 히어로가 놀라서 받아냈다. 라곤이 손을 조금씩 움직이는 것만으로도 일곱 발의 파이어 볼이 연타로 날아들었다. 불길이 쉬지 않고 더해지자 그 기세가 거의 파이어 스톰에 필적할 정도였다.

라곤은 뒤에서 구경하고 있는 오크 돌격대에게도 파이어 볼 두 발을 던져 준 다음 성벽 안으로 도망치려고 했다. 하지만 문득 그가 허공에서 우뚝 멈춰 서고는 짜증을 냈다.

"아, 젠장. 난 역시 바보로군."

다른 사람에게 미친 짓이라고 욕먹어도 할 수 없었다.

가슴이 뛰고 있다.

지금 이 순간, 목숨을 걸고 오크 히어로와 맞서 싸우라고, 이것은 다시없는 기회라고 자신의 충동이 유혹하고 있었다.

'카알 경, 약속 어겨서 미안.'

마음속으로 카알에게 사과하면서 라곤은 새로운 주문을 발동시켰다.

'스피릿 액셀.'

주문이 발동하는 것과 동시에 그의 정신이 가속하기 시작했다. 주변의 움직임이 방금 전에 비해서 지루할 정도로 느려 보인다. 수천 번에 걸쳐 숙련하고, 대마법사급의 마력을 부어넣은 스피릿 액셀은 다섯 배 이상의 가속 효과를 보여주고 있었다.

'소울 부스트.'

라곤의 몸이 안개 같은 빛에 휘감겼다. 동시에 전신에 활력이 차오르고 정신이 무섭도록 맑아지는 것이 느껴진다. 스피릿 액셀에 의한 가속효과가 두 배 가까이 더 올라가고 있었다.

'게일 스피릿.'

거기에 얼마 전에야 마스터한 6서클의 가속 주문이 더해졌다. 한계까지 가속된 것 같았던 정신이 한 차원 더 빨라지면서 주변의 모든 것이 하품 나도록 느리게 느껴지고, 육체의 움직임까지 네 배 이상 빨라지며 지독하게 벌어져 있던 간극을 메웠다.

'에너지 스킨, 아머 오브 파워. 오우거 파워.'

몸을 감싸는 방어 주문 두 개와 괴력을 부여하는 근력 증가 마법이 순차적으로 발동되었다. 정신의 속도가 한계까지 가속된 덕분에 마법 술식의 연산도 무시무시하게 빨라졌다. 그 모든 마법들을 자신의 남아도는 마법 회로에 새겨 유지시킨 라곤은 마침내 검을 뽑아 들었다.

"스트라이크 소드."

읊조려지는 시동어와 함께 검에서 섬광이 솟구쳤다. 여기까지 걸린 시간은 고작 3초. 마침내 라곤이 때려 넣은 파이어 볼의 화염을 뚫고 오크 히어로가 뛰쳐나왔다.

'보인다!'

엄청난 속도로 달려나오는 오크 히어로의 움직임이 보인다. 여전히 보통 인간에 비교하면 섬뜩할 정도로 빠르지만 따라잡을 수 없을 정도는 아니었다.

후우우웅!

엄청난 속도로 달려온 오크 히어로가 오러 블레이드를 휘둘렀다. 붉은 섬광이 아슬아슬하게 라곤의 머리칼을 스치고 지나갔다.

"크워?"

자신의 공격을 피해낸 인간의 움직임에 오크 히어로가 당혹감을 보였다. 도저히 마법사로는 볼 수 없는, 아니, 그전에 인간으로도 볼 수 없는 속도였기 때문이다.

그 틈을 노리고 라곤의 검이 날아들었다. 상대가 인간이었다면 완벽하게 목을 쳐 날릴 수 있는 타이밍!

쾅창!

그러나 상대는 오크 히어로였다. 엄청난 속도로 몸을 돌려서 라곤의 검격을 쳐내 버렸다.

"큭!"

라곤은 그 충격으로 하마터면 검을 놓칠 뻔했다. 흘끔 검을 살펴보니 충격을 받은 검날이 이가 나가서 부르르 떨리는 게 보였다. 마력을 잔뜩 부여한 스트라이크 소드로 받아냈는데도 그렇게 된 것이다.

'고작해야 두세 번 정도 받아내는 게 한계.'

라곤은 냉정하게 상황을 파악했다.

사고와 감각은 오크 히어로의 속도를 따라잡았다. 그러나 육체는 그렇지 못했다. 원래부터 인간의 한계를 살짝 넘어간 육체, 그리고 마력을 이용해서 육체의 성능을 끌어올리는 소울 부스트와 게일 스피릿의 중첩 효과 때문에 어느 정도까지는 따라잡았지만 여전히 속도가 두 배는 차이 나는 것 같았다.

하지만 승부는 속도만으로 정해지는 게 아니다. 적의 움직임을 보고 파악할 수 있다면 충분히 승산이 있다!

파파파파파파!

오크 히어로의 검격이 폭풍처럼 공간을 갈랐다. 라곤은 그것을 아슬아슬하게 피해내면서 간간이 반격을 가했다. 하지만 오크 히어로는 그때마다 초월적인 반응속도로 방어해 냈다.

카강!

오러 블레이드와 몇 번 부딪치던 라곤의 검이 버티지 못하고 부러져 나갔다. 오크 히어로가 회심의 미소를 지으면서 라곤의 정수리를 내려쳤다.

쾅!

그러나 라곤은 기이한 움직임으로 그 검격을 피해냈다. 마치 얼음 위를 미끄러지는 듯한 느낌으로 옆으로 빠져나가는 게 아닌가?

'윈드 워크.'

바람의 힘을 이용해 지면과 아주 약간 떨어진 허공을 딛고 고속으로 미끄러지는 마법이다. 라곤은 그것을 이용해서 모자라는 기동력을 보충한 것이다.

오크 히어로가 당혹감을 느끼는 순간, 그 위로 수십 발의 섬광이 날아들었다. 라곤이 연발로 쏘아낸 포스 볼트였다.

투두두두둥!

아무리 강력한 방어력을 가진 오크 히어로라도 대마법사급의 위력을 자랑하는 포스 볼트가 수십 발이나 집중되자 밀려나지 않을 수 없었다. 그리고 그 위로 라곤의 파이어 볼이 다시 다섯 발 연타로 작렬했다.

퍼버버버벙!

"후우!"

라곤은 다시 비행 마법을 이용해서 날아올랐다. 그리고 등 뒤에 메고 있던 새로운 검을 뽑아 들었다.

"하나로 될 거라곤 생각도 안 했지."

라곤은 검을 다섯 자루나 메고 있었다. 애당초 오러 블레이드와 맞서면 검이 부러질 거라 예상하고 검을 여러 개 준비한 것이다. 그것도 하나같이 비싼 마법검이었다.

새로운 검에 다시 스트라이크 소드를 건 라곤은 배낭을 열고 작은 병 하나를 꺼냈다. 그리고 재빨리 뚜껑을 따고 마신 다음, 이번에는 마법 스크롤 하나를 꺼내서 찢었다. 그러자 체내에서 주체할 수 없는 힘이 치솟아오르고, 라곤이 아직 모르는 술식이 휘발성으로 구현되어 손등에 세 개 각인되었다.

"오늘 진짜 돈 아낌없이 쓰는군. 대가를 치러줘야겠어!"

그때 성벽에서 뿔나팔 소리가 울려 퍼졌다. 뒤늦게 상황을 파악한 병사들이 분 것이다. 그리고 마법사들이 마법을 날려서 오크들을 공격하기 시작했다.

덕분에 라곤은 오크 히어로만 상대해도 되었다. 라곤은 다시 땅으로 내려서서 오크 히어로와 서로 노려보았다.

"크르르르……."

주변에서 폭음과 함성, 비명이 난무했지만 라곤과 오크 히어로는 서로에게만 집중하고 있었다.

오크 히어로는 생전 처음 보는 미지의 적, 마검사라는 존재를 파악할 수 없어서 당혹스러워하는 것 같았다. 하지만 적이 무엇이든 간에 할 일은 변하지 않는다.

마음을 굳힌 오크 히어로가 움직였다. 동시에 라곤이 눈을 부릅떴다.

"크우워?"

다음 순간 오크 히어로가 당황했다. 그의 시야에서 라곤의 모습이 사라졌기 때문이다.

퍼엉!

전혀 생각지 못한 각도, 비스듬히 위쪽에서 뭔가가 날아와서 그의 머리를 강타했다. 오러 디펜더로 인해서 충격이 상쇄되긴 했지만 정확히 같은 지점을 제2격, 3격이 두들기면서 머리가 마구 흔들렸다.

그것은 라곤이 쏘아낸 포스 볼트였다. 처음 돌격하면서 상대방의 시각을 점령하는 마법, 사이트 포제션으로 강력한 환영을 찔러 넣고, 그다음에 놀라운 정확성으로 포스 볼트를 연타했던 것이다.

스칵!

마침내 라곤의 검이 오크 히어로의 몸을 스치고 지나갔다. 정확히 옆구리를 때렸지만 오러 디펜더 때문에 아주 얇게 피부를 찢어내는 것에 만족해야 했다.

"크아아아아!"

오크 히어로가 분노했다. 사이트 포제션의 환영을 떨쳐 낸 오크 히어로가 라곤의 움직임을 잡아냈다. 붉은 오러 블레이드가 격렬하게 타오르면서 라곤을 향해 날아들었다.

그 끝에 살짝 스치는 것만으로도 라곤의 어깨 보호구가 날아가 버렸다. 다음 순간 날아든 공격은 5센티 간격을 두고 피했음에도 불구하고 볼이 찢겨져 피가 튀었다.

에너지 스킨도, 아버 오브 파워도 오러 블레이드 앞에서는 종잇장과 같았다. 오금이 저릴 정도의 공포가 엄습해 왔지만 라곤은 생애 최고의 집중력을 보이면서 그 검격을 모조리 피해냈다.

오크 히어로의 움직임을 통해 검격과 오러의 유동까지 완벽하게 읽어내고 그에 대응한다. 공격을 피하는 거리가 점점 아슬아슬해지더니 어느 순간 전혀 스치지도 않게 되었다.

파파파파파파!

갈라진 공간에서 발생한 충격파가 몸을 훑고 지나간다. 그래도 라곤의 자세는 흐트러지지 않았다. 몸에 건 방어 마법은 오러 블레이드에는 종잇장처럼 찢겨나갈지언정 이런 충격파 정도는 버텨내 주는 것이다.

'5센티.'

공격을 피해낸다. 하지만 이번에는 반격해선 안 된다. 동작이 작아서 곧바로 다음 공격으로 이어지니까.

'7센티.'

조금 멀리 피했다. 검의 궤도를 측면으로 돌아서 피했으니 좀 더 가까이 들어갔어도 됐을 텐데.

'지금!'

힘이 넘쳐서 동작이 커졌다. 검격의 궤도를 수정할 수 있는 지점을 지나치는 순간, 그 동작이 끝나고 자세를 되돌리기 전에 안으로 달려들면서 검격을 날린다. 스트라이크 소드의 섬광만으로는 오러 디펜더를 뚫을 수 없다. 실검이 닿는 범위까지 깊숙이 들어가서 베어야 한다.

피핏! 츠팟!

마침내 오크 히어로의 몸에 상처가 생겨나기 시작했다. 열이 올라서 크게 휘두를 때마다 라곤이 그 틈을 놓치지 않고 그 몸에 상처를 만들어내고 있는 것이다.

"세상에……."

어느새 성벽 위의 병력들은 숨 쉬는 것조차 잊고 그 광경을 지켜보고 있었다. 오크 돌격대들은 이미 전멸했다. 그렇다면 저 마법사를 도와 오크 히어로를 상대해야 할 텐데, 미쳐 버린 게 아닌가 싶을 정도로 무모하게 오크 히어로와 접근전을 벌이고 있어서 그럴 수가 없었다. 둘의 움직임을 따라잡을 수도 없는 판이라 자칫하다간 그를 공격하게 될지도 모른다.

"저, 저게 가능한 건가?"

다들 믿을 수가 없어서 입을 벌리고 있었다. 보이지도 않을 정도로 빠른 공격을, 스치기만 해도 죽어버릴 막강한 섬광의 폭풍을 뚫고 들어가서 상처를 입히는 게 가능하단 말인가? 눈앞에서 벌어지고 있는 일이 정녕 현실이 맞단 말인가?

그때 질리언이 성벽 위로 뛰어올라 왔다.

"이쪽은 어떻게 됐지?"

이 지점을 책임지는 기사가 깜짝 놀라서 경례를 붙였다. 하지만 질리언은 그가 뭘 하는지 전혀 인식하지 못하고 눈을 크게 떴다.

"저건……."

주변을 초토화시키며 쏟아지는 오크 히어로의 공격과 그것을 종이 한 장 차이로 피해내면서 애처로울 정도로 약한 반격을 토해내는 마검사의 존재. 붉은 섬광 속에서 드러난 그 얼굴을 본 질리언이 믿을 수 없다는 듯 중얼거렸다.

"라곤 경?!"

5

오크 히어로의 움직임이 점점 더 빨라진다. 따라가기 벅찰 정도의 속도임에도 불구하고 라곤은 아슬아슬하게 피해내고 있었다.

'단순해진다.'

공포스러울 정도로 정밀한 작업을 수행해 내는 라곤의 눈은 무섭도록 차갑게 가라앉아 있었다. 긴장으로 전신에서 땀이 폭포수처럼 흘러나왔지만 눈만은 전혀 열기를 띠지 않았다.

오크 히어로의 움직임은 완전히 간파했다. 무게중심이 어떻게 이동하는지, 오러가 어떻게 움직이는지, 근육이 어떻게 꿈틀거리는지를 보면 다음에 무엇을 할지 완벽하게 읽어낼 수 있다.

게다가 오크 히어로의 움직임은 점점 단순해지고 있었다. 원래 세련된 기술을 가진 존재도 아닌데다가 라곤을 붙잡지 못하고 조금씩 두들겨 맞자 흥분해서 움직임이 예측하기 쉽게 변해가는 것이다.

라곤은 지금이 바로 준비해 둔 마지막 카드를 꺼내 들 때임을 확신했다. 오크 히어로가 신경질적으로 검을 크게 휘두르는 순간, 라곤의 손등에 각인되었던 마법 중 하나가 연소되었다.

오크 히어로의 눈이 크게 떠졌다. 그의 검격이 허공을 가름과 동시에 라곤의 모습이 사라졌기 때문이다. 아까 전에 사이트 포제션에 당했던 것을 떠올리며 라곤의 움직임을 잡아내기 위해 감각을 곤두세우는 순간, 등 뒤에서 강렬한 충격이 느껴졌다.

파학!

라곤의 검이 오크 히어로의 허리를 깊숙이 베고 지나갔다. 완벽하게 뒤를 잡고 오러 디펜더를 집중하기 전에 회심의 일격을 먹인 것이다. 붉은 피가 확 튀면서 오크 히어로가 울부짖었다.

"크워어어어어!"

주인의 감정에 호응한 오러가 폭출되며 주변을 휩쓸었다. 라곤은 디펜시브 실드로 흙먼지를 막아내면서 윈드 워크로 뒤로 물러났다.

방금 전, 라곤은 비장의 마법, 블링크를 사용했다. 근거리에서 목표 지점으로 한순간에 이동하는 마법이다. 물질계와 정령계 사이의 계면을 미끄러지는 디멘션 슬라이드 방식으로 이루어지는 이 마법의 이동 속도는 음속을 초월하기 때문에 오크 히어로조차도 반응할 수 없었던 것이다.

'앞으로 두 번.'

시에나가 구해준 블링크 스크롤에는 세 번 사용할 수 있는 술식이 비장되어 있었다. 그중 한 번을 이번에 써서 오크 히어로에게 제대로 된 일격을 먹여주었다.

비틀거리던 오크 히어로가 달려들었다. 이미 이성이 날아가 버렸는지 앞뒤 가리지 않는 모습이었다. 그 위로 포스 볼트를 연타로 날렸지만 오러 디펜더를 잔뜩 강화해서 밀고 들어온다.

하지만 돌진해 오는 기세가 약해지는 것만은 어쩔 수 없었다. 라곤에게는 그것으로 충분했다. 오크 히어로가 검을 들어 올리고 오러 블레이드를 7미터 길이로 뻗어내는 순간, 블링크가 발동하면서 라곤의 모습이 오크 히어로의 눈앞에 나타났다. 검을 휘두르는 거리와 타이밍을 모두 빼앗긴 오크 히어로가 숨을 삼키고, 그리고⋯⋯.

파학!

섬광처럼 뻗어나간 라곤의 검격이 오크 히어로의 목을 깊숙이 베고 지나갔다.

『마검전생』 3권에 계속⋯

저작권 보호!!
장르문학의 성장에 힘이 되어주십시오.

저작물의 무단 전재와 복제, 불법 다운로드!
이것은 관심이 아니라 무관심입니다!

작가님들은 창의적 열정과 시간을 투자해 자신의 꿈과 생계를 유지합니다.
한 권의 책을 만들어 많은 사람들은 자신의 인생과 미래를 설계합니다.

저작물 속에는 여러 사람의 노력과 희망이
담겨 있습니다!

저작물의 무단 전재와 복제, 불법 다운로드는 여러 사람들의 꿈과 생계를
위협함으로써 장르문학을 심각한 상황에 빠뜨리고 있습니다.

이제는 무관심이 아니라 관심으로 장르문학의
성장에 힘이 되어주세요.

[도서출판 **청어람**은 항시적인 저작권 보호를 통해 장르문학과
여러분의 희망을 지키겠습니다.]

도서출판 **청어람**

기적
Miracle

홀로선별 **퓨전** 판타지 소설

무공을 익힐 수 없는 비운의 천재 제갈수.
공작가의 망나니 공자 슈.

운명을 벗어나려는 제갈수의 노력은 망나니 공자의 죽음과 만나 비상한다.

제갈수의 영혼과 슈의 신체를 이어받은 새로운 슈 부르셀라 폰 레비안또 가누비엔
그것은 하나의 위대한 기적!

홀로선별 퓨전 판타지의 신기원!
『기적』

따뜻한 그의 이야기가 지금 시작된다.

유행이 아닌 자유추구 -
WWW.chungeoram.com
Book Publishing CHUNGEORAM

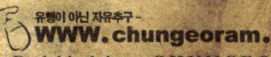

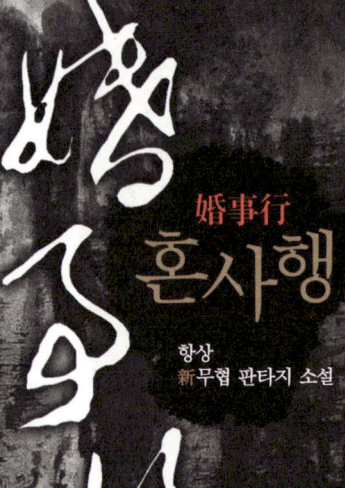

婚事行
혼사행

항상
新 무협 판타지 소설

용감한 영웅은 싸우다 전장에서 죽었고,
의리를 아는 영웅은 모함을 받아 죽었고,
진짜 영웅다운 영웅은 환멸을 느끼고 강호를 떠났다.

영웅다운 영웅, 무적신검 황조령.
백전백승의 신화를 창조한 무림지존.

그러나…
배필을 찾는 일에는 백선백퇴자의 불명예를 달성하다!!!

유행이 아닌 자유추구 -
WWW.chungeoram.com
Book Publishing CHUNGEORAM